奪われた革命

ミハイル・ブルガーコフ『犬の心』と
レーニン最後の闘争

石井信介

未知谷
Publisher Michitani

奪われた革命　目次

地図1　プレチスチェンカ通りとハモブニキ（麻織職人）区

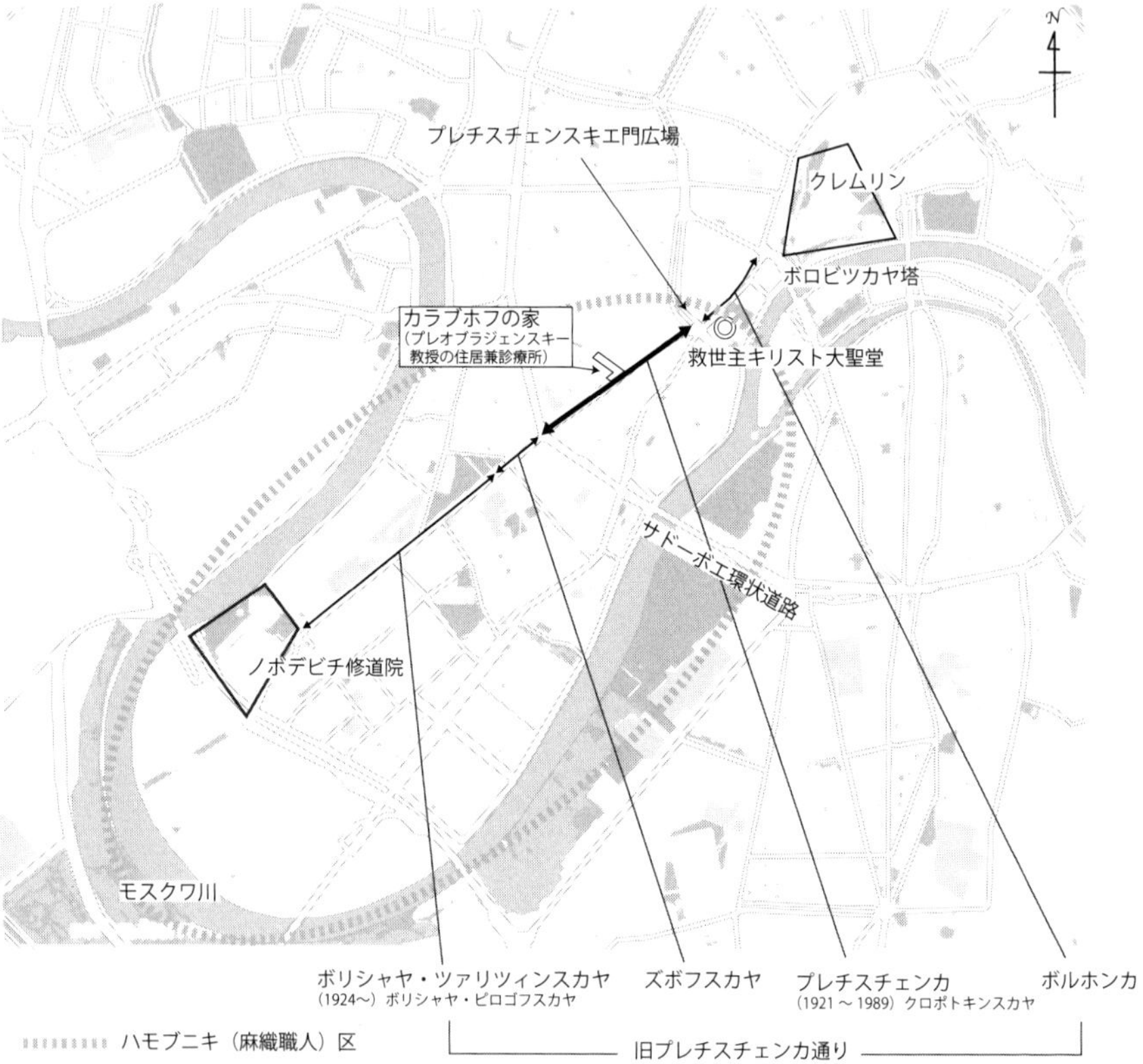

地図２　物語に登場するモスクワの地名（中心部）

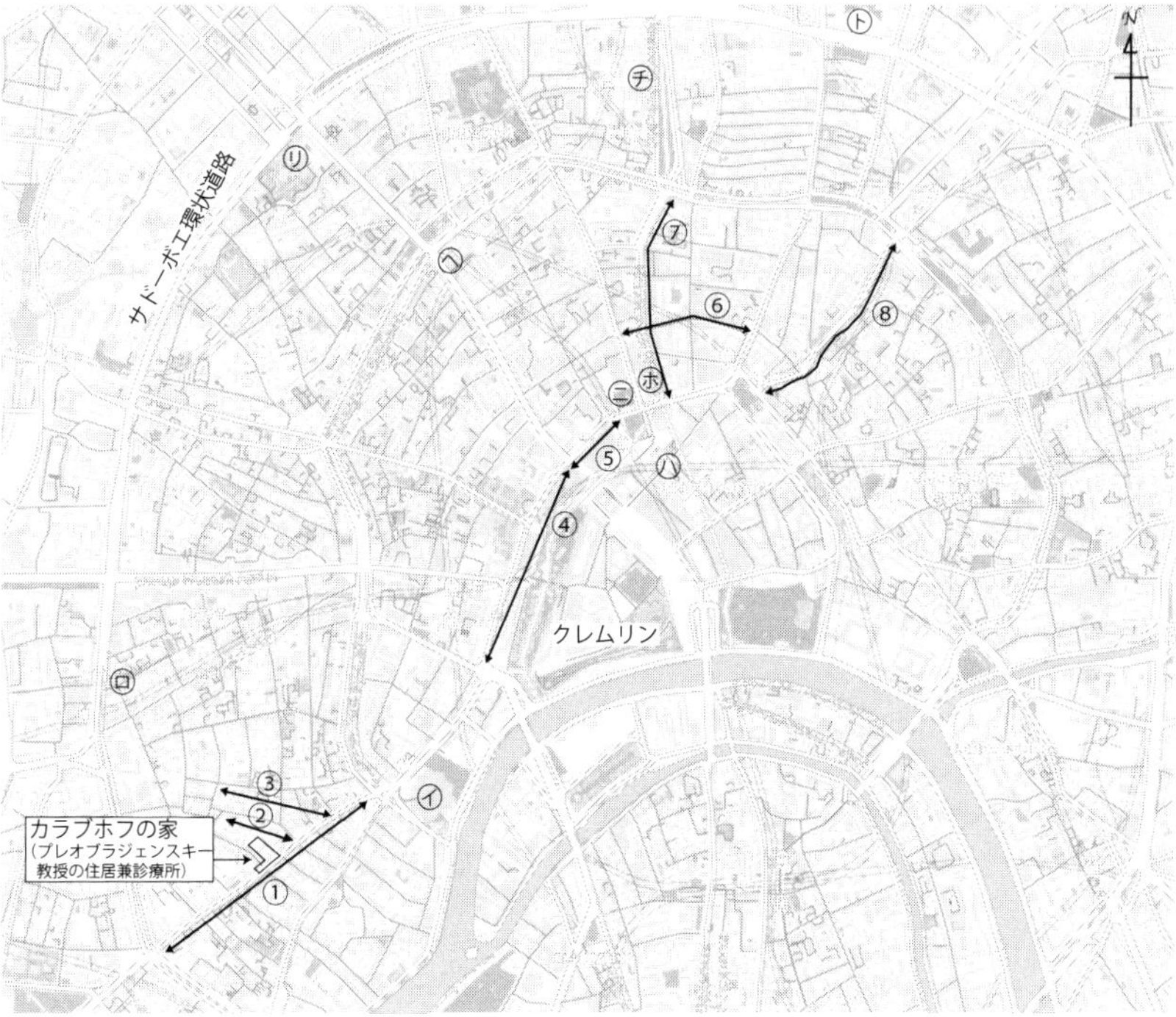

① プレチスチェンカ通り
② オーブホフ（現チーストイ）横町
③ ミョルトブイ（現プレチスチェンスキー）横町
④ モホバヤ（苔売り）通り
⑤ オホートヌイ・リャド（猟師市場）通り
⑥ クズネツキー・モスト（鍛冶橋）通り
⑦ ネグリンヌイ（沼川）通り
⑧ ミャスニツカヤ（肉屋）通り

㋑ 救世主キリスト大聖堂
㋺ スモレンスキー市場
㋩ レストラン・スラビヤンスキー・バザール
㋥ ボリショイ劇場
㋭ ミュール＆メリーズ百貨店
㋬ エリセーエフ兄弟商会の店
㋣ スハレフスキー市場
㋠ ソロモンスキー・サーカス
㋷ ニキーチン・サーカス

地図３　物語に登場するモスクワの地名（中心部を除く）

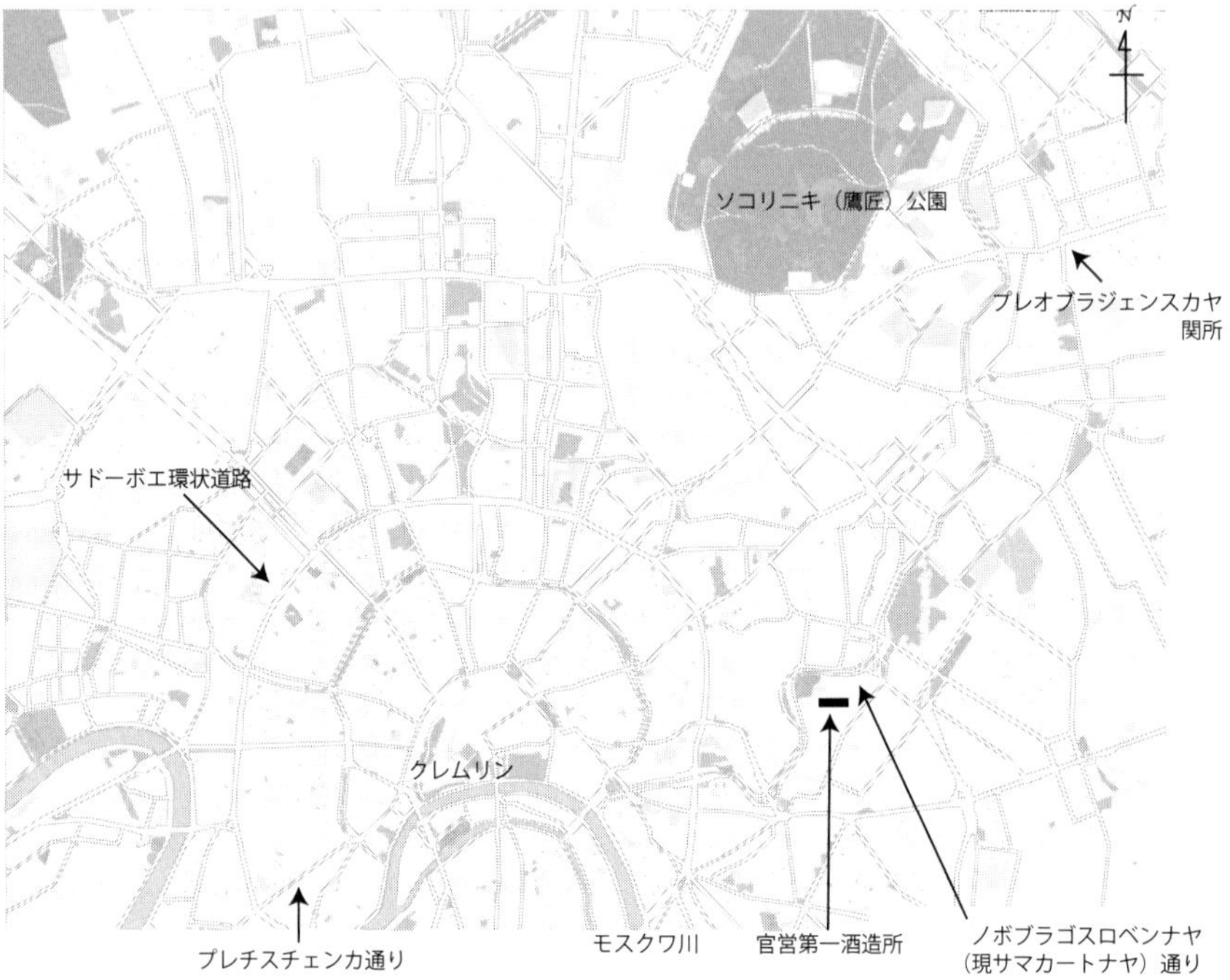

地図４　教授と犬の出会い――第１案

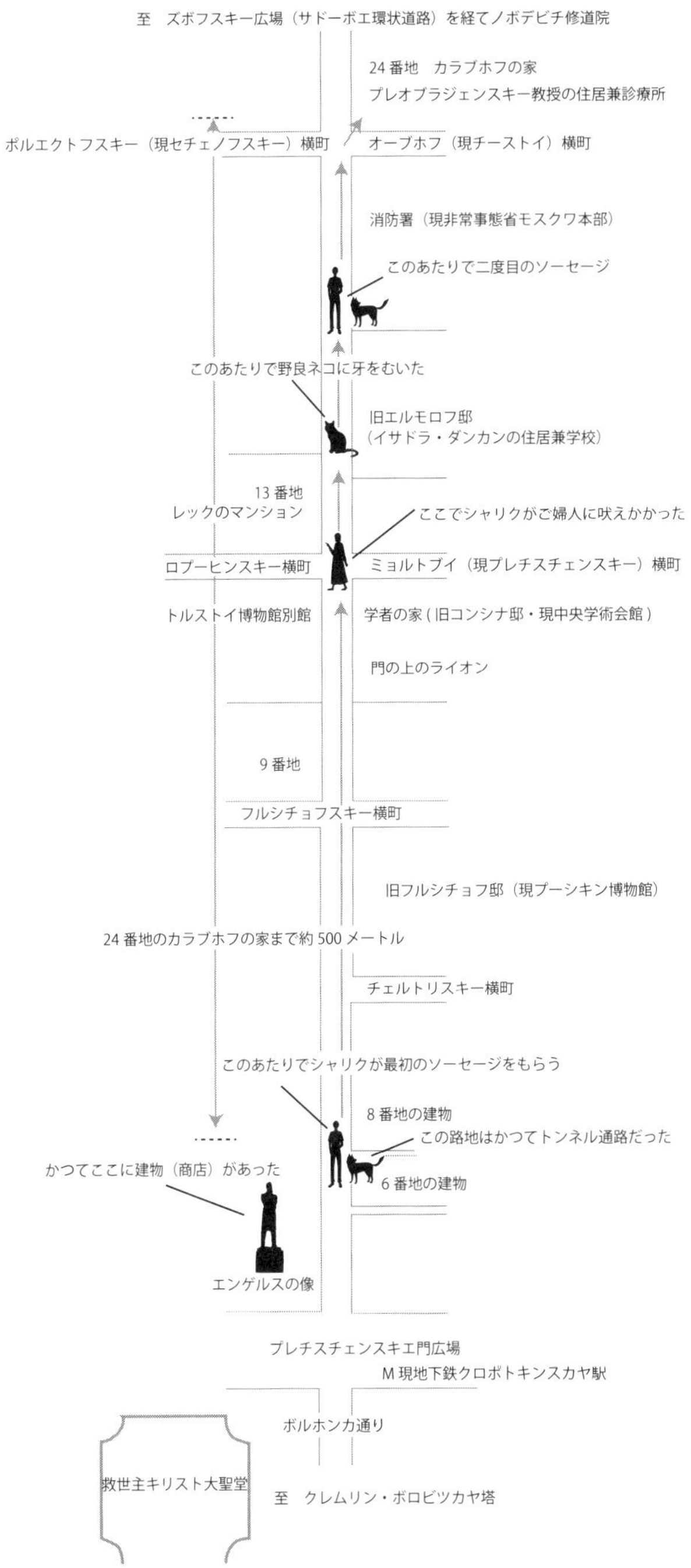
至　ズボフスキー広場（サドーボエ環状道路）を経てノボデビチ修道院
24 番地　カラブホフの家
プレオブラジェンスキー教授の住居兼診療所
ポルエクトフスキー（現セチェノフスキー）横町
オーブホフ（現チーストイ）横町
消防署（現非常事態省モスクワ本部）
このあたりで二度目のソーセージ
このあたりで野良ネコに牙をむいた
旧エルモロフ邸
（イサドラ・ダンカンの住居兼学校）
13 番地
レックのマンション
ここでシャリクがご婦人に吠えかかった
ロプーヒンスキー横町
ミョルトブイ（現プレチスチェンスキー）横町
トルストイ博物館別館
学者の家（旧コンシナ邸・現中央学術会館）
門の上のライオン
9 番地
フルシチョフスキー横町
旧フルシチョフ邸（現プーシキン博物館）
24 番地のカラブホフの家まで約 500 メートル
チェルトリスキー横町
このあたりでシャリクが最初のソーセージをもらう
8 番地の建物
この路地はかつてトンネル通路だった
かつてここに建物（商店）があった
6 番地の建物
エンゲルスの像
プレチスチェンスキエ門広場
M 現地下鉄クロポトキンスカヤ駅
ボルホンカ通り
救世主キリスト大聖堂
至　クレムリン・ボロビツカヤ塔

地図5　教授と犬の出会い——第2案

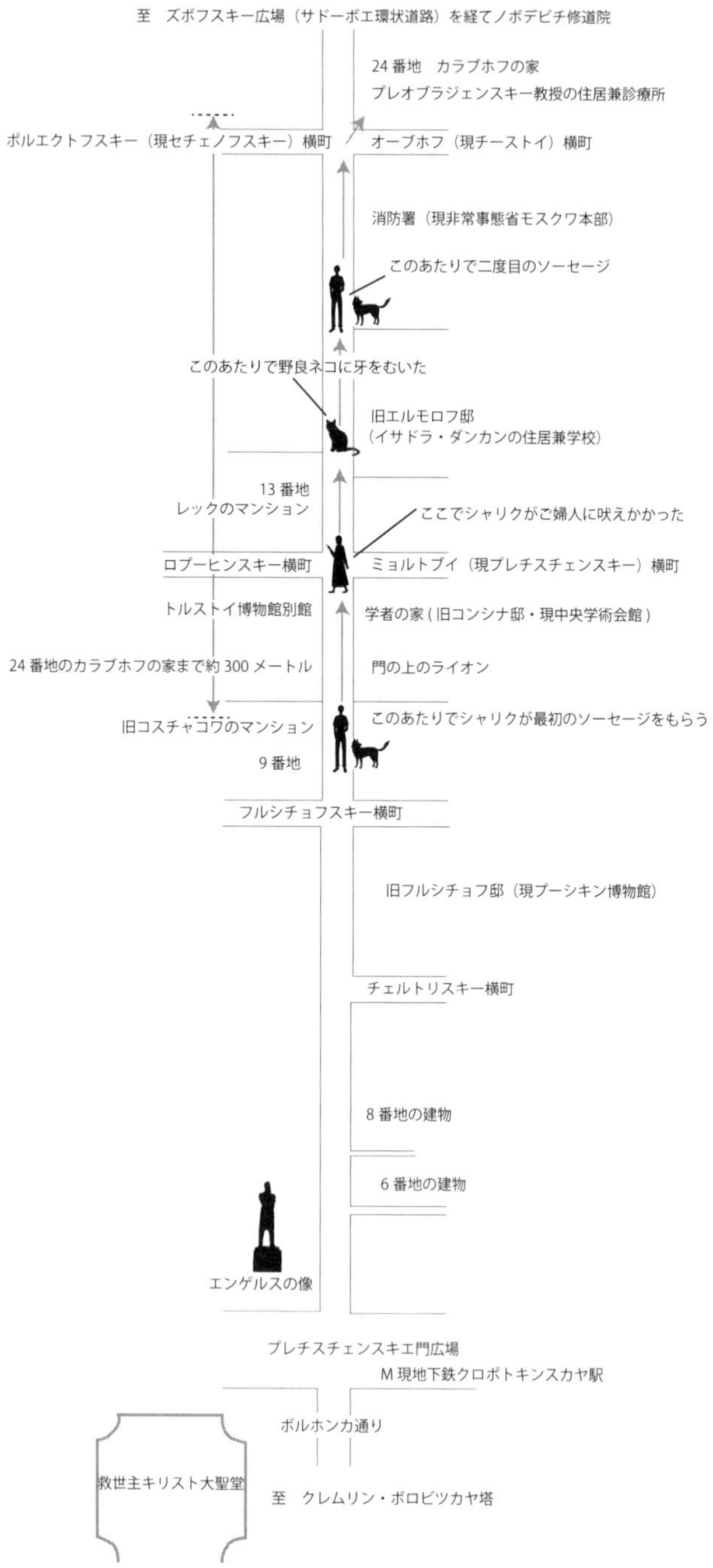

奪われた革命

ミハイル・ブルガーコフ『犬の心』とレーニン最後の闘争

はじめに

只四郎　こんにちは。あたしは落語の『元犬』の主人公で、犬の時の名前をシロ、人間になってからの名前を只四郎といいます。文字通りもと犬でしたが、八幡様に願をかけて三七、二一日はだし参りしたところ、神様があたしの願いをききいれてくれて、見事人間になりました。今でもときどき片足を上げておしっこしそうになったりしますが、まずはご隠居さん、お手伝いのおもとさんと一緒に幸せな毎日を送っています。

このたびロシアの作家ブルガーコフが書いた『犬の心』を日本語に翻訳した人が、昔あたしが犬だったことを知って、その翻訳本（ミハイル・ブルガーコフ『犬の心』、石井信介訳、二〇二二年、未知谷）のゲラ刷りをご隠居さんとあたしに読ませてくれました。ようやく本が読めるようになったあたしにとっては、かなり重い内容の物語で、分からないことだらけでした。そこで横町の生き字引と言われているご隠居さん（知ったかぶりをする『やかん』や『ちはやふる（竜田川）』のご隠居さんではないですよ）にいろいろ質問して、ご隠居さんが説明してくれたのがこの『奪われた革命　ミハイル・ブルガーコフ『犬の心』とレーニン最後の闘争』です。物語の本質に肉迫していきますので、ネタバレは覚悟してください。

また、できれば本稿と合わせて前掲の翻訳本のご一読をお勧めいたします。

ではまず作者ミハイル・ブルガーコフの略歴、『犬の心』執筆から発表までの経緯、現存する三種類のタイプ原稿について、ご隠居さんがまとめたメモを紹介し、関連してご隠居さんの簡単なコメントを紹介します。

ブルガーコフ略歴

ミハイル・アファナシエビッチ・ブルガーコフ　一八九一年五月一五日（旧露暦五月三日）、キエフの神学校教授の家庭で三男四女の長兄として生まれた。一九一六年キエフ大学医学部卒業、スモレンスク県に医師として赴任。一九一七年三月（旧露暦二月）の革命でロシアの帝政が崩壊し、続く一一月（旧露暦一〇月）の革命でレーニン率いるボリシェビキ（共産党）の政権が誕生する。一九一八年ブルガーコフはキエフに戻り開業するが、すぐに内戦の混乱に巻き込まれる。一九一八～一九一九年、ブルガーコフはウクライナ・コサックの首長の軍、ウクライナ民族軍（ペトリューラ軍）、白軍、赤軍のそれぞれに短期間ずつ軍医として動員された。最後に白軍の医師として従軍していたウラジカフカズで健康状態を理由に一九二〇年に軍医の職を退き、じきに同地で勝利した革命政権側の文芸・演劇活動に参加する。一九二一年ウラジカフカズを離れて現ジョージアのバトゥミからトルコへと出国しようとしたが断念、モスクワに向かう。

モスクワでは鉄道労組の機関紙グドーク（汽笛）などで世相戯評やルポルタージュを発表して生計を立てながら、『悪魔物語』、『白衛軍』の断章、『運命の卵』などの作品を執筆した。一九二五年初めには『白衛軍』の単行本出版契約が結ばれ、一〜三月に『犬の心』を執筆、この年きわめて旺盛な創作力を発揮し、『白衛軍』にもとづく戯曲『トゥルビン家の日々』、戯曲『ゾーイカのアパート』などを執筆した。これらの戯曲は翌一九二六年一〇月にモスクワ芸術座とワフタンゴフ劇場でそれぞれ上演され好評を博した。だが好事魔多し、その数か月前の五月七日、合同国家政治保安部（オーゲーペーウー＝政治警察。秘密警察とも訳されている）による家宅捜索がおこなわれ、『犬の心』のタイプ原稿と日記などが押収された。この事件以降当局の締め付け、妨害が強まっていき、『犬の心』の戯曲化契約が破棄され、『ゾーイカのアパート』『トゥルビン家の日々』『逃亡』『偽善者たちのカバラ（秘密結社）』（のちに『モリエール』に改題）『茜色の島』（『赤紫色の島』という訳もある）などが次々と演目から外されたり、上演が禁止されたりした。このころからのちの長篇小説『マスターとマルガリータ』（『悪魔とマルガリータ』『巨匠とマルガリータ』という訳もある）につながる『悪魔についての小説』の執筆を開始する。

一九二九年七月、作品の発表・上演の機会が奪われたブルガーコフはスターリン共産党書記長などに手紙を書き、不当な弾圧に抗議し、出国の許可を申請した。これ以外にも政府などへの訴えの手紙が相次ぐが、まともな反応はなかった。一九三〇年『偽善者たちのカバラ』の上演禁止に絶望したブルガーコフは、執筆中の『悪魔についての小説』や『劇場』の原稿を焼却し、政府宛に出国許可の願い書を書いた（三月二八日）。詩人マヤコフスキーの葬儀の翌日の四月一八日、スターリンがブルガーコフの自宅に電話をかけてきた。この時のやりとりで、ブルガーコフはモスクワ芸術座に職を確保される。しかし監視は弱まることなく、作品が出版されることもなく、はれ物に触るように敬遠される状態が続き、出版の見込みがないまま長篇小説『劇場物語』、『マスターとマルガリータ』などを書き続けていく。一九三九年、作者が書き上げたスターリン讃美の戯曲『バトゥミ』がスターリン自身の意向で上演禁止となると、そのショックもあって持病の腎臓疾患が悪化し、一九四〇年三月一〇日、四八歳の生涯を終えている。

スターリン死後の一九五四年、ソビエト作家同盟第二回大会で作家ベニアミン・カベーリン（一九〇二～一九八九）がブルガーコフの復権に言及した。その後徐々に彼の作品が発表され、これらの作品の上演や映画化も進んだ。現在では全集がいくつか出版されており、多くのロシア人はブルガーコフを二〇世紀のロシア文学を代表する作家の筆頭に挙げている。

隠居　ミハイル・ブルガーコフについて略歴を書けと言われると、誰でもとまどうんじゃないかな。一筋縄ではいかない作家だからな。そこでとりあえずは、このように無味乾燥な、ありきたりな、誰でも書きそうな標準的な経歴書でお茶をにごしておいて、あとは『犬の心』の主題と執筆前後の状況を検討・紹介しながら、彼の素顔に徐々に近づいていくしかないんじゃ。しかしながら、多少異なった見地からブルガーコフを見ている人もいるので、そしてその見方のほうが真実に近い部分もあるので、合わせて紹介しておこう。

……ブルガーコフ神話が確立されている。彼が本物の知識人＝貴族であったとか、ソビエト政権に正面切ってたたかいをいどみ、ソビエト政権から排除・迫害されたとか、無神論が勝利した国で宗教を守り、全体主義の地獄にあって創作の自由と個人の独立を擁護した、といった神話である。……

要するに、「ブルガーコフは……ソビエト・イデオロギーとたたかった。だが……ソビエト・イデオロギーに敗北し、ブルガーコフは『墓場に埋葬された』。しかし最後には神聖な正義が勝利する。現在、『民主主義』の時代にあって、ブルガーコフは人びとに受け入れられ、理解される作家となった」、という神話である。

だが実際にはこの闘争の二人の当事者、つまりブルガーコフとソビエト政権は、現代の文学者が想像しているほどには一面的ではなく、したがって、死をかけた両者のたたかいなど存在しうるはずがなかった。ブルガーコフは、倫理性や道徳的堅忍さの模範となる人間ではなかった。結婚歴三回、金銭をばらまき、奢侈を好み、力のおよぶ限りの贅沢な生活をめざした。かなりの部分で彼の意志は麻薬依存にむしばまれていた。

ブルガーコフは堅固な政治信条をもっていたわけでもなかった。解説者たちがこぞってブルガーコフに帰するソビエト政権に対する燃え立つ憎悪は、実は解説者自身の政治的好みが投射されたものにすぎない。ブルガーコフは明快な政治的見解や確信をもたず、いつも周囲の意見と状況の影響を受けていた。

これは、ドミートリー・コシャコフ『マスターとマルクス主義者。ブルガーコフの作品に登場するボリシェビキ指導者』（https://whatshappened.today/2020/02/16/）から引用したものじゃ。ブルガーコフについてのこのような辛口の見方は彼の専売特許ではないが、要領よくまとめている。コシャコフについてはもう一度言及するつもりじゃが、ここでは、単純にブルガーコフは凝り固まった思想の持ち主ではなかったと押さえておいてほしい。いつも複眼でものを見ていたし、人の意見にも動かされていた。当時の社会の変化が急激だったので、柔軟かつ多様な彼の考えはさらにダイナミックに変化したという視点が重要じゃ。

『犬の心』の執筆と発表の経緯

『犬の心』はミハイル・ブルガーコフが一九二五年の一月から三月までの間に執筆した中篇小説である。以下、執筆の経緯、朗読会の様子、検閲をめぐる状況、出版とりやめにいたる経緯などを、マリエッタ・チュダコーワ『ミハイル・ブルガーコフ伝記』（モスクワ、一九八八年）、ブルガーコフ『五巻全集』第二巻（モスクワ、一九八九年）所収のV・V・グトコワの解説、ブルガーコフ『犬の心、悪魔物語、運命の卵』（ビクトル・ロセフ編・解説、サンクトペテルブルグ、二〇一一年）のロセフの解説などにもとづいてまとめてみた。

執筆の具体的な動機あるいはきっかけ、執筆開始の日付を示す資料は残っていない。前後の資料から判断して、出版社ネドラ（地底）の編集長ニコライ・アンガルスキー（一八七三〜一九四一）とブルガーコフとの間で、同出版社が発行していた出版社と同名の作品集『ネドラ』のために『犬の心』を執筆する話が進んでいたことが推測される。

一九二五年二月一四日、ネドラの社員レオンチエフはブルガーコフにハガキを送り、《翌一五日（日曜日）にアンガルスキーのところへ『犬の心』の原稿を持ってきて朗読されたし》とのアンガルスキー編集長のメッセージを伝えている。二月一五日にブルガーコフが原稿を朗読した様子は記録に残っていない。彼が読み上げたのは書きかけの原稿の一部で、その内容にアンガルスキーは満足したようじゃ。その数日後と思われる時点でレオンチエフは別のハガキをブルガーコフに送って、次のようにあらためて脱稿を督促している――「急いでください。大至急あなたの中篇小説『犬の心』をお渡しください。アンガルスキー編集長は二〜三週間後に国外に出かけるかもしれません。そうなると、グラブリト［教育人民委員部文学出版総局＝検閲機関］を通すのが難しくなります。編集長以外の人では出版許可取得は無理です」

一九二六年九月のブルガーコフ取調べ時の調書によれば、結局ブルガーコフがアンガルスキーの前ですべての原稿を二回に分けて読み上げたのは一九二五年三月七日と二一日に開かれた「ニキーチナの土曜会」においてだったとされている。「ニキーチナの土曜会」とは文芸評論家のエブドクシア・フョードロブナ・ニキーチナ（一八九五〜一九七三）が一九一四年から一九三三年まで開いていた文学サークルである。この二つの会には、それぞれ五〇人程度の人びとが参加したと推測される。オーゲーペーウーにつながりのある文学者も出席していて、密告レポートをオーゲーペーウーに提出している（レポートの内容は「『犬の心』における社会主義批判」で詳述）。朗読会の反響は大きかった。

じきにネドラのアンガルスキー編集長は『犬の心』の原稿を検閲機関であるグラブリトに提出したと思われるが、その後のグラブリトとの交渉の詳細は不明である。

一九二五年四月八日、アンガルスキーの親友で相談相手でもあった作家ベレサエフ（一八六七～一九四五）は、詩人のボローシン（一八七七～一九三二）に宛てた手紙で、「『ユーモアという真珠が一流の芸術家の出現を約束している』とのあなたのブルガーコフ評を聞いて大変うれしいのですが、検閲が彼をズタズタにしています。最近はすばらしい小説『犬の心』を切り刻みました。作者はがっかりしています」と書いている。だがこの時点で検閲の結論は出ていないので、ベレサエフはアンガルスキー編集長から聞き出した検閲機関の感触を根拠にこう書いたと思われる。

その後の四月二〇日、アンガルスキーはベレサエフに宛てた手紙で「……ブルガーコフの風刺作品は傑作です。問題は検閲をいかに通すかです。ブルガーコフの新しい作品『犬の心』をパスさせる自信が私にはありません」とあらためて悩みを訴えている。

五月二日、ブルガーコフはレオンチエフから「原稿はまだ検閲で止まっている」との中間報告を受けている。

そして五月二一日、ブルガーコフは出版不許可の結論を知らされる。レオンチエフの手紙には、

『カフスに記された手記』と『犬の心』の原稿をお届けします。二つの原稿をどうするかは、あなたにおまかせします。グラブリトのサルイチェフは、『犬の心』は手直しする意味がない、《どこがいけないというのではなく、全体が許せない》と言っていました」とあった。

だがアンガルスキー編集長は、この時期頻繁にロシアを離れていたにもかかわらず、検閲機関に拒否された『犬の心』の出版になおも努力する。彼は共産党政治局員、モスクワ・ソビエト議長のカーメネフ（一八八三〜一九三六）に出版の許可を直訴する。レオンチエフは、ブルガーコフ宛ての手紙（日付不明）の中で、「アンガルスキーから貴方へのお願いを伝えます――休暇中のカーメネフが原稿を読むので、大至急『犬の心』の原稿を手直ししてボルジョミ［ジョージアの保養地］にいる彼に送ってください。カーメネフは二週間後にモスクワに戻る予定です。モスクワに戻れば原稿を読む時間はないでしょう。作者自身によるお涙頂戴の手紙を原稿に同封して、これまでの苦労などを訴えてください」と書いた。

この手紙を読んだブルガーコフは、「作者自身による」の個所に太い下線を二本引き、「お涙頂戴」のところに下線を四本引いて感嘆符を二つ付けている。マリエッタ・チュダコーワは、ブルガーコフが「なぜ作者がカーメネフに手紙を書かなければならないのか。小説を支援する編集者が書くべきではないか。自分が『お涙頂戴』の手紙を書いている姿などとても想像できない」と考えただろうと推測している（『ミハイル・ブルガーコフ伝記』、前掲、三一八〜三二九頁）。

ブルガーコフは原稿をボルジョミに発送しなかった。レオンチエフはブルガーコフ宛の別の手紙（これも日付不明。八月末と推測する）で、「アンガルスキー編集長がモスクワに戻ってきました。お願いです。できるだけ早く『犬の心』の原稿を送ってください。なんとか押し付けます。ただし急いでください」と書いている。

この直後、ブルガーコフがアンガルスキー編集長に『犬の心』の修正済み原稿（後述する《第二稿》）を届け、アンガルスキーはモスクワに戻ってきたばかりのカーメネフにその原稿を渡して、出版への協力を訴えたと推測する。お涙頂戴の手紙についてはどこにも痕跡がない。

いずれにしてもカーメネフへの直訴は失敗に終わる。一九二五年九月一一日、レオンチエフはブルガーコフに宛てた手紙の中でこう書いている。「カーメネフがあなたの『犬の心』を返却してきました。彼はアンガルスキー編集長の願いを聞き入れて作品を読んだうえで、『これは現代を取り上げた辛辣なパンフレットである。いかなる場合でも出版してはならない』との見解を伝えてきました」。この手紙でレオンチエフは、ブルガーコフが検閲通過のためにおこなった作品の手直しが不十分であったことに不満を表明している――「もちろん、最も辛辣な二、三ページのせいにすべきではないでしょう。これらの二、三ページをどうにかしたところで、カーメネフほどの人物の考えを変えることはできないでしょう。しかしながら、以前手直ししたテキストをあなたがよこさなかったことが悲惨な役割を演じたのは間違いないと思います」。

出版の道は閉ざされたが、文学界には『犬の心』の評判は拡大していった。ブルガーコフはいくつかの文学サークルで作品を朗読し、称讃を浴びた。一九二六年三月モスクワ芸術座はこの作品に基づく戯曲の執筆を依頼する契約をブルガーコフと結んだ。

だが一九二六年五月七日、ブルガーコフはオーゲーペーウーによる家宅捜索を受け、手元にあった『犬の心』のタイプ原稿と日記などを押収され、同年九月二二日取調べを受ける。モスクワ芸術座との戯曲化契約も一九二七年四月に破棄される。そしてこの時期から一九六七年まで、ごく一部のサミズダート（カーボン紙とタイプライターによる複写）版を除いて、『犬の心』はほぼ忘れられた作品となってしまう。

原稿がオーゲーペーウーに押収され、取調べを受けた時点でブルガーコフは出版を完全にあきらめたようだ。

一方、ブルガーコフの姪エレーナ・ゼムスカヤ（一九二六～二〇一二）は、この作品がブルガーコフ家のお気に入りだったことを証言している。また、ブルガーコフの三番目の妻エレーナ（一八九三～一九七〇）の一九三六年七月一二日の日記には、「ブルガーコフは出来の悪い小説だと説明したうえでウイリアムス夫妻に『犬の心』の前半部分を朗読した」と書いている。「出来の悪い」とことわりつつも朗読するということは、逆にブルガーコフの愛着ぶりを裏付けていると解釈してさしつかえないだろう（P・V・ウイリアムス（一九〇二～一九四七）はロシアの画家・舞台美術家）。

＊

作品の発表までの経緯と映画化について。一九五四年の作家同盟におけるカベーリンのブルガーコフ復権要求以降、とくにフルシチョフによるスターリン批判の後で、ブルガーコフの作品はソ連国内で次々と発表・復刻されていく。ソビエト体制にとって最も危険な作品と思われた『マスターとマルガリータ』ですら一九六六年には検閲による削除がなされたものが発表され、一九七三年には完全版が出版された。

ところが『犬の心』は一九六七年にドイツと英国で出版され、じきに西側諸国で翻訳がいくつか出版され、一九七六年にはイタリア・ドイツ合作映画も制作されたが、ソ連国内での発表は遅れた。一九八七年になってようやく雑誌『ズナーミャ』（『旗』）に掲載されたのが最初である。この版は、それまでに国外で印刷されていたものと同様にテキストに多くのミスがあったが、作品そのものが人びとに与えた衝撃は大きかった。

さらに翌一九八八年にはウラジーミル・ボルトコ監督による同名の映画がテレビ放映された。原作に比較的忠実なシナリオと演出、およびエブゲーニー・エフスチグネーエフ（プレオブラジェンスキー）、ボリス・プロトニコフ（ボルメンターリ）、ウラジーミル・トロコンニコフ（シャリコフ）、ロマン・カルツェフ（シュボンデル）といった名優たちの熱演は、原作の魅力を最大限に引き出していて、人びとに大きな影響を与えた。

二〇二〇年現在、『犬の心』はロシアの普通教育学校九年生（日本の中三または高一）の文学の授業で取り扱うことになっている。つまり、高校生の必読作品の一つである。

隠居　朗読会の様子、カーメネフへの直訴、一九二六年五月の家宅捜査と九月の取調べについては、別途詳述するつもりじゃ。

現存する三種類のタイプ原稿

本作品は作者の生存中に出版されていない。また作者の手書きの原稿は残っていない。しかし、手書きの原稿をタイピストがタイプ打ちし、それを作者が推敲して手書きで書き込みを入れた原稿が三種類残っていて、いずれも一九八九年以降にロシア国内で出版されている。二つがブルガーコフのところに残っていたもので、もう一つはアンガルスキーが手元に保存していたものである。それぞれについて、前掲のグトコワとロセフの解説に基づいて簡単に紹介しておく。《第一稿》、《第一稿の異本》、《第二稿》というネーミングはロセフによるものである。

《第一稿》

ブルガーコフのところに残っていた二つの原稿のうちの古い方には、作者自身による推敲作業の痕跡が多数残っているだけでなく、アンガルスキーとそれ以外の複数の人物［オーゲーペーウーの職員と推測される］が多数の書き込みをおこなっている。

この原稿の一頁目（表紙）の上部にはオーゲーペーウーがおこなったと思われる《一九二六年ブルガーコフの家宅捜索時に発見されたもの》という書き込みがあり、紫色のインクで丁寧に引かれた訂正線が入っている（訂正線は当局が作者に返却するときに引いたと推測される）。それより下のところには、ブルガーコフが青色の鉛筆で《ゲーペーウーに押収されて返却された原稿》と書いている。さらにその下にはこの小説を二番目の妻ベロゼルスカヤ・ブルガーコワに捧げると書かれていて、訂正線で消されている。

この原稿の本文中にはブルガーコフによる多数の手書きの修正箇所のほかに、アンガルスキー編集長による手書きのアドバイスが少なからず記されている。後者は、検閲通過のための書き直しを指示・提案したもので、「一部削除せよ、残りは書き直せ」などと具体的に書かれている箇所と、本文に波線を引いてアンガルスキーと署名することによって再考を促しただけのところとがある。

《第二稿》

《第一稿》よりあとの時期のタイプ原稿で、アンガルスキーの手元に残されていたものである。作者による推敲の手が多数入っている。一頁目（表紙）にはアンガルスキーが青鉛筆で《出版禁止》と書き入れて、サインしている。残念ながら日付は入っていないが、この書き込みはカーメネフが印刷不可の最終決定を下して原稿を返してきたあとでアンガルスキーが書いたものと推測される。つまりこのタイプ原稿がカーメネフに渡されたものであると思われる。

ブルガーコフによる訂正、つまり第一稿からこのタイプ原稿への変更の多くは、第一稿にあるアンガルスキーの書き込み（アドバイス）に基づいておこなわれているが、アンガルスキーの意見とは無関係の修正も少なからずおこなわれている。

《第一稿の異本》

三つ目は、ブルガーコフのところにあったもう一つの原稿で、初期の《第一稿》、つまりブルガーコフが手書きの推敲をおこなう前のタイプ原稿の状態での《第一稿》をあらためてタイプしたものだが、テキストに脱落とタイプミスがある。作者による推敲の跡は多くない。どういういきさつでブルガーコフが初期の《第一稿》をあらためてタイプさせたのか、またそのタイプさせたものに推敲の手を加えたのかは不明。

隠居　現存している三つのタイプ原稿――《第一稿》、《第一稿の異本》、《第二稿》――のほかに少なくとも二つのテキストが存在したことが推測できる。一つは、一九二五年三月七日と二一日に開かれた「ニキーチナの土曜会」においてブルガーコフが朗読したテキストで、もう一つは、一九二五年九月一一日のレオンチエフの手紙にある「以前手直ししたテキスト」じゃ。しかしながらこの二つは実物が見つかっていない。もしこの二つの原稿を読むことができれば、いくつかの疑問が解き明かされたかもしれない。非常に残念じゃが、ないものはしかたがない。

*

日本では二つの邦訳がすでに出版されている。一つは一九六八年に英国で出版されたロシア語版を底本とした水野忠雄訳『犬の心臓』（河出書房、一九七一年）で、同訳の復刻版が二〇一二年に河出書房新社から出ている。この英国版の原文は、ソ連国内でカーボン紙を挟んでタイプ打ちして密かに回し読みした原稿（いわゆるサミズダート版）の一つと推測される。

もう一つの邦訳は、増本浩子・ヴァレリー・グレチュコ訳『犬の心臓・運命の卵』（新潮文庫、二〇一五年）所収の『犬の心臓』である。詳細に比較したわけではないが、この訳書の底本は《第一稿》のようである。

今回本書の著者が翻訳した『犬の心』（未知谷刊）は《第一稿》の翻訳である。

只四郎と隠居の対談

1　犬の心と人の心

隠居　さて、これからは只四郎の質問に答える形で、わしの話を展開していこうと思う。

只四郎　この本のあらすじを短くまとめるとどうなるんですかね。あたしがこんな本を読んだよって友達に話そうと思っても、ひと言でこんな小説だと説明するのが結構難しいんですよ。

隠居　なるほど、そうかもしれないな。只四郎がどう説明するかは別問題として、わしならば梗概風にこう書くな。

吹雪の中、モスクワ中心街の一角、やけどを負ってトンネル通路で苦しんでいる野良犬が医師に拾われる。この医師はちょっと偏屈だが、実はホルモン研究とアンチエイジングの世界的権威であり、彼の自宅兼診療所には有能でハンサムな若い助手、バイタリティのある料理女、美しいメイド兼看護師がいる。犬が彼らに囲まれて安穏な生活が送れると思ったのはつかの間、ある日突然手術を施されて人間に改造されてしまう。このもと犬はさらに住宅委員会の幹部に洗脳されてにわか共産主義者に成長し、ことあるごとに医師と激しく対立するようになる。手に汗握る心理戦の末、かつての飼い犬に手を噛まれた医師とその助手は、自分たちが生み出した悪夢に決着をつけることになるが、さてその結末やいかに？

只四郎　ご隠居さんにかかると、すべてが講談か紙芝居になっちゃいますね。

隠居　あたり前さ、そういう物語なんじゃから。小難しいロシア文学の作品だと思ってとりかかると、期待外れじゃと思うよ。

　たとえば、『犬の心』に宗教性や神秘的な謎を求めても無駄だというのが、わしの考えじゃ。たしかに、物語の舞台はプレチスチェンカ（生神女《しょうしんじょ》＝聖母マリア）通り。この通りの上に輝く星はキリスト生誕時のベツレヘムの星を思い起こさせてくれる。犬を人間に変える手術をおこなう教授の苗字は、キリスト教の「山上のキリストの変容」（ロシア語でプレオブラジェーニエ）を語源とするプレオブラジエンスキー。手術はクリスマスイブの前日の一二月二三日（冬至）におこなわれ、人間への変身が進むのはクリスマスの週とその次の週（ロシア正教会のクリスマスである一月七日まで）。人間になった犬はルイバ（魚）をアブイルと発音して、自分は「アンチキリスト」だと宣言する。逆に犬のシャリクが復活した最後の場面は「三月の朝もや」の日になっていて、再手術が復活祭におこなわれたことを暗示している。さらにシャリクが生まれたのもプレオブラジェーニエを語源とするプレオブラジェンスカヤ関所で、クリム・チュグンキンが殺されたのも同関所近くのビヤホールじゃ。

作者は意図的に宗教的・神秘的ベールをかけてできるだけおどろおどろしく描くふりをしている。だが、あくまでもジェスチャーじゃ。キリスト教にどっぷりつかっていた二〇年代ロシアの読者にたいして、キリスト教の物語を下敷きに、まったく別の笑いの世界、風刺のための舞台をつくりだしたというのがわしの感想じゃ。作者の遊び心が満開じゃな。この遊び心に触れてニヤッと笑うか、哄笑するか、はたまた苦笑するか、さらに「付き合いきれない」と感じるかは読者次第。

あるいは、『犬の心』は、ダーウィンの進化論あるいは当時のソ連の科学万能主義を風刺したアンチ・ユートピア的SFであると考える人がいる。わしはそんな難しい話じゃなくて、皮肉を感じ取れば御《おん》の字じゃないかと思うがね。ただしじゃな、わしが遊び心だと思うことがらに作者の深遠なメッセージを読み取る人がいても不思議ではないくらい、ブルガーコフのふところは深いんじゃ。要するに、一筋縄ではいかないんじゃ。

只四郎　翻訳者があたしにこの本を読めと言ってきたときには、冗談でしょうと思いましたよ。だってロシア文学はくそまじめだって聞いてきましたからね。しかも読み始めてすぐに気づいたのは、物語の背景が落語の世界とまったく違うことです。あたしがすぐに理解できる八つぁん、くまさんの物語ではないんです。プロレタリーやブルジョア、住宅委員会、ボリシェビキなんて、全部初めて聞く言葉ですからね。あらかじめ「犬が人間に生まれ変わる小説ですよ」と聞いていなければ、すぐにやめたでしょうね。

ところが、我慢して読み進んでいくと、結構面白いんですよ。落語の笑いとは異なるような気がしますが、皮肉、風刺、ユーモアが山盛りなんです。最後は十分楽しみながら読了しました。そしてあたしを選んだ翻訳者の意図がちょっとわかったような気もしました。

隠居　そのとおり。この作品の特徴はまさに笑い、ユーモア、皮肉、いやみ、ダジャレ、風刺にある。不真面目じゃないかと思うくらい、冗談にあふれている。さきほどのキリスト生誕や復活のパロディ化にも通じることだが、素材がストレートに提供されるのではなく、一種の謎かけというか、読者との知恵比べというか、作者の遊び心の渦の中で描きだされる。こうして浮かび上がる登場人物が実に個性的で面白い。そして物語の背景にあるきわめて重要な、深刻な社会問題がこの笑いの中で暴き出される。このブルガーコフの作品の魅力に多くの人がとりこになるんじゃ。

只四郎は知らないかもしれないが、一九七〇年にノーベル文学賞を受賞したソルジェニーツィンというロシアの作家がいる。一九一八年生まれで二〇〇八年に亡くなっている。ブルガーコフの一世代あとの小説家で、フルシチョフのスターリン批判を契機に自分が体験した収容所生活を描いた『イワン・デニソビッチの一日』という作品でデビューし、さらに社会主義体制を批判し、ソ連の収容所制度の全貌を暴いて国外追放になり、ソ連崩壊後に帰国した人じゃ。とても有名な人だから、自分で調べてごらん。

このソルジェニーツィンは若い時からブルガーコフにあこがれていた。そしてちょうど『イワン・デニソビッチの一日』が雑誌『ノーブイ・ミール』に掲載された直後の一九六二年一二月一日、詩人アンナ・アフマートワの紹介で、ブルガーコフ未亡人（三人目の奥さんのエレーナ・シロフスカヤ）のアパートを初めて訪問し、その後一九六九年まで何度も訪れて、ブルガーコフのいくつかの作品をタイプ原稿の状態で読んでいる。彼はそのとき奥さんに宛てた手紙（一九六六年三月一六日）の中で「ブルガーコフの散文に共通する特徴」として次の四点を挙げている［ブルガーコフ『悪魔物語・運命の卵』水野忠夫訳、岩波文庫、二七八頁］。

一、文体の明快さ、自由。
二、ダイナミズム。
三、いたるところに自由に与えられているユーモアの度合い。
四、抑制しがたい幻想、ひしめき合うイメージの豊かさ。

残念ながらわしにはブルガーコフの文体を議論するだけの知識がないが、ソルジェニーツィンの指摘は十分うなずける。リズミカルで読みやすく、風刺と笑いが満載で、それでいて次から次へと様々な情景や考えが浮かんでくるんじゃ。

関連して触れておこう。イリヤ・イリフ（一八九七〜一九三七）とエブゲーニー・ペトロフ（一九〇二〜一九四二）が合作したユーモア小説の傑作『一二の椅子』（一九二八年）と『黄金の子牛』（一九三一年）の本当の作者はブルガーコフだったという珍説の話じゃ。二人はブルガーコフと一緒に鉄道労組の機関紙グドーク（汽笛）紙に定期的に投稿するライターで、三人は顔なじみであり、一定のつきあいがあった。二つの作品はネップ時代の金もうけをたくらむ詐欺師を描いた物語じゃが、二人の他の作品（世相戯評やルポルタージュ、旅行記『一階建てのアメリカ』（一九三六年）など）と比べて、文章が段違いに素晴らしく、内容がはるかに面白い。このためほかに合作者あるいはゴーストライターがいたのではないかといううわさが以前からあった。ところがイリーナ・アムリンスキの著作『ミハイル・ブルガーコフの一二の椅子』（二〇一三年）は、ブルガーコフがゴーストライターだったと大胆にも断定した。この主張の是非の検討はここでは控える（なぜなら、わしは検討に必要な知識も材料も持ち合わせていないから）が、要するに『一二の椅子』と『黄金の子牛』のアイデアと文章が秀逸で、このように愉快な物語、見事な文章が書けるのはブルガーコフしかいないという、誰もが思いつきそうな考えをそのまま本にしてしまったんじゃ。わしが言いたいのは、それほどまでにブルガーコフがストーリーテラーとして、文章家として超一流だということじゃ。

再びソルジェニーツィンに戻ろう。彼は、一九六〇年代にブルガーコフ未亡人のところで読んだ作品の感想と、国外追放後の米国滞在中にソ連内外で出版されたものを読んだときの感想とを一九八九年にいったんメモし、次に二〇〇四年にこれを加筆してひとつにまとめ、表題を『私のブルガーコフ』と名付けた。この論稿はソルジェニーツィンの生前には発表にいたらなかったが、二〇一三年にようやく出版されている

（www.solzhenitsyn.ru/proizvedeniya/literaturnaya_kollekziya/Solzhenitsyn_A.I.-Moy_Bulgakov.pdf）。

この論稿のうち『犬の心』にかんする論評の全文は次のとおりじゃ。

次に読んだのは『犬の心』だった。[*] 見事に花開いた才能！　筋立ての絶妙な濃縮度！　シュボンデルとシャリコフの二人の関係を通して、いや正確にはプレオブラジェンスキー教授を加えた三人の関係を通して、一九二〇年代ソビエト時代の凝縮された雰囲気とあの時代の主要な意味の全体像が、われわれに示されている。

この作品におけるブルガーコフのソビエト体制に対する態度は、他のどの作品よりも大胆だ。出版することなどまったく考えずに一気呵成に書き上げたのではないかと思えてくる。

そして、こうしたものすべてが、単純な、ごくありふれた、それでいてきわめてダイナミックな筋立てを通して、自然に湧き出るように提示されている。さらにこの中篇小説は厳しく測った分量にそっくりおさめられている。余分なものがまったくない！

ブルガーコフに特徴的なアフォリズム（警句）が次から次へと列をなして読者に降り注いでくる。アフォリズムは社会の生きた会話の中に怒濤のように流れ込む（ただし社会がこのアフォリズムを知ったのは執筆後六〇年経ってからだった。――ところで、本当に全文が公表されたのだろうか？実は私が読んだタイプ原稿には鋭いアフォリズムがもっと豊富にあったように思える。本当にすべてが印刷されたのだろうか?）。[**] そして、悪魔《こん畜生》め、なんとたくさんのソビエト時代の世態風俗が記述されていることか！

簡潔な描写の素早い展開――教授を訪れる患者たちの描写はきわめて濃厚で記憶に焼き付く。

犬の発言は、まったく犬らしくない――ブルガーコフは犬にふさわしい語彙や考え方にこだわっていない。犬は匂いで「セミラミスの空中庭園」を思い浮かべたかと思えば、「この人なら集会で金儲けができるだろう」と考える。

ブルガーコフは冗談を全開させる――シャリコフが初めて読んだ本が『エンゲルスとカウツキーの書簡集』で、シャリコフは「両方とも賛成できないね」とのたまう。

ブルガーコフのユーモアは衰えを知らない。いたるところで、政治的批判とは無関係に、直接的な目的なしに、ユーモアが贅沢にばらまかれている。すばらしい機知。しかも作者はまったく苦労していない。彼にとっては朝飯前の仕事である。

隠居注　＊　ソルジェニーツィンは一九六〇年代にブルガーコフ未亡人のところで、『マスターとマルガリータ』、『茜色の島』に続いて三番目に『犬の心』の原稿を読んでいる。

＊＊　ソルジェニーツィンが一九六〇年代に読んだ原稿と一九八九年までに再読した印刷物とがそれぞれどれだったかわからないので断言はできないが、二つの内容に大きな違いがあったとは思えないので、ソルジェニーツィンが読んだ二つの時点の時代的状況と彼自身の緊張感の違いがこのような受け止め方の差になったのではないかと推測する。

どうじゃ、最高級の讃辞であり、素晴らしい『犬の心』評じゃないかね。文章、筋立て、登場人物の描写、ユーモア、アフォリズムのいずれをも絶讃じゃ。

いずれにしても、この作品は翻訳者泣かせだと思うよ。喜劇の方が悲劇より翻訳は難しい。笑いのセンスが必要じゃ。さらに、些末な事象の積み重ねを通じて浮かび上がるイメージの中にあの時代のエッセンスが映し出されるようになっている。「ひしめきあう豊かなイメージ」を日本の読者に感じさせるのは並大抵ではないよ。翻訳者の力量がもろに問われる作品なんじゃ。

只四郎　ご隠居さんがおっしゃる「あの時代のエッセンス」というのが、ソルジェニーツィンが書いている「シュボンデルとシャリコフの二人の関係を通して、いや正確にはプレオブラジェンスキー教授を加えた三人の関係を通して、一九二〇年代ソビエト時代の凝縮された雰囲気とあの時代の主要な意味の全体像が、われわれに示されている」というときの「あの時代の雰囲気と全体像」なんですね。

隠居　そのとおり。一九二〇年代のロシア（ソ連）の雰囲気と全体像を解き明かすヒントはこの作品のいたるところに散りばめられているんじゃが、なにしろ今から一〇〇年近く前の話だから、今の日本の読者にはこれを読み取るのは至難の業になってしまっている。いや、いろいろの経緯から、ロシアの人びとにとっても、「雰囲気」はつかめる（だから誰もがこの作品に夢中になる）が、具体的な事象と「全体像」となるとすでに雲をつかむような状態になっているのが実情じゃ。でこれを解き明かしていくのが今日のわしの役目じゃ。もちろんわしが考える一九二〇年代ソビエト時代の雰囲気と全体像がソルジェニーツィンのイメージと同じとは限らない。まあわしは当たらずとも遠からずとおもっているがな。

一方読者の皆さんには、仮に「時代の雰囲気と全体像」がわからなくても、あるいはわしの見解に同意できなくても、この作品のユーモアはぜひそのまま味わっていただきたいと言っておきたい。

只四郎　ユーモアの解釈はしません。落語だって、なぜおかしいかなんて説明しませんからね。読者ご自身で味わって楽しんでいただくしかないんです。あたしは、ちょっと気の利いた言い回しを引用しておくにとどめます。

「思いやりですよ。これが生き物と仲良くなる唯一の方法です」

「暴力は神経系統を破壊するんです」

「いつもあわてないことです。そうすればすべてに間に合います」


あるいはフィリップ・フィリッポビッチとボルメンターリの会話——


「食事前にソビエトの新聞を読んではいけません」

「でも、わが国にソビエト以外の新聞なんてないじゃないですか」

「ですから、そもそも新聞を読んではいけないんです」


——なんて、いやみたっぷりですね。

それに、フランスの子どもたちのために色刷りの雑誌を買ってくださいと言われたプレオブラジェンスキー教授がこれを断る理由もすごいですね。「ほしくない」ですからね。普通なら、単なるへそ曲がり、意固地なおっさんですよ。でも真意なんですよね。そんな雑誌ほしくないんです。しかも風を読めないんではありません。風をちゃんと読んだうえで、窮屈になっても意地を通すんですね。

「ほしくないものを買ってまでしてあなた方の運動に寄付するつもりは毛頭ありません」って。いい意味の個人主義ですね。

　作品のⅡに登場する患者たちのパフォーマンスとプレオブラジェンスキー教授の対応もすごいですね。

　物語の中身について言いますと、もと犬として強調しておきたいのは、犬がいいですねってことです。手術直後の生死の境にいるシャリクについて「かわいい犬だった。こざかしいところもありましたがね」というプレオブラジェンスキー教授の言葉通りですよ。冒頭でシャリクがひねくれて世をすねたり、乱暴な言葉遣いになったりしているので、どうかなと思ったけれど、これは彼があたしと違う厳しい環境にいるからで、本性はあたしと同様にほがらかで大変やさしい犬なんで安心しました。あたしだって高慢なふくろうの剥製にとびかかっていったでしょうね。ネコを追いかける行為は野良犬としては当たり前です。餌の取り合いですよ。あたしの母親はとなり町のクロのあとを追っかけていきましたが、シャリクのお婆さんもニューファンドランド犬になびいたようですね。これはノーコメント。

　そしてあの手術です。人間の睾丸と脳下垂体を移植して犬を人間にするというのは、おいらの場合の八幡さまのご利益とは違う意味だけど、現代の科学や医学のレベルで追求しても意味ないので、さっと読んでください。もっとも「睾丸」なんて単なる茶化しだと思っていたら、若返りのために動物の睾丸の組織を人間に移植する実験を実際にやった医者（セルゲイ・ボロノフ（一八六六〜一九五一））がいたそうなので、一九二〇年代にはあながち茶化しではなかったんですかね。いずれにしても、手術の場面は迫力があります。作者が医師だったからでしょうね。

もと犬のあたしにしてみれば、同じように犬から人間になった仲間を歓迎します。シャリクの手術が無事成功して、徐々に人間らしくなっていくところは頑張れと応援しました。でも読み進んでいくと違和感を覚えるんです。人間としての権利に目覚めたんならいいんですが、そうじゃなくて、弱者であることを逆手にとって利己的で非常識なことを要求しているように思えてきたんですよ。最初はシャリコフが引き起こす混乱を笑っていたんですが、最後はいやになっちゃいましたね。だって、この男の厚顔無恥、無礼、狡猾、要するにすさまじい非人間性には、もと犬のあたしですら反感をいだかざるを得ませんでしたからね。

隠居　ほう、只四郎もたいしたものだね、物語の核心をつかまえているよ。野良犬シャリクから人間シャリコフになった結果何が変わったか。そう、お前さんがまだ時々足を上げておしっこしそうになるように、シャリコフもノミを口でつかまえて噛み殺そうとしたり、猫を見ると気が狂ったように追いかけたりしているね。犬のなごりだ。これは変わっていない。でも、フィリップ・フィリッポビッチが強調しているように、こうした習性はじきに消えていくんだ。お前さんだって、ときどき足は上げるがおしっこはしなくなっただろう。

では犬にはなかったもので手術後に現れてきた特徴は何か？　人間特有の下品な言葉遣い、他人を押し退けて自分の私欲を追求する態度、物を盗むだけでなくその罪を人に押しつける根性、アル中、上司としての地位を利用して女をくどくパワハラ・セクハラ男……そうじゃよ、犬にはない、人間だけが持っている汚らわしさなんじゃよ。

日本語で惨めな暮らしや卑怯な根性を形容するのに「犬の」「犬のような」「犬畜生の」といった言

葉を使うように、ロシアでも「苦しい」、「悲惨な」、「みじめな」、「卑しい」、「卑怯な」、「ろくでなし」の意味で「犬の」という形容詞を使うんだ。で、この小説の題名の『犬の心』とは「卑しい心」「みじめな心根」「卑怯な根性」という意味じゃ。誰の心かはわかるよな。犬のシャリクの心ではない。人間シャリコフの心さ。

　まあ、もと犬のお前さんには納得してもらえないだろうが、本物の犬の心、つまりシャリクや昔のお前さんの心について悪口を言っているわけではないから、許しておくれ。作者ブルガーコフもわしも、シャリクの犬の心の方がシャリコフの人間の心よりもずっと高級だと思っているからね。

只四郎　へっへっへっ、あたしは昔から犬の心の方が人の心よりきれいだって思っていました。少なくとも純粋だってね。それを認めてもらえれば、もと犬としてはくやしいけれど『犬の心』という作品名を受け入れますよ。ここで不貞腐《ふてくさ》れたら、次に進みませんからね。ただし「犬の」を「みじめな」「卑怯な」と言う意味で使う伝統的用法にはクレームしておきます。汚らわしいのは犬の心ではありません。人の心です。プレオブラジェンスキー教授だって言ってるじゃないですか――「いいですか、戦慄のすべては、彼（シャリコフ）の心がすでに犬の心ではなく、正真正銘の人の心であるということにあります。それも自然に存在するすべてのもののなかで最も汚らわしい心なんです」って。

　ついでに言わせてください。この本の題名が『犬の心臓』か『犬の心』かです。これまでの訳者の方々には敬意を払いますが、あたしは『犬の心』を推しますね。臓器としての心臓ではなく、感情、意志、意識、思いやり、愛情、精神といった意味の「心」ですよね。

隠居　ロシア語のセルツェ сердце という単語には英語のハートと同じように「心」と「心臓」とい

う二つの意味があるが、わしもこの小説の題名は「心臓」ではなくて、「心」だと思うよ。

大森雅子が『時空間を打破するミハイル・ブルガーコフ論』（成文社、二〇一四年、三九五頁）で書いているように、本書の「論旨と作品のタイトルが密接に関わっていることを提示する」タイトルは『犬の心』に決まっとる。わしらの世代ならば、ややこしい言い方をせずに、すっきりと『犬畜生のように汚らわしい心』としたいくらいじゃ。

ついでに触れておくと、『犬の心』を取り上げたロシアの解説書には、題名を決めるうえでブルガーコフに影響を与えたのではないかと思われるざれ歌が紹介されている。サンクトペテルブルグの見世物小屋の座元の家に生まれたA・V・ライフェルト（レイフェルト）という人が書いた『見世物小屋』（一九二二年）という本に載っている歌で、次のような歌詞じゃ。

……

メインディッシュはパイ料理
詰めてあるのはカエルのもも肉
オニオンそしてコショウも少々
味の仕上げは犬の心（心臓）

わしは、あるロシア人にこの歌詞を見せて、この最後の部分は「心ですか心臓ですか」と尋ねたところ、その人はちょっとあきれた顔をして、こう答えた。

「ベトナムや韓国と違ってロシアでは犬を食べませんから、犬の心臓がカエルのもも肉と一緒にパイに詰められているわけではありません。この俗謡はどこかのレストランをけなしているんです。《料理の見た目は一流のようですが、心がこもっていません。手抜き料理と劣悪なサービスで不愉快な思いをしますよ》ってね」

要するに、

メインディッシュはパイ料理
詰めてあるのはカエルのもも肉
オニオンそしてコショウも少々
それにもかかわらず、味とサービスは真心抜きの最低レベル

ってことなんじゃ。問題になっているのは、レストランの主人やシェフの心構えで、犬の心臓、つまり犬のハツではないんじゃ。

手術後の心

只四郎　あたしもそう思いたいですよ。犬のハツなんて、聞いただけで震えがきますからね。

ただね、ご隠居さん、あたしは最初、この小説は犬から人間になった主人公が読み書きを覚えて、人権に目覚めて、社会の一員として成長していくという作品だと思ったんです。ところが、途中からそうじゃないと気づいたんで、シャリコフに嫌悪感を抱くようになったんですが、気づかない読者も多いんじゃないかなと思います。気づかないと混乱しますよね。

隠居　いや、そのとおりじゃよ。えらい、えらい。

お前さんの言うとおり、この作品は無垢な犬がまっとうな人間になっていく物語ではないんじゃ。もしそのように勘違いして読むと、欲求不満に陥ってしまうだろう。勘違いに引きずられてまずは犬から人間になったばかりの無学の人を助けるべきフィリップ・フィリッポビッチの鼻持ちならないエリート主義に失望する。次に、既成の規則や慣習に固執する保守的な知識人に反抗するシャリコフや彼を助ける改革派シュボンデルに共感を覚えてしまうんじゃないかな。だが、いったんそう思い込むと、話の展開がまったくわからなくなる。この図式では読み続けられないんじゃ。消化不良、疑問、不満がたまるからな。たまるはずさ、この小説はまったく別の問題を取り上げた作品だからね。

別の言い方をすると、シャリコフは映画『男はつらいよ』の寅さんではないってことさ。無学の寅さんは、善人過ぎるゆえの勘違いからいろいろな失敗を起こして笑いの渦を巻きおこすが、私欲のために他人に致命的な迷惑をかけることはない。ところが、シャリコフの非常識な攻撃は、こすっからいエゴイズムから発していて、なにかを奪い、かすめとることを目的としているので、つねに誰かが泣かされることになるんじゃ。

重要なポイントは、フィリップ・フィリッポビッチが手術の一〇日後（一月二日）に理解したことは何か、さらにその一〇日後の一月一二日、「シャリクを大変高度な精神を持つ人間に変えることができるのではないか」というボルメンターリの仮説を聞いてフィリップ・フィリッポビッチがせせら笑った理由は何か――これじゃよ。どうじゃ、分かるかな。

只四郎　うーん、ちょっと自信がないけど、手術のあとでシャリクの心が消えて、チュグンキンの心が残ったということですかね。あたしが感じたままを言いますと、最初はシャリクの心のなせるわざだなと思って読んでいた手術後の行動や発言が、いつの間にかチュグンキンのものだなと思えるようになっていくんです。その境目がはっきりあるとは思いませんが、最後には間違いなくチュグンキンの心が濃くなっていて、シャリクの心はなくなるか薄くなっていますよね。いや、よく読んでみるとルイバ（＝魚）をアブイルと発音するところ以外は、最初からすべてがチュグンキンの言葉だと解釈することもできますよ。でも、ボルメンターリは気づかないんです。だからボルメンターリにとって「手術後の彼が最初に発した言葉は、すべて彼が街頭で聞いてひそかに脳に叩き込んでいた言葉だった」というときの彼は犬のシャリクなんです。でもこれは大きな誤解です。むしろチュグンキン自身がしょっちゅう怒鳴ったり、いつも街頭で聞いたりしていた言葉なんですよ。だって、アブイル以外の最初の言葉が母親を絡めた罵り言葉で、次が「ビヤホール」、その次が「いいじゃないか、あと二杯注いでくれ」ですからね。

ボルメンターリは、一月二日の母親を絡めた卑猥な罵りの言葉を野良犬の常用語だと思ったんでしょう。そこいくと、プレオブラジェンスキー教授はさすがですな。落ちぶれた犬でもこのように下品な罵り言葉は使わないことを知っていたんですね。だから、教授は人の心がこの言葉を言わしめているんだとすぐに気づきました。つまり、教授は教養ある人間として長い間耳にしたことがなかった卑罵語を被験体から聞いた瞬間に、自分がおこなった手術が無意味であったことを悟ったんです。目の前にいるのは人間になろうとしている犬ではなくて、一度殺されて再び生き返った人間、それもいかんともしがたいほど腐った心を持っている人間だということを知ったんです。これは教授にとって身の毛のよだつできごと、心が打ちのめされるできごとでした。失神したのは当然でしょう。

隠居　お見事、お見事！

只四郎　へへへ、お調子者と言われるでしょうが、ついでに二つ言わせてください。

一つは、最近夢中になっている推理小説から気づいたことです。作者は、読者を混乱させるために、意図的にボルメンターリの目を曇らせているんです。シャーロック・ホームズのワトソン博士やエルキュール・ポワロのヘイスティングズ大尉と同じですよ。

隠居　ハッハッハ、そのとおりじゃ。お前さんの読書力はたいしたものじゃ。

只四郎　もう一つは苦情です。被験体がルイバ（魚）をアブイルと逆に発音することです。これは、ちょっといけませんな。犬はやりませんよ。いいですか、犬だって人間がしゃべっている音声を聞いていますからね。文字でどう書こうと、音声はルイバですよ。

隠居　もと犬のお前さんだからブルガーコフ相手に堂々とクレームできるんじゃな。まあアブイルには無理があるな。作者の意図はよく分かる。シャリク（犬）とチュグンキン（人）の意識が混在している状態を強調しながら、読者を驚かせて笑わせようとしているんじゃ。と同時に、初期のキリスト教徒がギリシャ語の魚の綴りおよびマークをキリストあるいはキリスト教のシンボルとして用いたという知識を下敷きに、ルイバ（魚）をアブイルと逆に発音することで、シャリコフ＝アンチキリストを暗示しているんじゃ。ブルガーコフ特有の読者との知恵比べじゃよ。「どうじゃ分かるかね？」と楽しんでいる作者の遊び心を感じ取ればいいんじゃないかな。

話を本題に戻すと、作者は被験体の心がチュグンキンの心に収束されていくことをわざとぼかしている。その理由は、「レーニン記念入党と新しい支配者の誕生」で後述するように、当時シャリコフのような人間が身近にたくさんいたので、読者が「作者はこいつらのことをからかっているんだな」とすぐに気づいちゃうからさ。単純すぎたら面白くないというわけじゃ。そこで手術後の心には無垢な犬の要素が残っているだろうなという読者の予想を、しばらく放置した。でも当時のロシア人ならば、あるところで作者の真意に気づいたはずじゃ。ところが、今の日本の読者の周辺にはシャリコフに相当する人びとがストレートにはいないので、作者のひねりにそのまま乗せられてしまうかもしれないな。

実は作者が誘導したこのわき道に迷い込んで抜け出せなくなってしまったのが、一九七六年のイタリア・ドイツ合作映画じゃ。シャリコフを犬から人間に成長しきれずに葛藤する若者として描いてしまった。しかもイタリア映画特有の甘いエロティシズムを混ぜてね。

だが作品を注意深く読めばわかるように、手術が終わってしばらくたった被験体の心には犬のいの字も残っていない。彼が犬から受け継いだのは、無意識の行動、習性だけで、それもじきに消える運命にある。心（意識）は、ドナーのもの、つまりチュグンキンの心のままじゃ。アル中、実質前科三犯、酒場のバラライカ引き、ごろつきの心じゃよ。手術で無垢の心に生まれ変わったわけではないんじゃ。

只四郎　ってことは、犬が人間になったのではなく、一度死んだならず者チュグンキンが犬の体を借りて復活したわけですね。しかも、ふつうは過去の行状や性格を断ち切って真人間になって再スタートすることを「生まれ変わったように」というんでしょうが、この作品では「ならず者は生まれ変わってもならず者のまま」なんですね。要するにシュボンデルの共産主義教育の対象は、右も左も分からないもと犬ではなくて、前世の素質をそのまま受け継いだ、改心も更正もしていないやくざ者だったんだ。シュボンデルはそいつに革命思想を吹き込んだんですね。吹き込まれた男の方は、自分の私欲を充たすために、覚えた共産主義の知識と交渉のテクニックを活用して、手術を受けたもと犬という弱者の立場をかさに着て、人びとを苦しめるんだ。

隠居　パチパチパチ、そのとおりじゃ。

作者ブルガーコフが強調したかったのは、まさにそのことさ。最下層のならず者が、革命直後のロシアで、生半可な共産主義の知識を身につけて、党や国家機関で役職につく状態が生まれています。その地位を利用してまっとうな人びとをいじめています。みなさんこれを見逃してはいけませんよ——これが作者の訴えたい点じゃ。

作品の冒頭に唐突にタイピストの愛人のせりふが出てくるだろう。

「……ようやく私の思うままになるときがやってきたのだ。今の私は議長だ。私が盗んだお金は、女の体と、エビガニ料理と、高級シャンペン・アブラウ・デュルソーに使うんだ。若いときの腹ペコの生活はもうたくさんだ。今を楽しもうぜ。死んでからのことなんてどうでもいいのさ」

この部分は、将来のシャリク、つまり公共事業局の課長に出世してタイピストを手籠めにしようとするシャリコフの前触れなんじゃ。そしてこういう人間をけしかけて、誠実な知識人であるフィリップ・フィリッポビッチとたたかわせるのに夢中になるのが、住宅委員会の指導者シュボンデルなんじゃ。これが本書の基本的な構図さ。ここに一九二五年当時のソ連の最も重要な問題が隠されているんじゃ。

只四郎　その基本的な構図を詳しく説明していただく前に、それを理解するのに必要だと思う知識を披露してください。あたしにはわからないことがいっぱいあります。まず、なんで住宅委員会が共産主義を教えるんですか？　住宅委員会って建物を管理する組織ではないんですか？　それにフィリップ・フィリッポビッチが住んでいる建物がよく分からないですね。プレチスチェンカ通りって特別の通りなんですか？　ブルジョアとプロレタリアって、野良犬が日常会話で使うような一般的な言葉なんですか？

カラブホフの家と住宅委員会

隠居　いいじゃろう、お前さんの質問に答えていこうじゃないか。まずは住宅委員会じゃ。わしだってすべてを知っているわけではないので、ちょっと口幅ったいが、まあ聞いておくれ。

プレチスチェンカ通りとオーブホフ横町（現チーストイ横町）の角にある建物は、カラブホフという不動産屋（あるいは建築家）が一九世紀末に建てた四、五階建ての高級マンションという設定だ。フィリップ・フィリッポビッチの住宅兼診療所はこの建物のメインフロアー（二階）にある。玄関、廊下、炊事場、風呂場、トイレのほかに七室もあるというのだから、ぜいたくな住居だな。同じ階に砂糖工場を経営しているポロゾフ家が住んでいて、真上にはブルジョアのサブリンが住んでいるなど、この建物には全部で一二戸の家族が住んでいる。メインフロアーに最も豪華な住居があるのが普通なので、フィリップ・フィリッポビッチのところが最も広いのだろうが、他の住居も豪勢なものであることは間違いない。手術の後でもと犬が周囲の状況に反応して初めて口にした言葉を覚えているかい。フィリップ・フィリッポビッチの住宅の各部屋を見たあとで「ブルジョアめ」ってののしったんだ。「ぜいたくに暮らす金持ち野郎め」くらいの意味かな。まあ、このマンションに住んでいた人たちは最低でも住み込みのお手伝いさんは雇っていただろうね。一階（グランドフロアー）や半地下階には普通、建物の持ち主（分譲マンションの場合は区分所有者の組合）が雇った管理人、ドアマン（玄関番）、掃除夫たちが住んでいたんだよ。

革命後の一九一八年八月、都市の不動産が国有化され、市や地区の役所が住宅を管理するようになった。そして広さに余裕のある住居（お金持ちの邸宅やマンション）に住宅困窮者を同居させる政策を徐々に実施するんじゃ。裕福な住民に部屋を空けさせてそこに貧しい人びとを入居させるこのやり方をウプロトネーニエ（居住密度の引き上げ）といった。入居の基準は本書では一人当たり一六アルシン

［約八平方メートル、団地間五・六畳分］となっているね。玄関、廊下、台所、浴室、トイレなどを除いた部屋、つまりダイニング（食事室）・リビング（居間）・ベッドルーム（寝室）として使える部屋の面積（居住面積）をこの目安で割り当てたんじゃ。この共同住宅（コムナーリナヤ・クワルチーラ、コムナールカ）は、格好良く言えばフラットシェア、ルームシェアだが、実態は多くの世帯が一フラットあるいは一ルームに雑居する悲惨な生活じゃよ。

さて建物と敷地を管理する住宅委員会は、本来建物の管理を行うために住民の総会が選出する機関じゃ。もともとは日本のマンションの区分所有者で構成する管理組合の理事会と同じものだったが、建物が国有化されたので、区分所有者ではなく、居住者の組織となった。日本のマンションの自治会（町内会の一部）じゃな。この委員会は末端の行政機能も併せ持っていた。役所の通達を住民に知らしめたり、居住証明書を発行したりする仕事じゃ。

住宅困窮者の入居政策が実施されると、住宅の配分を仕切る権限もこの委員会が持つようになる。作品中に住宅委員会の男装の女がシャリコフに書類を届けるくだりがあったじゃろう。シャリコフに居住スペースを配分することを決めた書類じゃよ。

新住民（＝貧しい人びと）はもともと共産党支持者が多い上に、支持者でなかった人も党のおかげで寝場所が確保されたわけだから、共産党を支持するようになる。こうして新住民がその建物の住民の大多数を占めるようになれば、共産党員が住宅委員会の指導部に選出されるわけじゃよ。委員長や書記になった共産党員たちは、党の思想や政策を宣伝・教育したり、住民を監視して反革命派を摘発したりすることもおこなうようになるんだ。物語の初めの方でサブリン家に移ってきて、住民総会で新役員に選出されたシュボンデルら四人がまさにそういう共産党員たちさ。彼らは旧住民に対する締め付けをいっそう強めていって、著名な医師の診療所として例外視されてきたフィリップ・フィリッポビッチの住宅に対しても、住宅困窮者を受け入れるように迫ってくるんじゃよ。

作者自身、モスクワに出てきて住まいがなくて苦しむんじゃ。住居を確保するためには住宅委員会のボスやその上の役人にへりくだらなければならないし、賄賂も使わなければならない。また共同住宅のトイレ、台所、浴室はみんなで使うから、衛生上の問題や順番をめぐるトラブルが頻発する。プライバシーはなくなる。他人のものを無断で借用・頂戴することが日常茶飯事となる等々。

ブルガーコフが一九二四年九月三日の日記に書いているエピソードを紹介しておこう。独身者が基準面積一六アルシン（八平方メートル）を上回る部屋（分かりやすくするために二倍の三二アルシン強の面積の部屋としておこう）に一人で住んでいると、役所と住宅委員会がその部屋に見ず知らずの他人を送り込んでくるという状況を思い浮かべてほしい。

作家リジンのところを訪ねたところ、最近彼の部屋が居住密度引き上げの対象となり、役所に登録されてしまったことを知った。彼が登録の通知にやってきた役所の代理人に「同居人と住むようになったら、私はどこで小説を書けばいいんですか？」と質問したところ、返ってきた答えは「（同居人がいようがいまいが）ここ［食事室兼居間兼寝室——隠居］で書けばいいでしょう」だったという。

さらにリジンはこんな話をしてくれた。——ある男性が街で偶然知り合った女性と結婚した。

唯一の条件は、彼の部屋に引っ越してくることだった。

私も似たような小話を知っている。ユダヤ人のラビノフ氏は結婚相談所で、「誰でもいいから女性を紹介してほしい」と言ってこう続けた――「戸籍課へ一緒に行ってすぐに結婚してやる。きょうの夕食だっておごってやる。わしの部屋へ移ってくるだけでいいんだ」と。

ブルガーコフは多くの作品で共同住宅のトラブルを風刺していて、最後には『マスターとマルガリータ』の中で悪魔ボーランドに《最近のモスクワの人びとは昔と比べて大きく変わったわけではないが、住宅問題が影を落としている》と言わせているんじゃ。

プレチスチェンカ通り

只四郎　フィリップ・フィリッポビッチの高級マンションがあるのがプレチスチェンカ通り、シャリクが拾われた場所もプレチスチェンカ通り。この通りがなんで小説の舞台になっているんですか?

隠居　さきほどちょっと触れたように、この上なく清廉な生神女（聖母マリア）という意味にひっかけて、この物語に宗教的、神秘的装飾をほどこすふりをするという意図がある。だが、作者を含む多くのロシア人がこの通りに特別のあこがれを抱いていたという事情の方が重要じゃな。今でもこのあこがれは続いているよ。ノスタルジーと言ってもいいかな。貴族と大金持ちの邸宅が並ぶ超エリートの街だったんじゃ。あえて東京と比較すると、明治大正期に華族の屋敷が集中していた麹町や駿河台のようなものかな。一八一二年のナポレオン戦争によるモスクワ大火で一度ほぼ壊滅するが、すぐに豪勢な石造り・煉瓦造りのお屋敷が復活し、さらに一〇〇年ほどかけて整備されていくんじゃ。商店街、歓楽街、ビジネス街などとは異なる、華やかで落ち着いた街並みになるんじゃ。

たとえば木村浩『世界の都市の物語⑪モスクワ』（文芸春秋社一九九二年）も、プレチスチェンカ通りが一九世紀の貴族時代の面影を色濃く残している地区であると強調している。そして、多くのロシア人がそこに郷愁を抱いている例証として、作家エレンブルグ（一八九一〜一九六七）が一九六〇年代に書いた少年時代のプレチスチェンカの散歩の想い出を紹介している。

このプレチスチェンカ通りにはどんな建物・家があるか？　まずは大貴族・将軍の邸宅じゃ（下記の固有名詞は名門貴族の苗字）。白御殿（プロゾロフスキー・ファミンツィヌイ邸。現在モスクワ文化遺産局の管理下にある）、フルシチョフ・セレズニョフ邸（現プーシキン博物館＝詩人プーシキンの作品や生活を紹介する博物館。なお言わずもがなじゃが、五〇年代にスターリンを批判して雪解け政策をおこなったフルシチョフ共産党第一書記は貴族のフルシチョフ家とは無関係。もう一つまぎらわしいのは、西洋美術の傑作が陳列されているプーシキン美術館がプレチスチェンカ通りから三百メートルほどのところにあること）、ロプーヒン邸（現トルストイ博物館別館）、エルモロフ邸（イサドラ・ダンカンの住居兼バレエ学校はここにあった。現外務省付属外交官サービス局UPDK）、ドルゴルコフ邸（現ツェレテリ・ロシア美術アカデミー総裁ギャラリー）、オホトニコフ邸（その後ポリバノフのギムナジウム、現セロフ記念児童美術学校とムラデリ記念児童音楽学校）――などじゃ。大金持ちの家には、織維工場主の未亡人アレクサンドラ・コンシナ邸（その後「学者の家」、現科学アカデミー中央学術会館。門の上のライオンの家）、実業家モロゾフ邸（現美術アカデミー幹部会。これもいわずもがなじゃが、神戸の洋菓子店モロゾフとは無関係）――などがあり、高級集合住宅にはコスチャコワのマンション、レックのマンション、イサコフのマンションなどがあった。また、一八三五年にこの通りの二二番地の建物に消防署が設けられた（現在ここには消防を含めた救難活動を管轄する非常事態省のモスクワ本部が置かれている）。近年の都市整備事業のおかげで、プレチスチェンカ通りの歩道が広げられて敷石も歩きやすいので、楽しく散策できるようになっている。

次に作者ブルガーコフ自身がこの通りに深くかかわるんじゃ。プレチスチェンカ通り二四番地（小説の中でカラブホフの家がある場所）のマンションには、ブルガーコフの母方の叔父で医者のポクロフスキーが住んでいて、ブルガーコフはここを何度も訪れている。

また、「犬の心」執筆当時、ブルガーコフと二番目の妻リュボフィ（ベロジョルスカヤ）は、オーブホフ（現チーストィ）横町九番地の建物の中庭にあった納屋（「まったく不自然な小さなあばら屋」――ブルガーコフの日記の表現）の屋根裏部屋（彼らは「鳩小屋」とも呼んでいた）に住んでいた。秘密警察に家宅捜索されて、日記と『犬の心』の原稿が押収されたのもここで、プレチスチェンカ通り二四番地のカラブホフの家からわずか五〇〇メートルの距離にあるんじゃ。

さらに、プレチスチェンカ通り三二番地の旧ポリバノフ・ギムナジウムの建物にあった国立芸術学アカデミー（文化芸術関係の研究所で一九二一年から一九三〇年まで存続。ロシア・インテリゲンツィアの最後の砦と呼んでいる人もいる）の研究員にブルガーコフの友人が多かったんじゃ。哲学者でアカデミー副会長のグスタフ・シュペト（一八七九〜一九三七年）夫妻、ニコライ・リャミン理論詩学室長（一八九二〜一九四二）夫妻、哲学者で文学評論家のパベル・ポポフ（一八九二〜一九六四）、建築・絵画・音楽・文学の歴史に詳しいアレクサンドル・ガブリチェフスキー（一八九一〜一九六八）、画家で博物館学芸員のボリス・シャポシニコフ（一八九〇〜一九五六）らがブルガーコフと親しくしていた。ブルガーコフは彼らを、後述する一三番地のレックのマンションに住んでいた友人たちも含めて、「プレチスチェンカの人びと」と呼んでいたようじゃな。

シャリクはどこで拾われた？

で、作者はロシアの読者が持っているプレチスチェンカ通りのイメージ（わしは当たっているとは思わないが、この通りをモスクワのサンジェルマンやモンマルトルと呼ぶ人もいるくらいじゃ）をベースに物語を組み立てているんじゃ。とはいえ、小説は小説。実際の街並みとまったく同じというわけではない。だから余計面白い。プレオブラジェンスキー教授と野良犬シャリクの出会いの場所ですら読者の解釈は二つに分かれている。

前述のリャミン国立芸術学アカデミー理論詩学室長の二番目の妻（彼の最初の妻は夫の同僚モリッツのところに逃げてしまった）は、プレオブラジェンスキー教授とシャリクの出会いの場所について、かつてプレチスチェンカ通り六番地と八番地の間にあったトンネル通路の前だと語っていて、さらに、同じアカデミーに勤務していた画家・博物館学芸員シャポシニコフの孫は、《教授がソーセージを買った店はかつてプレチスチェンカ通りの一番地にあった店だった》と強調していたという(http://www.nasledie-rus.ru/ podshivka/11805.php)。二人とも、一九二五年当時のプレチスチェンカ通りや、ブルガーコフ本人、芸術学アカデミーの面々を直接知っていた人たちなので、信頼性は高いと思いたい。正確な年代は分からないが、初代の(つまり一九三一年以前)の救世主キリスト大聖堂の屋上から撮影したプレチスチェンスキエ門広場(プレチスチェンカ通り入口)の写真には、一番地の建物とその向かい側の二～八番地の建物が写っているので、掲載しておこう(http://fotokto.ru/photo/view/6991982.html)。

下の写真は同じようなアングルから撮影した二〇一二年の写真じゃ(A. Savin, WikiCommons)。

現状ではトンネル通路は存在せず、路地になっている。お店があったという一番地の建物は、一九七二年ニクソン米大統領のモスクワ訪問を前にして解体されてしまった(その場所は現在公園となっていて、『犬の心』の読者にとって皮肉なことに、この公園には一九七六年からエンゲルスの銅像が立っている)。

この説にもとづいて、教授が犬と出会ってから家に連れて帰るルートを図示したものが地図4じゃ。

これに対して、中央生協店は一番地ではなくて、九番地の建物(旧コスチャコワのマンション、現中央エネルギー税関)の一階にあったので、プレオブラジェンスキー教授とシャリクの出会いはその向かい側の片隅(「学者の家」のあたり)だったと主張する人々がいる。ただしこの場合には、シャリクが火傷を負ってうずくまっていたはずのトンネル通路は作者のフィクションだったということに

一番地の建物（ここにお店があった）
６番地と８番地の間の路地またはトンネル通路
プレチスチェンカ通り

なる。こちらの説にもとづくルートは約二〇〇メートル短くなる（地図5参照）。

一方、オーブホフ（現チーストイ）横町とプレチスチェンカ通りの角にカラブホフの家（フィリップ・フィリッポビッチのマンション）のエントランスがあるというのが物語の設定だが、この交差点の角（プレチスチェンカ二四番地）に実際にある建物（作者の叔父が住んでいたマンション）の構造はそうなっていない。多くの人が指摘しているのは、カラブホフの家のモデルは、プレチスチェンカ通り一三番地の建物（レックのマンション）で、ここにはドアマンがいて、エントランスホールには大理石の階段があり、そこには絨毯が敷かれていたほか、オーバーシューズ用のくつ箱、樫製のコート掛けなどがあり、フラットの数も一二だった（二四番地にある建物のフラット数は八）という。なるほど、エントランスは角にある（ただし左右を逆転する必要がある）（http://www.nasledie-rus.ru/podshivka/11805.php）。

レック（一八六七〜一九一三）というのは、銀行家、実業家で、邸宅やマンションを建設して売却する事業を大々的におこなった。一三番地の建物も彼が建てたマンションじゃ。宝石商のカルル・ファーベルジェ（一八四六〜一九二〇。王室の注文で製造した貴金属・宝石入りインペリアル・イースター・エッグで有名）の三男で、ファーベルジェ社のモスクワ支社長だったアレクサンドル・ファーベルジェ（一八七七〜一九五二）がこのマンションの二フラットを所有して住んでいた。彼は革命後もしばらくは文部人民委員部（文部省）の東方美術の専門官としてモスクワに残り、このマンションに住んでいたが、一九二〇年に亡命してしまう。彼が住んでいた二つのフラットには、前衛芸術家グループ「ダイヤのジャック」の画家たちや演劇芸術大学（GITIS）の教師らが移ってきたんじゃが、その中にはブルガーコフの友人もいて、ブルガーコフもここを何度か訪問している。そこで、カラブホフの家の住所は叔父が住んでいた二四番地に置き、建物や室内の構造はこのレックの家を踏襲したというわけじゃ。

さらにこのアレクサンドル・ファーベルジェのフラットが、ブルガーコフの代表作『マスターとマルガリータ』の主要な舞台である「不吉なアパート」と呼ばれた五〇号室（宝石商の未亡人のフラット）のモデルの一つにもなっているんじゃ。

このように実際の通りや建物と物語との結びつきを詮索することに意味があるかというと、まあこれは遊びの世界だと割り切った方がよいだろうな。ただし、結構面白い遊びではある。ロシアでは、『マスターとマルガリータ』などのブルガーコフの作品に登場する場所や建物をめぐるツアー（日本のアニメの聖地巡礼と同じじゃな）も盛んで、ブルガーコフ専門のガイドもいるほどじゃ。

一方、ボルトコ監督の映画『犬の心』は、プレチステンカ通りを前面に押し出していない。帝政時代の華やかな街並みの懐古をはばかったのか、もっと現実的に、撮影がすべてレニングラード（現サンクトペテルブルグ）でおこなわれたからなのか、正確な理由はわからない。

ブルジョアとプロレタリア

只四郎　もう少し聞きますよ。この作品を読んでから、なんとかロシアの歴史をわかろうと思って、ちょっと調べてみたんですが、この物語の七～八年前にロシアで革命が起きるんですよね、社会主義革命が。で、この社会主義革命というのは、資本主義という制度をなくす革命、つまり会社を持っている人（これがブルジョア？）を排除して、社長や重役をなくしちゃうものだって書いてありましたよ。それなのに、革命後七年も経ったモスクワに砂糖工場主やブルジョアという人びとがまだいたんですね。みんな亡命したり、殺されたりしたんじゃないんですか？

隠居　むずかしいことを簡単に質問されると、こちらは結構困るんじゃよ。まあ、わし流にざっくりと片付けるぞよ。

フィリップ・フィリッポビッチが「冷菜とスープをつまみにしてお酒を飲むのは地主だけですよ。ボリシェビキにまだ処刑されていなければの話ですがね」と言い、シャリコフが「おれは紳士じゃないよ。紳士と呼ばれる連中はみなパリに亡命しちゃったからね」と言っているように、一九一七年以降、資本家や地主が廃業に追い込まれた。そのうち大金持ちは大多数が亡命した。内戦が始まると、白軍に参加したり、独自に革命政権に反対する運動をおこなったりして、最後は亡命するか、国内で逮捕されて処刑された人もいた。だから、一九二五年当時には本当に裕福な資本家や地主はほとんど残っていなかった。だが、そもそも革命には、一晩で様変わりする部分とかなりの年月をかけて変わっていく部分とがある。資本家といったって、銀行や大工場の所有者たちはすぐに亡命できただろうが、中小企業主ならばおいそれと亡命できるわけではないからじゃ。

また、第一次大戦が終わり、ロシアの内戦も一段落つくと、共産党政権の政策はそれまでの「戦時共産主義」時代のやり方から「新経済政策《ネップ》」に移っていくんだ。内戦時に実施されていた農民からの食糧徴発が、現物税（一九二一年からは一〇パーセント）に変わり、農民は残りの穀物を自由市場で販売することが認められ、小企業の私的営業が許可され、労働者の雇用や商取引が認められた。資本主義の一部復活といってよいこの政策は紆余曲折がありながらも、一九二一年に始まり一九二〇年代の後半まで続いた。革命前からの実業家で活動を再開した人もいたし、新たに事業を興して成功した人もいたよ。シャリコフが自分は「勤労分子」であって、ネップマンではないと言ったときのネップマンはこうした新興実業家で、イメージ的には闇経済にも手を出している成金経営者といった響きかな。またこの作品にチーズのお店が登場するチーチキンのように、ソビエト政権にある程度協力する事業家もいたんだろうな。

只四郎　そもそもプロレタリアとかブルジョアといった言葉に違和感を覚えるんですよ。それでもなんとか受け入れようと思って、プロレタリアは貧乏人、ブルジョアは会社を持っている金持ちと解釈しましたけど、違いますか。

隠居　まあ、はずれてはいないよ。プロレタリアとは、財産を持っていないので、自分が働いて給料を稼ぐ以外に生計の手段を持たない人のことだ。財産を持たない人という意味で「無産者」という訳語もあった。広い意味では、被雇用者、サラリーマンって言ってもいいな。一方、ブルジョアとは、財産を持っていて、その財産を元手に従業員を雇って事業を展開する人のことだ。会社のオーナー、株主、社長や役員と言ってもいい。こう言うと簡単なように見えるが、実際の社会は複雑なんだよね。大会社の社長だってサラリーマンからスタートする人が多いしね。それに二、三人の従業員を雇って自分も汗水流して働いている小企業の社長をブルジョアというのは抵抗があるよね。また土地や株といった財産を持っているサラリーマンだっている。でも人を雇って事業を展開する少数の集団と雇われる側の多数の集団とを区別することは、現代社会の問題を分析・検討するうえで非常に有効な分類方法だと思うよ。

多くの社会主義者がかつて思い浮かべたプロレタリアのイメージは、大工業が生み出す産業労働者で、教育水準も比較的高く、社会参加にも積極的で、民主主義についても訓練を受けた人びとだ。この集団が政権を握って、資本主義（他人の労働を私的に使う経済運営）から社会主義（自分たちで自分たちの労働を利用する経済管理）に移っていくというのが、二〇世紀初頭の社会主義者の夢だった。

ただし犬のシャリクがけなしたり、同情したりしているプロレタリア（コック、掃除夫、タイピスト）や、フィリップ・フィリッポビッチが「好きじゃない」と言っているプロレタリアは、「組織された労働者階級」というより、どちらかというと「都会の落ちこぼれ低所得者層」といった感じだな。底辺の最貧民層という意味でルンペン・プロレタリアという言葉もあるよ。まあ、ロシアでも一八六一年の農奴解放を契機に産業革命・資本主義化が進み、徐々に労働者が生まれてくるんじゃが、第一次大戦と革命・内戦の過程で経済が混乱して工業の発展が足踏みした結果、産業労働者と呼ばれる集団、あるいは親の代から労働者だった大きな集団は、まだ完全には形成されていなかったんじゃ。


ロシア革命が労働者革命というのは神話に等しい。一三年ロシアの人口は一億六九〇〇万人であったが、一七年の工業労働者はせいぜい三四〇万人、つまり二パーセントでしかなかった。しかも戦時中の『労働者』は実態的には女性と子供であった。首都ペトログラード（現サンクトペテルブルグ）の労働者ですら、都市出身者はせいぜい一割、残りは農民であった。つまり労働者もほとんどいないところで『プロレタリア権力』が生じた。

（下斗米伸夫『ソ連＝党が所有した国家』講談社選書メチエ、二〇〇二年、二〇頁）

フィリップ・フィリッポビッチは「ヨーロッパから二〇〇年の遅れをとっていて、今にいたるまでズボンの社会の窓を閉められないような連中」といってロシアのプロレタリアを小ばかにしているが、実はこれが客観的な姿に近かったんじゃよ。

只四郎　なるほど、分かりましたよ、ご隠居さん。住宅委員会が、あるいは、そこに参加している貧しい人びとが、ある意味でご用済みになった革命思想の学習や革命歌の合唱にうつつを抜かしていないで、自分がやるべきこと、つまり日々の生業と身の回りの整頓に十分な力を注ぐべきだという、プレオブラジェンスキー教授の主張につながるわけですね。ところがシュボンデルは、教授が今の世の中でどれだけ重要な役割を果たしているか気づかずに、この高名な医者を敵視し、貧しい人びと（この場合シャリコフ）を扇動して、喧嘩させてしまうんだね。

2　『犬の心』における社会主義批判

隠居　えらい、只四郎、その通りじゃよ。

この作品は誰が読んでも社会主義を批判した小説じゃ。なにしろ反社会主義的発言がふんだんに盛り込まれているからね。共産党員を挑発するようないやみたっぷりの皮肉がてんこ盛りじゃ。と同時に、お前さんも気づいたような、人びとがやるべきことをちゃんとやりなさいという趣旨の批判も流れている。読み手によって、受け止め方がかなり変わるんじゃ。

秘密警察のレポートから

まずは当時の共産党員がこの作品の社会主義批判をどう受け止めたか、とくに反革命派の摘発を仕事としていた人間がどう受け止めたかを見てみよう。

「『犬の心』の執筆と発表の経緯」のところで説明したように、ブルガーコフが一九二五年三月の七日と二一日の二回に分けて『犬の心』を読み上げた文学サークル「ニキーチナの土曜会」の集いには、オーゲーペーウーにつながりのある人間も参加していた。具体的に誰かは不明じゃが、このエージェントは九日と二四日にそれぞれオーゲーペーウーにレポートを提出している。(二つのレポートの原文は『ノーブイ・ミール』誌一九九七年、第一〇号に掲載されたビターリー・シェンタリンスキー「ゲーペーウーの目から見たマスター(ミハイル・ブルガーコフの人生の舞台裏)」より)。

三月七日の集いのレポート

ニキーチナの家(ガゼトヌイ横町三番地フラット七、電話二一四一六)で文学サークル「土曜会」の例会が催され、ブルガーコフが自作の中篇小説を朗読した。ある教授が死亡直後の人間の死体から脳と精巣(睾丸)を摘出して犬に移植した結果、犬が人間になるというあらすじの小説である。物語全体がソビエト体制に敵対し、ソビエト体制をとことん蔑視する色調で描かれている。

一　教授は七部屋もあるフラットに住んでいる。そこは彼の仕事場でもある。そこに労働者のグループがやってきて、二部屋を明け渡すよう要請する。その建物の他のフラットは満室だが、教授のところは七部屋に一人で住んでいるからである。ところが教授はこれに応じるどころか、八つ目の部屋をよこせと要求し、さらに電話を一〇七番にかけてソビエト政権のどこかのお偉いさんビタリー・ウラシエビッチ(?)[第一稿ではビタリー・アレクサンドロビッチ、第二稿ではピョートル・アレクサンドロビッチとなっている——隠居]を呼び出し、「拳銃を持った労働者たち(実際には拳銃など持っていない)が押しかけてきて、台所を寝室として使え、手術はトイレでおこなえと言われたので、私はあなたの手術を取りやめるだけでなく、仕事をすべてやめてバトゥミに引っ込む」と言う。

ビタリー・ウラシエビッチは、誰にも手出しさせない「お墨付き」を約束して、教授をなだめる。労働者グループが一杯食わされた格好になり、教授が勝利する。女性労働者が「わが党派の貧者のために雑誌を買ってください」と言うと、教授は「買わない」と答える。

「なぜですか。安いですよ。わずか五〇コペイカです。ひょっとするとお金がないのですか?」

「お金はありますよ。ほしくないから買わないだけです」

「ということは、あなたはプロレタリアートが好きではないんですね」

「そうです」、教授が答える。「私はプロレタリアートが好きではありません」

これらの会話は、ニキーチナの土曜会のメンバーによる意地の悪い笑い声の中で進行する。誰かが我慢できなくなったようで、憎々しげに叫ぶ――「これはユートピアだ」。

二　例の教授がワイン「サンジュリエン」を飲んだ勢いで叫ぶ。「荒廃とは何ですか? 夢に出てくる杖をついた老婆ですか? いいえ違います。荒廃なんてありません。これまでもなかったし、これからもないし、そもそも存在しないものです。荒廃とは人びと自身です。私はこのプレチスチェンカ通りに一九〇二年から一九一七年までの一五年間住んできました。この建物には一二フラットあります。ご存知のようにたくさんの患者が私のところにやってきます。建物の玄関を入ったところにはコート掛けとオーバーシューズ棚がありました。いいですか、二月二四日［一九一七年二月二三日のデモがロシア二月革命の端緒となった――隠居］までの一五年間には、一つのコートも、一枚の雑巾も紛失したことがありませんでした。ところが二四日にすべてが盗まれてしまったんです。

すべてのシューバ（毛皮のコート）、私のオーバーコート三着、すべての杖、ドアマンのサモワールが消えてしまいました。何が原因であるかは［二月革命が原因であることは——隠居］一目瞭然です。ところがあなたは荒廃だというわけです」。聴衆全員の笑い声が響き渡る。

三　教授に飼われた犬がフクロウの剥製をこわした。教授はかんかんになって怒った。メイドが犬を殴って懲らしめるように言うと、教授は怒り猛っているにもかかわらず、「だめだ、殴ってはいけない。殴るのはテロだ。あいつらがテロで何をもたらしたか分かっているだろう。必要なのはテロではなくて、諭すことだ」としゃべりまくる。そして凶暴に、ただし痛みを感じさせないようにして、犬の顔をこわれたフクロウの剥製に押し付ける。

四「健康と神経にとって最良の薬は、新聞とくにプラウダ紙を読まないことだ。私が診療所の三〇人の患者を観察したところ、プラウダ紙を読まなかった患者の回復は読んだ患者よりもずっと速かった」等々。こうした個所、つまり疑う余地なくソビエト体制全体を憎悪・軽蔑していて、ソビエト政権のすべての成果を否定していることを示す箇所は、いくらでも紹介できる。

このほか本書には実務的な、あたかも学術的な外見を装ったポルノグラフィーが散りばめられている。このように本書は他人の不幸を喜ぶ俗人や軽薄な女を喜ばせる本であり、単純に淫蕩にふける老人の神経を心地よく刺激するしろものである。

だがソビエト政権には信頼できる厳格で鋭い目を持つ監視者がいる。グラブリトだ。グラブリトの見解も私のそれと同じだと思うので、この本が世に出ることはないと確信する。だがすでにこの本の前半は四八人の聴衆の前で朗読されてしまった。しかも聴衆の九〇％は作家である。つまりグラブリトがこの本の出版を許可しない場合でも、この作品の役割は達成され、その主な仕事はすでになされてしまった。出席した作家の脳はすでに感染してしまい、彼らの筆致は過激になるだろう。だが本書が出版されないならば、将来そのこと自体が作家たちにとって、検閲の許可を得るためにはいかに書かなければならないか、すなわち自分たちの信念や宣伝を世に出すためにはいかに出版しなければならないかを教えてくれる贅沢な教訓になるだろう。（ブルガーコフは一九二五年三月二五日に中篇小説の後半を朗読することになっている〔二回目の朗読会が当初二五日に予定されていて、何らかの理由で二一日に変わったのか、エージェントの記憶違いかは分からない――隠居〕）。

モスクワの最も豪華な文学サークルで読み上げられたこの作品は、全ロシア詩人同盟〔一九一八年から一九二九年まで存在した団体、その後ソ連作家同盟に吸収――隠居〕の会議における一〇一等級の文学者たちの毒にも薬にもならない発言よりも数段危険であるというのが、私の個人的見解である。

どうじゃな、面白いじゃろう。ひょっとするとエージェントは速記者だったのではないかと思わせるほど、細かく記録している箇所がある。あるいは、エージェントは一人ではなく複数で、レポートは合作だったのかもしれないな。

もう一点興味深いのは、このときブルガーコフが読み上げた原稿と本翻訳の底本である第一稿との間に若干の違いがあったのではないかと推測できることじゃ。たとえば、読み上げた原稿ではオーバーシューズが盗まれたのが「二月二四日」となっていたが、第一稿では「四月のある晴れた日」「四月一三日」（レーニンの四月テーゼを暗示する日）となっている。また、フィリップ・フィリッポビッチが電話をかけた番号一〇七は第一稿には出てこない。そもそも何らかの機関あるいは個人を連想させる番号なので、第一稿では削除したのかもしれないが、確認は取れない。また男装の女性が雑誌の購入をお願いするときの理由が、朗読したときはちょっと微妙な「わが党派の貧者のため」となっていたが、第一稿ではずっとわかりやすい「フランスの子どもたちのため」に変わっている。

一方、わしがちょっと驚いたのは、ポルノグラフィー云々のところじゃ。フランス式愛や患者たちの言動、あるいは、ダリヤ・ペトロブナの消防士との抱擁のことを言っているのだろうが、それほど煽情的だろうか？　まあ、現在のわれわれからすると刺激的ではないが、ひょっとすると、朗読時のブルガーコフはこれらの場面を思わせぶりに朗読したのかもしれないな。

二回目の朗読会のレポートは趣が異なる。

三月二一日の集いのレポート

ニキーチナの土曜会でブルガーコフが朗読した『犬の心』の後半部分（前半部分については二週間前に報告済み）は、そこに出席していた二人の共産党員作家の怒りと他の参加者全員の称讃を呼び起こした。後半部分の内容の大意はこうだ――人間になった犬は日ごとに図々しくなる。堕落して、教授のメイドにちょっかいを出す。作者のあざ笑いと非難の的は、人間になった犬が革のジャケットを着ること、自分の居住面積を要求すること、共産主義的思考様式が身についてきたことに集中する。教授はかっとなり、自分が造りだした不幸の種と袂を分かつために人間を犬に戻す。

このように乱暴に偽装した作品（これは意図的かつ粗雑に犬から人間への改造物語を装った反革

命の文書にほかならない）がソ連の書籍市場に出回るならば、われわれに劣らず書籍不足に苦しみ、独創的で威勢のいい筋立ての作品探しに疲れている国外の白軍の連中が、ソ連国内に反革命作家がいるという例外中の例外的状況を見て、さぞかしうらやましがることだろう。

只四郎　二回目のレポートは手を抜いているんじゃないですか。

隠居　そうじゃ。一回目の報告で事足りたと思ったのか、何か別の事情で注意力が散漫になったのか、まとめる時間がなかったのか、今となってはまったくわからないが、ちょっといいかげんじゃな。

只四郎　プロレタリアが好きでないとか、一九一七年の二つの革命以降に荒廃が始まったといったプレオブラジェンスキー教授の発言が、社会主義をけなしているのは分かります。だけど『犬の心』の社会主義批判はそれだけではないような気がします。あたしには密告者のレポートに書いてあることとは、ちょっと違う感じがするんですがね。オーゲーペーウーのエージェントが触れていない何かがあるような……

ブルガーコフのソビエト政権批判

隠居　ロシアの社会主義に対する作者の根本的な批判はどこにあるか。まあ、多くの読者はお気づきだと思うが、作者の社会主義批判は、シャリコフを生み出してしまった自分の実験を反省する医師フィリップ・フィリッポビッチの言葉にオーバーラップされているんじゃ。「研究者が自然の摂理に従って手探りで研究を進める代わりに、力ずくで問題をこじ開けて秘密のベールをはぎ取ってしまった」――これがフィリップ・フィリッポビッチの反省点じゃが、ここに隠されているのは《共産党が自然の摂理をゆがめて力ずくで作りあげたものがソビエト政権だ》という作者の思いなんじゃ。

本翻訳が底本としたブルガーコフ『犬の心、悪魔物語、運命の卵』（ロセフ編・解説）の編・解説者のロセフはずばりこう書いている――「中篇小説『犬の心』は作者の思いがきわめて明快に述べられている作品である。ロシアの革命は、自然の摂理にしたがって社会と国民の社会経済的および精神的発展の結果として生まれたものではなく、時期尚早の、人為的に準備された犯罪的な実験であったとの思いである」

この見解はロセフだけでなく、現在のロシアの多くの人の共通の見方と言ってよいだろう。だが共産党が歴史の歩みを力ずくで変えてしまったというブルガーコフの批判は、表面的な言葉からは見えてこない。ましてや視野の狭い共産党員が朗読を一度聞いただけで理解するのは難しいだろう。また、後述する『エンゲルスとカウツキーの書簡集』のわしの解釈などは思いも浮かばなかっただろう。要するに、秘密警察のエージェントにとって『犬の心』の後半部分は未消化だったんじゃ。だから簡潔な官僚的要約と精一杯の皮肉でお茶をにごさざるをえなかったと思うよ。

只四郎　でもなんでブルガーコフはこれほど厳しい社会主義批判を小説の中でおこなったんですかね。

隠居　根底にあるのはブルガーコフの思想じゃが、これを解説する力はわしにはない。彼自身、政治観や社会観、文学論を体系的に書き残したわけでもない。彼の思想は彼の作品から読み取ればよいのだが、何度も強調するように、そのほぼすべての作品が一筋縄ではいかないように書かれているので、わしの手に余るというのが本音じゃ。

だが、多くの解説者が言及しているブルガーコフの原則的立場をいくつか確認しておくことはできる。解説者たちは主としてブルガーコフの一九三〇年三月二八日付けのソビエト政府宛て書簡（出国を請願した手紙）に基づいて、言論の自由の擁護（検閲廃止）、革命（弾圧をともなう急激な変革）に対置される進化（漸進的な改革）の思想、社会の欠陥の風刺、その結果としての社会主義の否定、ロシアの知識階級を最良の階層とみなす立場――などをブルガーコフの思想の特徴としている。これに、キリスト教の思想を加えることもできよう。

わしはこうした解説者の説明に反対しない。ブルガーコフの作品の中にこうした考えが登場しているのは事実だからじゃ。だが、わしが最初のブルガーコフの略歴のところでドミートリー・コシャコフの見解を紹介しながら指摘したように、ブルガーコフの考えは常に複眼であり、人の意見に動かされ、変化していたのも事実じゃ。

もう一点、《ブルガーコフは革命（急激な変革と暴力的抑圧）ではなく進化（ゆるやかな改革）を選択した》という定説をわしがストレートに採用しないのにはそれなりの理由があるんじゃ。もちろんブルガーコフが『犬の心』執筆時に一九一七年の一〇月革命にたいして漸進的な改革を対峙しているることはそれなりに理解できる。だが、実は一九二三～一九二四年時点の共産党の立場、つまりネップ（新経済政策）の立場は、もう革命を必要としていないんじゃ。だってそうじゃろう、革命で政権を掌握した共産党には、急激な変革と弾圧はすでに要らないからじゃ。それにもかかわらず一九三〇年のブルガーコフが革命ではなくて進化を強調しているのは、ブルガーコフが意識しているかどうかは別問題として、この時代の共産党員を含めた多くの人が激変の進行を実感していること、さらにもっと激しい大改造の到来を予想して不安を感じていることに関係していたのではないだろうか。そして後世の読者にとっては、一九二八～二九年に五カ年計画、社会主義的工業化と農業集団化が開始され、スターリン派による「偉大な転換」という「上からの革命」が進行し、社会主義建設が進めば進むほど階級闘争が激化するとの歪んだ理論が横行し、一九三六～一九三七年に大弾圧があったことを知っているので、ブルガーコフがこうした「革命的」激変を事前に察知してこれに「進化」を対置したと受け止めて、ブルガーコフの進化論を高く評価するんじゃろう。じゃが、晩年のレーニンが口をすっぱくして力説したように、一九二五年の時点では、政権奪取と弾圧という意味の革命も、社会の急激な変革という意味の革命も、社会主義のためにはすでに必要なかった。むしろ、弾圧や急激な変革が継続・拡大するということは、社会主義に進む道から転落していることの証にほかならなかったんじゃ。この点についてはのちほどもう一度ふれるつもりじゃ。

で、一般的な話はここまでとして、われわれは『犬の心』執筆時とその直前のブルガーコフの政治思想をもう少しのぞいてみよう。まず誰もが気づくのは、『犬の心』の前に執筆された『悪魔物語』や『運命の卵』などの風刺作品には、当時のソビエト制度にたいする執拗ないやみが満載されていることじゃ。ちょっと偏執症的に見えるほどしつこい批判が繰り返し登場する。ここには、ブルガーコフ特有の風刺力が極端に発揮されているだけでなく、内在的な、生理的な社会主義嫌悪感が表明されていると考えてよいのではないだろうか。この嫌悪感のルーツが何なのかは、わしにもわからないが、そういうものが彼を動かして、筆をとらせているような気がするんじゃ。

ではなぜブルガーコフは『犬の心』でこの生理的嫌悪感にとどまらずに、ソビエト社会主義を正面から取り上げて、世界史の大道から外れていると批判したのだろうか?

何度も引用しているブルガーコフ研究家ロセフの解説は、ブルガーコフが大胆きわまりないソビエト社会主義批判を作品に込めた背景として次の三つの状況を指摘している。①ボローシン、ベレサエフ、ゴーリキー(一八六八~一九三六、作家)、アレクセイ・トルストイ(ニコラエビッチ、一八八三~一九四五、作家)といった文壇の長老・先輩たちがブルガーコフの作品に好意的な批評を寄せていて、彼の創作意欲をあおった。ブルガーコフは自分の作家としての力量に自信をもちはじめていた。②ブルガーコフは、レーニン死後の共産党指導部の分裂、ソ連と英仏の関係悪化、亡命者たちの反ソビエト運動の動きなどから、共産党政権の将来が明るくないとの予感を抱いていた。③文壇の良心的な人びと(ベレサエフ、アンガルスキー、レジニョフ(一八九一~一九五五、編集者、批評家)など)の間では共産党政権に対する不満が広まり、とくにブルガーコフが親しくしていた親友たちはかなり過激なソビエト政権批判を口走っていた。

すでにわしが述べたソビエト社会主義にたいする生理的嫌悪感をこれに加えてもらえば、ロセフの指摘は妥当だと思う。そして『犬の心』を理解するうえで最も重要なのは、②の状況、すなわち一九二四年一月二一日のレーニンの死の前後とそのあとの一年間のロシア内外の政治・社会の動向にたいするブルガーコフの見方を注視することだと思う。

ブルガーコフの日記に見るロシアの政治状況

そこでこの視点から、ブルガーコフの日記をのぞいてみることにしよう（以下の引用はすべて、V・I・ロセフ編ミハイル・ブルガーコフ／エレーナ・ブルガーコワ『マスターとマルガリータの日記』（モスクワ、二〇一二年）による）。ブルガーコフの日記は、一九二二年一月二五日から一九二五年一二月一三日までの約四年間の記録で、ブルガーコフ本人が『かかとで踏みにじられて』という表題を表紙に書き込んでいたもので、一九二六年五月七日の家宅捜索で押収されたものじゃ。日記といっても、毎日の行動や出来事を細かく記録したものではなく、思い立ったらメモするやり方なので、四年間で六〇日しか記述がない。短い記述もあれば、長大といってもよいものもある。皮肉や毒舌が詰められていて面白いのだが、そもそも人に読ませるために書いたものではなく、しかも自分で破った箇所もあって、わかりにくい。しかしながら、わしがこのあとでしゃべるつもりの『犬の心』の主題に結局は関係してくるので、すぐに理解できなくても、次に紹介する日記抜粋にぜひ目を通してほしい。

以下は、『犬の心』の執筆を始める前年（一九二四年）の日記の抜粋で、日記全体の一割弱（二四年の記述全体の二割強）の分量じゃ。わしが意図的に政治にかかわる部分に焦点を当てているので、作家の身辺の状況、交遊関係、個人的な感情、編集者との交渉、世間の話題などはカットされている。だがそれでは、つまり政治ばかりでは、面白くないと思い、前後の関係が比較的わかりやすく分量が多い一九二四年一二月二〇日の日記だけは全文を翻訳した。「・・」は原文に脱落がある箇所、「……」は隠居が省略した個所、［ ］内は隠居のコメント。

まずは若干の解説から。

革命後に断絶したロシア（ソ連）と西側諸国との国交は、まず一九二二年にドイツとの国交が回復し、他の国とも徐々に交渉の機運が高まっていった。そして二四年には英仏など主要国との外交関係が一斉に回復する（ちなみに日本との国交正常化は二五年一月二〇日）。ブルガーコフは日記の中で、英仏との国交回復およびその後の関係改善の過程に強い関心を寄せている。簡単に言えば、英仏両国に対して「ソビエト政権に譲歩するな、ソ連を助けるな」と叫んでいるんじゃ。

一方、ソ連の外交関係をめぐる情勢と比べると極端に記述が少ないにもかかわらず、ブルガーコフが並々ならぬ関心を寄せている問題が、ソ連共産党内部の指導者間の争いじゃ。一九二一年末に体調を崩したレーニンは、一九二二年中に何度か政治活動から離れ、同年末以降は公式の活動から手を引いた。レーニンの事実上の引退を受けて、スターリン共産党書記長の官僚主義的引き締めが強化され、これを批判したトロツキーの党中央委員会宛て書簡（一九二三年一〇月八日）と党員グループの声（一〇月一五日「四六人の書簡」）が発表された。トロツキーはさらにプラウダ紙に非民主的党運営を問題視する論稿『新路線』（一二月一一日）を掲載して論陣を張るが、スターリンはこうした動きを分派活動として非難し、ジノビエフ（一八八三～一九三六。政治局員、ペトログラード・ソビエト議長）、カーメネフとトロイカ体制を組んで、トロツキーを孤立させる。このような状況においてブルガーコフは、スターリンらがトロツキー封じ込めの口実の一つとして彼の健康状態を利用していることを見抜いた――

これが次の一九二四年一月八日の記述じゃ。

一九二四年一月八日

トロツキーの健康状態について、各紙が診断書を掲載している。

診断書は「トロツキーは昨年一一月五日インフルエンザを発症した」で始まり、「すべての職務を離れて最低でも二か月以上の休息（転地療養）が必要」で終わっている。この歴史的診断書にコメントは必要ないだろう。

こうして一九二四年一月八日、トロツキーは排除された。ロシアの行く末は神のみぞ知る。神よ、ロシアを助けたまえ！

……

［一月一六～一八日　第一三回共産党協議会、トロツキーは病気のため欠席。「レーニン主義に反対する小ブルジョア的、修正主義的運動」としてトロツキズムを批判。合わせて、一年間に一〇万人の現場労働者を共産党に入党させるキャンペーンを実施する決議を採択した。

一月二一日　レーニン死去］

一月二二日

たった今（午後五時三〇分）レーニンが亡くなったとショームカ［セミョーンの愛称。同一建物または同一敷地内の隣人の息子］が教えてくれた。公式の発表があったそうだ。

［一月二七日　レーニンの葬儀。トロツキーは療養のため保養地にいて葬儀に参加せず。ブルガーコフはレーニンの遺体に別れを告げるモスクワ市民の行列について、鉄道労組のグドーク紙（一月二七日付け）と「バクーの労働者」紙（二月一日付け）にレポートしている。

一月三一日　共産党中央委員会総会は一月一六〜一八日の党協議会の決議を受け、さらにレーニンの逝去を踏まえて、「生産現場の労働者の入党にかんする決定」を採択した（あとで詳述するレーニン記念入党キャンペーンがスタートした）。

二月二日　英労働党政権がソ連を承認し、両国の国交が回復した。ただし、懸案の経済問題（帝政ロシアの対英債務、革命により没収された英国企業の資産、対ロ干渉軍によるロシア側損害等の処理）は引き続き英ソ会議で話し合われることになり、同会議は四月にスタートし、八月八日条約が調印される。

五月二一日　第一三回共産党大会（五月二三〜三一日）直前に党規約にない選抜代議員会議が開かれ、スターリン書記長の罷免を要求したレーニンの『大会への手紙』を極秘に審議し、多数決でスターリン書記長の残留を決定した。レーニン案を支持したのはトロツキー派だけだった。レーニンの手紙は、この会議で朗読されたが、以後の口外は禁止され、印刷されなかった。ブルガーコフがレーニンの手紙の内容を知っていたことを裏付ける事実はない。『大会への手紙』については「レーニンから見たスターリン」の個所で詳述する）］

八月六日

新聞は英ソ会議が決裂したと報道している。ニュースは無味乾燥なお役所言葉で書かれている

――「……決裂はかつての所有者の財産請求を満足させる問題で起きた」……「過去の資産家の問題で合意に達するのは不可能であるがゆえに、会談の終了が告げられた」

いわゆる喜劇が終わったということだ。この状況で「社会主義共和国連邦」がいつまで存続できるかわかれば面白いのだが。

八月九日

本日・・

新聞は読んでいないが、どうやら英国との条約が締結されたようだ……

八月一六日

本日判明したことだがここ数日ラコフスキー駐英ソ連全権代表（大使）〔一八七三～一九四一、『犬の心』で未成年者を妊娠させた患者のモデルの一人と言われている〕は・・・しかし最新のニュースは、英国内でソ連との条約に反対する強力なキャンペーンが始まっていて、議会が条約の批准を拒否するのではないか、と伝えている。

条約にかんする報道は二転三転した。決裂したとの報道のあとで、結局調印されたというニュースが流れた。

英国紙は「健全な英国の理性にしたがうべきだ。英国の崩壊を夢見ているボリシェビキにお金を恵んではいけない」と書いている。もっともな道理だ。

英国側は条約調印という軽率な行為の後始末に追われている。
条約に署名したのは、ポンソンビー英国外務次官とマクドナルド首相。
・・ダジャレがある。ポンソンビーをポソビエ［ロシア語で「手当」「援助」］にかけるのだ。誰が思いついたダジャレかは不明。
ポンソンビーさん、ポソビー《助けて》！

八月二三日
英国の保守系各紙は、英ソ条約反対のキャンペーンを精力的に展開している。議会が・・するだろうと予測できる十分な根拠がある。……

［一〇月二五日　英共産党に内乱を準備せよと指示したジノビエフ・コミンテルン議長の手紙なるものが英総選挙の五日前に英紙にスクープされ、総選挙では労働党が敗退した。勝利した保守党が多数を占めた議会は英ソ条約の批准を否決した。一一月二〇日、英政府はこのことを正式にソ連側に通告。
一〇月三〇日　フランスがソ連を承認し、国交が回復。
一〇～一一月　トロツキーは、自分の著作集第三巻『一〇月の教訓』の同名の序文の中で、ジノビエフとカーメネフが一九一七年一〇月の革命直前に蜂起反対を主張したことを暴露。これに反発したジノビエフらの反トロツキー・キャンペーンが頂点に達する］

一二月二〇日から二一日にかけての深夜　またもや日記を放置してきた。これは、残念ながらこの二か月間に重要な事件が多発したことに起因している。その中で最も重要なのは、もちろんトロツキーの著書『一〇月の教訓』によって引き起こされた共産党の分裂であり、ジノビエフを筆頭に共産党の幹部全員がトロツキーを仲良く攻撃したことである。トロツキーが病気を口実に南に流されて事態はようやく沈静化した。亡命した白軍幹部や国内にいる反革命派は、トロツキー主義とレーニン主義のいざこざが共産党内の内部対立あるいはクーデターをもたらすのではないかと期待していたが、私が思っていたとおり、この期待は実現しなかった。トロツキーは退治されてしまい、彼からはもう何も出てこない。

アネクドート（小話）を紹介しよう。

「トロツキーさん、お体の具合はどうですか？」

「さてね、なにしろまだ今日の新聞を読んでいないんでね」

（笑止千万の調子で書かれた彼の診断書を思い起こすこと）

英国からは騒々しいニュースが届いている。条約は反故にされ、保守党はふたたびソ連に対する非妥協的な経済戦争と政治戦争を展開している。

チェンバレン英国外相。

英国の労働者と軍に反乱を呼びかけた有名なジノビエフの手紙については、英国外務省だけでなく、すべての英国民がこれを本物であると無条件に認めたという。英国とはもう終わりだ［当時英国を震撼させたジノビエフの手紙が偽物だったことはずっとあとで判明した］。

鈍感で動作が緩慢なイギリス人も遅ればせながらようやく理解し始めたようだ。ラコフスキー全権代表や外交文書使が持ち込む外交公嚢には、英国を崩壊に導く危険なものが詰められていることを。次はフランスの番だ。クラシン駐仏ソ連全権代表（大使）〔一八七〇～一九二六。彼も『犬の心』に登場する未成年者を妊娠させた患者のモデル候補の一人である〕は派手な赤旗を大使館に高く掲げた。問題は鮮明で明白だ。クラシンと大使館がフランス国内における異常な宣伝活動を展開しながらフランスから金を借りる工作を続けるか、それともフランス側がパリの閑静な住宅街に掲揚された鎌と槌の旗〔ソ連の国旗〕の意味を理解するか、いずれかだ・・。確率が高いのは後者だ。フランスの新聞は猛烈なキャンペーンを開始した。このキャンペーンは、モスクワとパリの共産党員に反対するだけでなく、ボリシェビキのパリ潜入を許したエリオ仏首相にも反対している。エリオ首相は疑う余地なくユダヤ人だと思う。リュボフィ〔ベロジョルスカヤ。ブルガーコフの二人目の妻〕は、エリオ首相を個人的に知っている人から聞いたので間違いないという。これで納得。

ある出来事がムッシュー・クラシンのパリ着任を祝ってくれた。最も愚かなロシアン・スタイルの祝い方だ。頭が異常な、ジャーナリストなのか色情狂なのかよく分からないロシア女がクラシンを撃とうとして、リボルバーを持って大使館を訪れた。警察官が直ちに彼女を取り押さえたので、誰も被害に会っていない。これはちっぽけな、くだらない事件にすぎないが、実は私はディクソンという苗字のこの女を、一九二二年だったか一九二三年だったか忘れたが、グネズドニコフスキー横町のなつかしい『前夜』モスクワ編集分室〔道標転換派を解説する箇所で後述〕で見たことがあるのだ。太った、完全にいかれた女だった。彼女にしつこく付きまとわれていやになったルナチャルスキー［一八七五～一九三三、革命家、ソ連初代教育人民委員、共産党の文化・芸術部門の重鎮］のおっさんが、その後彼女を国外に追っ払った。

モスクワで大事件発生。三〇度のウオッカが売り出された。人びとはこれをずばり「ルイコフカ」と命名。帝政時代のウオッカと比べてアルコール度が一〇度低く、味は落ちるが、値段は四倍。一瓶が一ルーブル七五コペイカもする。ほかに三一度の「アルメニア・コニャック」（もちろん蔵元はシュストフ酒造所［一九世紀からコニャック、ウオッカ、薬草・果実酒を製造販売した企業。エレバン、オデッサ、キシニョフ、モスクワなどに酒造所があった］）も発売された。以前のものよりまずく、アルコール度も低く、値段は一瓶三ルーブル五〇コペイカ。

極端に寒い日が数日続いたあとで、気温が上昇して雪が解けているので、モスクワはすぐに泥水に沈んでしまうだろう。通りでは少年たちがトロツキーの著書『一〇月の教訓』を売っている。売れ行きは実に好調だ。見事なトリックが使われた。トロツキーを破門する決議を新聞に連日掲載する。その間に国家出版委員会はトロツキーの本の完売を期すわけだ。不滅のユダヤの知恵だ。この本を出版したかどでオットー・シュミット［一八九一～一九五六、地理・天文・物理学者で、出版企画者でもあった］が左遷されたとのうわさが流れた。だがすぐにこの本を没収したりすると事態はもっと悪化することに気付いたらしい。読者はこの本に書いてあることなんか何も理解できず、ジノビエフ、トロツキー、イワノフ［ロシア人］、ラビノビッチ［ユダヤ人］のうちの誰が残ろうがどうでもいいや、「スラブの内輪もめはほっておけ」［プーシキンの詩『ロシアを中傷する者へ告ぐ』から。「ここでは党幹部の内輪もめはほっておけ」の意］と考えているのだから、本を取り締まる必要なんかないというわけだ。

———

モスクワは泥水に沈み、人びとは次から次へと業火に焼かれている。奇妙だが、モスクワでは二つの現象が同居している。生活の向上とその完全な麻痺だ。水道局はモスクワ中心街のルビャンカ広場などで地下鉄試験工事のために地面に穴を開けた。これは生活の向上だ。ところがお金がないのだから、地下鉄なんかできっこない。こちらが麻痺だ。道路交通計画が作成されている。これは生活の向上だ。ところが、路面電車が不足していて、お笑い草だが、モスクワ市全体でバスが八台しかないのだから、道路交通そのものが存在していない。住居、家庭、学者、仕事、快適、利便性といったものはすべて麻痺して機能していない。何もかもが淀んでいる。すべてがソビエトのお役所という地獄の穴に飲み込まれてしまった。ソビエト市民の一歩のあゆみ、ささやかな行動は、何時間もの、何日もの、ときには何か月もの時間を強制される拷問となってしまった。商店が開店した。これは生活の向上だ。ところがこの商店が倒産する。これは生活の麻痺だ。すべてがこの調子。文学は最悪だ。

———

私はすでに二か月近くオーブホフ横町に住んでいる。Kのフラットから目と鼻の先の距離にある。Kは一九一六年と一九一七年初めの重要ですばらしい私の青春の思い出と切り離すことができない人物だ［Kが誰かは突き止められていないようだ。すでに指摘したように、プレオブラジェンスキー教授のモデルの一人となったニコライ・ポクロフスキー医師がプレチスチェンスカヤ通りのマンションに住んでいた。ニコライの愛称がコーリャなので、Kをポクロフスキーと解釈したくなるが、ブルガーコフはポクロフスキーを日記の別の個所で「コーリャ叔父さん」と書いている。さらにこの箇所のKは女性（そのあとの関係代名詞が女性形なので）」。私が住んでいるのは、なんというか、まったく不自然なあばらやだが、不思議なことに、私の気分は以前よりも若干「毅然」としている。それは、・・

……

一二月二三日（二四日にかけての深夜）

ちょっと自慢話をさせてくれ。フランスについては私の予言が見事に的中した。警察がパリ郊外の共産主義学校を急襲した。パリ発のルポルタージュによると、この学校は「エンゲルスとマルクスの思想を静かに学習していた」そうである。これとは別に、すでにどこかで漁民のストライキが起きている。ごろつきがクラシンの大使館の近くで叫び声をあげて行進したそうだ。

アミアンでは暴動らしきものが始まったようだ。第一戦はクラシンがフランスに勝った。混乱が始まった。

――――

……彼ら［道標転換派の知識人＝後述］は対局で惨敗を喫したと思っている。服を着たまま水に飛び込まなければならなかったような無残な負け方だったと自覚しているのだ。……戦いの第一局についてはその通りだ。そして今パリにいるすべてのミリューコフやパスマニク［ともに在外反ソビエト運動の中心メンバー］連中の唯一の過ちは、彼らが引き続き第一局の残りをたたかっていることにある。だが第一局はすでに終了していて、そのあとに第二局とはまったく異なる第二局が始まっているというのが、実際の論理的帰結である。

隠居　もっと紹介したいが、きりがないのでここで打ち止めとしておこう。どうじゃな、退屈かな。

只四郎　わからない点がたくさんありますが、興味深い内容ですね。少なくとも、当時のソ連とそれを取り巻く情勢が垣間見えます。

それにしても、英国やフランスに対して、ソ連の言うことを聞いてはいけないとはっきり書いていますね。ソ連共産党内の内紛には、実に冷たい反応です。あからさまに「社会主義反対」「ソビエト打倒」を叫んでいるわけではないけれど、心の中でこの体制は崩壊した方がいいし、崩壊するぞと繰り返しているような気がします。そして、最後の個所で、戦いの第一局が終わって第二局に入っているのに、まだ第一局にしがみついているといって、反ソビエト運動家たちを批判しているのは、意味がありそうですね。

隠居　お前さんはなかなか鼻が利くな。まさにそのとおりじゃ。だが、その問題を取り上げる前に、『犬の心』の社会主義批判を整理しておこう。

一九八七年以降現在にいたるまでロシア国内における評価では、『犬の心』の最大の価値は、ソビエト社会主義の非人間性を指摘したことにあると言われている。

むずかしい議論は苦手なので、最も分かりやすい例を挙げておこう。すでにふれたように、『犬の心』はロシアの学校の必読作品の一つになっている。で、この関連で学校の宿題・課題として感想文や簡単な論評を書かされる羽目に陥った中高生を救ってくれるサイトがロシアのインターネットにはいくつもある。たとえばサイト「ソチニムカ（作文しよう）」（https://sochinimka.ru）には『犬の心』の模範感想文が一六本も載っていて、学生はこの中から好みで一つ選び、中身を多少変えて学校に提出すればよいわけだ。こうした模範感想文は最大公約数的な内容でまとめられているので、『犬の心』にかんする一般的な見方を知るにはうってつけの素材じゃ。そのうちの一つを紹介しておこう（出典は省略した）。

ブルガーコフ『犬の心』にかんする一考察

二〇世紀の小説家ミハイル・ブルガーコフは今でも大勢の人に好かれています。彼は本質的に神秘的な作家でした。彼の作品は予言に満ちています。彼は、『犬の心』という皮肉満載の中篇小説の中で、この作品が出版されることはないだろうと腹を決めて、想像力を全開して筆を走らせ、革命で誕生したソ連という国がどこに行き着くかを、公然と予言しているのです。

ブルガーコフは、二〇年代の国家体制と社会制度を鋭くあばいています、小説の前半ではまずまずかわいいと言っていい犬シャリクが周囲の悪意ある人間に理由なくいじめられる様子が描かれています。この犬はかなり賢くて、判断力もあります。たとえば、作家のトルストイ伯爵には好意を示しますが、悪意のある人間には嫌悪感を抱きます。「同志」「市民」「紳士」という呼び方を使い分けることもできます。

次にブルガーコフは、有名な医師フィリップ・フィリッポビッチ・プレオブラジェンスキー教授と医師ボルメンターリを登場させます。彼らは、知識階級の代表者であり、道徳を重視する生活を送っています。

プレオブラジェンスキー教授は、居酒屋でけんかして亡くなった男性の脳下垂体を野良犬シャリクに移植することによって、新しい人間をつくりだします。この人間はのちにポリグラフ・ポリグラフォビッチ・シャリコフと呼ばれるようになります。

この男は、プレオブラジェンスキー教授を父親だとはと思わず、自分を息子であるとも思っていません。彼は人間に成長していくにつれて、教授の行動を差別だと非難するようになります。ブルガーコフはシャリコフをプレオブラジェンスキーに対立させ、新体制を旧体制に対置します。しかも、ブルガーコフが描くシャリコフ像は、単なるプロレタリーではなくて、どちらかというと、人から巻き上げて自分のものにすることを目的として革命の先頭に立つようになったろくでなしです。

シュボンデルという男がシャリコフの師範役をつとめるようになります。プレオブラジェンスキー教授とボルメンターリ医師の努力にもかかわらず、シャリコフはシュボンデルの言うことしか聞かなくなり、シュボンデルはシュボンデルで、シャリコフを破滅に向かう道、破局の道に追いやります。ブルガーコフは、かつて「何者」でもなかった連中、今「すべてを手に入れた」連中の権力が何をもたらすかを、皮肉を込めて描いています。社会の各人の平等をめざすとは、実はすべてを巻き上げて山分けすることを可能にする方針なのです。

シュボンデルは自分の「同志たち」を教授の七室あるマンションに入居させようとしますが、

（教授には強力な庇護者がいるので）実現できません。小説はこの状況を面白おかしく描いています。たとえば、「私はどこで食事すればよいのですか」という教授の質問にシュボンデルは自分の言葉の意味を深く考えることもなく「寝室で」と答えるのです。

自分がおこなった実験の結果を見極めたプレオブラジェンスキー教授は、最後にシャリコフを元の犬に戻します。

『犬の心』は、重要な警告の書です。しかし、執筆当時には正当に評価されることはありませんでした。

（傍点は隠居）

要するにこうだ――プレオブラジェンスキー教授は旧体制（資本主義）の知識人の代表者であり、シャリコフは新体制（社会主義）の指導者になっていくプロレタリーの代表者として描かれている。この物語は、新体制が恐ろしい非人間的な社会になっていくのを察知した教授が、シャリコフをもとの犬に戻すことによって、不幸な事態の到来を食い止めてハッピーエンドを迎えるが、実際のソ連では新体制が繁栄し、知識人をはじめとする誠実な人びとが弾圧に苦しむ時代が七〇余年続いてしまった。ブルガーコフのこの小説はまさに時代を先取りして、社会主義誕生の八年後にこの体制の欠陥をあばきだし、人びとに警鐘を鳴らした作品である――というわけだ。これがロシアで標準的な『犬の心』評じゃ。

というわけでこれまで『犬の心』は、プロレタリアが嫌いとか、革命やテロルが悪いといったごく普通の社会主義批判という一つの主題と『犬の心』のハイライトであるソビエト的人間像の風刺というもう一つの主題とが一体のものであるという漠然とした理解のもとで解説されてきたといってよいじゃろう。この見方が行きつく結論は一九一七年のロシア革命以降のロシア（ソ連）の歴史の全否定じゃ。

只四郎　なるほど、これが標準的解説なんですね。でも、この見方は一見正しいように見えますが、なんとなく落ち着かないのも事実ですね。違和感というか、そぐわない個所というか、もっと深い、強烈な別の流れというか、うまく表現できませんが、作者がどこかで「それだけではないですよ、別のものがあるじゃないですか、よく読んでください」と言っているような気がするんです。

3　『犬の心』の主題

プレオブラジェンスキー教授のモデルは誰か

隠居　お前さんはなかなか鼻が利くな。まさにそのとおりじゃ。『犬の心』が並の社会主義批判の作品ではないということに気付くだけでもなかなかのものじゃ。

ブルガーコフの多くの作品の特徴は、前にも言ったが、一筋縄ではいかないところにある。つかまえたかと思うと、するっと逃げてしまう。ふところが深いというか、ひとひねりもふたひねりもしてあって、簡単ではないんじゃ。さらに彼の作品には「わしのほうが共産党員よりも頭がいいんだぞ」という自惚れがそこら中に垣間見えるんじゃ。その極めつけがこの『犬の心』なんじゃ。

単なる社会主義批判ではないことを示すポイントのうち、誰もが気づくのは、シュボンデルたちが押しかけてきたときにフィリップ・フィリッポビッチが電話で助けを求める党の幹部らしいビタリー・アレクサンドロビッチや、シャリコフが書いた密告書をフィリップ・フィリッポビッチに届けた軍服姿の男の描き方じゃよ。読者は社会主義政権にも理性的な、視野の広い幹部がいるという印象を受ける。要するに共産党の幹部に対する作者のゴマすりであると同時に、ぎりぎりの願望（「せめてこのぐらいの大人の対応をしてくださいよ」）でもあるんじゃよ。だが現実にはこういう幹部は少なかったし、いたとしてもその後スターリンらによって次々と排除・殺害されていく。結局ブルガーコフのこの思いはないものねだりに終わるんだ。そして晩年になっても残っていたスターリンに対するブルガーコフのゆがんだ期待感は、結局戯曲『バトゥミ』の上演禁止で崩壊する。唯一『マスターとマルガリータ』における悪魔ボーランドがブルガーコフのこの思いをかなえてくれるわけさ。

只四郎　ご隠居さん、おいらが読んだことのない本をあまり話題にしないでください。

隠居　そうだな、先走ってはいけないな。

もっとも、この二人の幹部のエピソードは、必ずしも社会主義批判と異質なものとは言えない。話を面白く膨らませる要素といった色彩のほうが濃いからじゃ。

さてここからが本番じゃ。お前さんも感じた違和感のもとを詳しく探っていくわけじゃが、いろいろな事情から、一九二五年の時点では誰もがすっきり理解できたことがらが、現在ではお祭りしてしまった釣り糸のようにもつれにもつれてしまっているので、これをほぐすのは結構大変なんじゃ。このことを理解して、わしの話につきあってほしい。

まずは一つ目じゃ。日本人にはまず理解できないし、今のロシア人でも分からない人の方が多くなりつつあることじゃが、一九二五年当時からソ連が崩壊した一九九一年までにソ連で教育を受けた人ならば必ずや感じるポイントがあるんじゃ。プレオブラジェンスキー教授の声の響きの中に一九一七年の社会主義革命を指導したレーニンの考えが見え隠れしている点じゃ。そしてこのレーニンの考えが、お前さんの言う違和感のもとの一つなんじゃ。

二つ目の違和感のもとは、シャリコフが『エンゲルスとカウツキーの往復書簡集』を読んで「エンゲルスにもカウツキーにも賛成できない」、「全部かき集めて山分けすればいい」と述べるところじゃ。

三つ目は、プレオブラジェンスキー教授が古参共産党員シュボンデルを批判して、「最も馬鹿なのはシュボンデルです。シャリコフは私よりもシュボンデルにとって危険な存在です。しかしながら、シュボンデルはこのことを理解していません。いま彼は機会あればシャリコフをけしかけて私とけんかさせようとしていますが、もしだれかがシャリコフの攻撃の矛先をシュボンデルに向かわせるとどうなるか？　シュボンデルにはほとんど何も残らなくなるのです。しかし、シュボンデルはそのことに気づいていないのです」と指摘する部分じゃ。

ロシアの読者の大半はこの三つの違和感を理解できずに見て見ぬふりをするか、作者のソビエト社会主義批判が並みの反共主義とは一線を画していて、もっと複雑で深みのあるものであることを薄々感じることで満足するかしてきた。

プレオブラジェンスキー教授の背後に見え隠れするレーニンの影から見ていこう。これを理解するためには、まずはプレオブラジェンスキー教授とは何者か、そのモデルは誰かという問題を、分かりやすい候補者から順番に見ていこうと思う。

作品を読んでいて誰もが感じるのは、プレオブラジェンスキー教授が最高度の知性と最先端の専門性を代表する知識人として描かれているという点じゃ。一見偏屈に見える頑固な性格も、彼の豊富な知識と経験に裏付けられている。最高レベルの専門家で、きわめて個性的な人物なので、この教授のプロトタイプ（原型、モデル）の範囲を絞るのはそれほど難しくないだろうと思ってかかると、とんでもないことになる。なぜならば、モデルは一人ではないからじゃ。ある行動についてはAが、べつの行動の時にはBが、食事の場面ではCが、あるせりふではDがといった具合に、いろいろな人物が隠されているんじゃ。ここでも、ブルガーコフは、半ば無意識に、読者への謎かけという大好きな遊び心を全開させている。だからある読者はAを連想し、別の読者はBとCの中間の人物を、もう一人はまったく別のDを感じ取るんじゃ。

この複数のモデルをわしなりに整理すると次のようになる。①医師（一人ではなく複数。叔父のニコライ・ポクロフスキーのほかに二、三人の最先端の医学者）、②ブルガーコフ本人、③当時の専門家・知識人のエッセンスを代表する抽象的人間、④ロシア革命の最高指導者レーニン――じゃ。

①医師を見ていこう。ブルガーコフの叔父ポクロフスキー医師については、ブルガーコフ研究者のほぼ全員が、プレオブラジェンスキー像になんらかの痕跡を残していると判断している。とくにその口調や行動には、叔父のしぐさや口癖が反映されているらしい。ただし、彼は優秀な婦人科の開業医

ではあるが、欧州あるいは全世界で有名な学者というわけではない。一方、ブルガーコフ研究者がポクロフスキー医師以外のプレオブラジェンスキー教授のモデルとして名前を挙げている人物となると、残念ながら一人や二人の枠には収まらない。

ワシーリー・シェルビンスキー（一八五〇〜一九四一）――内科医、内分泌学者。脳下垂体も研究し、スフミのモンキーセンターの設立者でもある。

セルゲイ・ボロノフ（一八六六〜一九五一）――ロシア生まれのフランス人、外科医。十八歳以降フランスで生活。一九一七年から一九二六年まで若返りなどのためにサルの卵巣の繊維などを人間に移植する手術を数多くおこなった。

アレクセイ・ザムコフ（一八八三〜一九四二）――外科医、内科医。一九二九年に妊婦の尿から世界最初のホルモン剤を製造したとされている。

イリヤ・イワノフ（一八七〇〜一九三二）――生物学者。動物の人工授精をおこなった。

ピョートル・プレオブラジェンスキー（一八六四〜一九一三）――神経科医、モスクワ大学の専任講師。苗字が同じ。

ウラジーミル・ロザノフ（一八七二〜一九三四）――外科医。一九二二年にドイツ人医師ボルハルトの助手としてレーニンの手術（一九一八年のテロ事件で首に残っていた弾丸の摘出）をおこなった。

ウラジーミル・ベフテレフ（一八五七〜一九二七）――精神科医、神経病理学者、生理学者、心理学者。精神反射学を提唱。

イワン・パブロフ（一八四九〜一九三六）――生理学者。条件反射の研究で有名（「パブロフの犬」）。

いずれもこの時代の最先端の研究者であり、著名人じゃ。で、この中の誰がプレオブラジェンスキー教授のモデルですかとブルガーコフに聞いたとしても、そして仮に彼が本当にこのうちの一人（場合によっては二人）を想定しながらプレオブラジェンスキー像を書き上げていたとしても、彼は答えないじゃろう。「いいじゃないですか、あなたが思った人だということにしておきましょう」と言いながら、心の中では舌を出すんじゃないだろうか。

次の②ブルガーコフ本人説はどうか。作者自身の考えがプレオブラジェンスキー教授の発言や考えとして登場してくることについても、多くのブルガーコフ論者の間で異存はないようじゃ。『アイーダ』などのオペラが大好きとか、お酒やつまみに関するうんちくなどはもちろんのこと、荒廃論や共産党の新聞と食欲の関係にかんする屁理屈は、ブルガーコフが好きそうな話題じゃな。

③当時の専門家・知識人のエッセンスを代表する抽象的人間は、文化人・専門家の代表者としてのプレオブラジェンスキー教授説と言い換えてもよいだろう。先ほどの模範感想文をはじめとして、標準的な解釈と言っていい。もちろん、①と②も、そしてボルメンターリもすべてここに含まれている。この層は作者がプロレタリア、共産党（この作品では「住宅委員会」）、ブルジョアと地主、ネップマンよりもずっと重視していたこの時代の社会の重要な階層であり、この層と住宅委員会および住宅委員会のバックアップを受けてプレオブラジェンスキー教授に盾突くシャリコフとのたたかいがソ連の運命を決定づけるという見方も、模範感想文どおり、標準的解釈となっている。この思想が『犬の心』の土台を構成しているのは間違いない。

問題は、最後の④レーニン説じゃ。一九八七年に『犬の心』が出版されてすぐにプレオブラジェンスキー教授＝レーニン説が承認されたわけではない。これは当然じゃろう。レーニンが「プロレタリアは嫌いです」と言うはずがないからじゃ。とはいえ、多くの読者は、プレオブラジェンスキー教授の発言の中にレーニンの考えを感じ取った。

一方、一九二五年の執筆直後にブルガーコフの朗読を聞いた多くの人（もちろん大半が文学者・文化人）は、即座にプレオブラジェンスキー教授がレーニンであることに気づいた。レーニンの発言、演説、論文は二年前まで連日のように新聞に掲載されており、そのうちのかなりの部分が「勉強せよ」とのお説教だったからじゃ。じゃが、この感覚は日本の読者にはきわめてわかりにくい。なぜならば、レーニンを知らないからじゃ。

まずは、フィリップ・フィリップビッチ・プレオブラジェンスキーの有名な荒廃論をみてみよう。

「私が手術の代わりに毎晩自宅で合唱を始めると、荒廃が始まるのです。――行儀の悪い表現をお許し下さい――私がお手洗いに行って便器の外におしっこをたれ流すようになり、ジーナとダリヤ・ペトロブナも同じことをするようになると、お手洗いで荒廃が始まるのです。つまり、荒廃はお手洗いにあるのではなく、人びとの頭の中にあるのです。だから、合唱隊がバリトンで『荒廃をぶん殴ってやっつけろ！』と歌っているのを聞くと、私は笑い出さざるを得ません」、フィリップ・フィリッポビッチの顔がゆがみ、ボルメンターリは口をぽかんと開けた。「正直言って噴飯物です。だって、荒廃は彼らの頭の中にあるのですから、人びとは自分の頭をぶん殴らなければならないのです。そして、人びとが自分の頭の中にある世界革命やエンゲルス、ニコライ・ロマノフ、抑圧されたマレー人といった幻想を追い払って、本来やるべき仕事、つまり物置の掃除を始めれば、荒廃はひとりでになくなるのです。ふたつの神に仕えることはできません。一人の人間が路面電車の線路掃除とスペインの貧しい人々の救済を同時にかけもちすることはできません。これはどこの誰にもできないのです。ましてやですね、先生、ヨーロッパから二〇〇年の遅れをとっていて、今にいたるまでズボンの社会の窓を閉められないような連中にできるわけがないのです」

あるいは、教授の自慢話を思い出してみよう。

「私は分業論者です。オペラを演じるのはボリショイ劇場の担当。手術は私の担当です。これでいいんです。いかなる荒廃も起きません……」

只四郎　強調されているのは、人間のマナー、公衆衛生、規律、職業人としての義務、知識、技能ですね。それと、フィリップ・フィリッポビッチがシャリコフにおこなうお説教の大部分は「厚かましさを捨てて、謙虚に勉強せよ」ですよね。むしろ、それしか言っていないんだ。

隠居　そのとおり。わしがいつもお前に言っていることと同じじゃろう。

次にレーニンが一九二三年一月初めに口述筆記した論稿で強調している文化の必要性について見てみよう。戦時共産主義からネップ（新経済政策）に転じたソビエト国家にとって最も必要なものはなにかと自問してレーニンはこう書いた。

プロレタリア文化だとか、それとブルジョア文化との関係だとかについて、われわれがおしゃべりをしているのに、事実［一九二〇年の国勢調査資料に基づく書籍『ロシアにおける読み書き能力』に掲載されている識字率の表――隠居］は、ブルジョア文化についてさえわが国では事態はすこぶる思わしくない数字を、われわれに突き付けている。当然予期すべきであったことだが、われわれは、全部のものが読み書きできる状態からはまだひどくおくれており、ツァーリの時代（一八九七年）とくらべたわれわれの進歩ですらあまりにもおそいことがわかった。これは「プロレタリア文化」の天上界にあそんでいた、またいまでもあそんでいる人々に対する厳重な警告であり、叱責である。これは、われわれが西ヨーロッパの普通の文明国の水準に達するために、まだどれほど緊急な下準備をしなければならないかを、しめしている。これはさらに、わがプロレタリアートのたたかいとったものを基礎にして実際にいくらなりと文化的な水準に達するためには、いまわれわれがどれほどたくさんの仕事をしなければならないかを、しめしている。

（レーニン「日記の数ページ」レーニン全集大月書店版、第三三巻四八一頁）

商人になれる能力という場合の商人とは、教養ある商人という意味である。商売すれば商人になれると考えているロシアの人々、あるいは素朴な農民たちは、このことをおぼえておいてほしい。商売すれば商人になれるという考えはまったく正しくない。商売していることと教養ある商人になれることの間には、大きな隔たりがある。いまはアジア式に商売している。しかし商人になるためにはヨーロッパ式に商売しなければならない。そうなるまでには、まるまる一時代かかるのである。
（レーニン「協同組合について」前掲、四九一頁）

たとえば、プロレタリア文化についてあまりにも多くのことを、あまりに軽々しく弁じたてる人々にたいしては、われわれは心ならずも、不信と懐疑の念をいだきたくなる。われわれにとって手はじめには、真のブルジョア文化で十分であろう。
（レーニン「量はすくなくても、質のよいものを」前掲、五〇八頁）

この機構［社会主義にふさわしい国家機構──隠居］をつくりだすために、わが国にはどのような要素があるだろうか？　二つの要素しかない。第一に社会主義のための闘争に情熱を傾けている労働者である。しかしこの要素は、十分に啓蒙されていない。……彼らは、これまでのところそれだけの発達をとげておらず、そのために必要とされる文化をつくりあげていない。ところでそのために必要なのは、ほかならぬ文化である。このばあいには、押しが強いとか尻を叩くとか、敏速に対応するとか勢いで処理するといった、一般になにか優秀な人間的素質で対処するやり方では、どうにもしようがない。二つ目の要素は、知識、啓蒙、教育の要素であるが、これは他のすべての国家にくらべて、わが国には、おかしいほどすくない。

ここで忘れてはならないのは、われわれが、これらの知識の不足をとかく熱意や性急さなどで補おうとしがちである（あるいは、補えられると考えがちである）という点である。

われわれは、われわれの機構を一新することを、ぜひとも自分の任務として提起しなければならない。すなわち、第一に、学ぶことであり、第二に、学ぶことであり、第三に学ぶことである。そしてそのあとで、われわれの科学が死んだ文学とか流行の空文句（これは、わが国にはとくにしばしばあることをみとめなければならない）におわらないように、科学が真に十分に実際に血となり肉となり、日常生活の構成要素となるように、これを点検することである。

（レーニン「量はすくなくても、質のよいものを」前掲、五〇九〜一〇頁。訳文は一部変えてある）


どうじゃ、分かるかな。プレオブラジェンスキー教授と同じことを書いていると思わないかね。つまり、革命後の混乱がようやく終了して新しい国づくりに邁進《まいしん》するにあたって必要なものは、革命歌を唄ってデモ行進をしたり、無益な党内闘争や反革命取締に力を浪費したりすることではない。文化、知識、教養、専門職を身につけながら、誠実に働くことなんじゃよ。革命家レーニンにとっても、社会主義が大嫌いなブルガーコフにとっても、このことは火を見るより明らかだった。これは、戦いの第二局の特徴なんじゃよ。

ちょっと視点を変えてみよう。まずはレーニンの言葉じゃ。


総じて憎しみは、政治では、通常、最悪の役割をはたすものである。

（レーニン「少数民族の問題または『自治共和国化』の問題によせて」前掲、第三六巻七一七頁）

この文章は、レーニンが一九二二年一二月三〇日に口述したもので、最初に活字になったのはフルシチョフによるスターリン批判後の一九五六年なので、ブルガーコフは読んでいないが、次のプレオブラジェンスキー教授の発言と共通するものがあると思うよ。

「思いやりですよ。これが生き物と仲良くなる唯一の方法です。動物を暴力《テロル》で手なずけることはできません。その動物がいかなる発展段階にあろうとも、暴力はだめです。私はこのことをずっと主張してきましたし、これからも主張していきます。暴力でどうにかなると思っているのは大間違いです。暴力ではどうにもならないのです。白衛軍の白い暴力も、革命軍の赤い暴力も、褐色の暴力も、なんの役にも立ちません。暴力は神経系統を破壊してしまうのです」

さきほどの『犬の心』のソビエト政権批判――《共産党が自然の摂理をゆがめて力ずくで作りあげたものがソビエト政権だ》という批判――についても、もう少し考えてみよう。このブルガーコフの批判は彼の専売特許ではない。むしろ一部のマルクス主義者（海外の社会民主主義各派やロシアのメンシェビキ）の間では常識ですらあった。

一〇月革命前後にボリシェビキと一線を画しつつソビエト政権に協力したメンシェビキの活動家ニコライ・スハーノフ（一八八二～一九四〇）は一九二二年に著書『革命の記録』の中で、《ロシアは後進国であり、社会主義を可能とするほどの生産力の発展段階や社会主義の建設に必要な文化水準に達していなかった。それにもかかわらず、ボリシェビキは客観的条件がそろっていない国で無理やり政権を奪取して社会主義を宣言した》という趣旨の批判をおこなった。これに対してレーニンは一九二三年一月、『わが革命について』の中で、ロシアの後進性を認めたうえで、こう書いた。

社会主義を建設するために、一定の文化水準……が必要ならば、なぜ、この一定の水準の前提を、まず革命的方法で獲得することからはじめ、そのあとで労農権力とソヴェト制度をもとにして、他の国民においつくために前進してはいけないのであろうか。

（レーニン「わが革命について」前掲、第三三巻四九九頁）

そうじゃ、これはレーニンの言い訳じゃ。だがそれと同時に、内戦が終わった今こそ文化水準の遅れを克服する仕事に全力を傾けるという決意表明でもあるんじゃ。

このレーニンの態度、すなわち《ロシアでは上から下まで全員が学んで、文化を吸収しなければならない》という主張は、思い付きやその場しのぎの発言ではない。「一九二二年と一九二三年に彼が繰り返し唱えたモットーは、『勉強する』ことであり、もしくは『まず学び、次いで学び、そしてさらに学ぶ……』ことであった（カレール＝ダンコース『レーニンとは何だったか』石崎晴己・東松秀雄訳、藤原書店、二〇〇六年、五七八頁）んじゃ。ちなみに、「まず学び、次いで学び、そしてさらに学ぶ……」は先ほどの「第一に、学ぶことであり、第二に、学ぶことであり、第三に学ぶこと」の別の翻訳じゃ。わしらの日本語ならば、「一に勉強、二に勉強、三、四がなくて、五に勉強」ってことじゃ。

どうじゃな、レーニンとプレオブラジェンスキー教授が目に見えない糸でむすばれていることを漠然とでも感じてもらえるかな？　どうじゃ。

只四郎　うーん、そう言われれば、そうかなというくらいですかね。

隠居　いまはそれでいい。もう一つ、わしの話の最初の方で、定説化しているブルガーコフ像とは異なるイメージを強調していたドミートリー・コシャコフという政治・文芸評論家がいたことを覚えているかな。彼は、プレオブラジェンスキー教授の発言「私はこのことをずっと主張してきましたし、これからも主張していきます」や「あなた、あなたは私をご存知ですよね。あなたのおっしゃることは本当ですかね？　私は事実に基づいて発言する人間です。観察を重視する人間です」といった口調はレーニンそっくりだと請け合っている。（『マスターとマルクス主義者。ブルガーコフの作品に登場するボリシェビキ指導者』https://whatshappened.today/2020/02/16/）

こういう受け止め方は、ソビエト時代に多少なりともレーニンの著作を読み（読まされ）、巷にあふれていたレーニンの伝記・エピソード集などに触れてきた（触れさせられてきた）人びとが感じたものじゃ。

シャリコフのモデルは誰か

さて、次のステップに進もう。プレオブラジェンスキー教授のモデルが誰かを解明するのと並行してわしらが知っておきたいのは、教授に対置されている人物像——教授に盾突くシャリコフ——とは何者か、そのモデルは誰かという問題じゃ。

まずは一九二五年にブルガーコフによる『犬の心』の朗読を聞いた知識人がシャリコフの姿をどう受け止めたかを考えてみよう。わしは、当時のブルガーコフの仲間たちはすぐに、次の人物像あるいは集団像をシャリコフと重ね合わせたに違いない、と推測している。

①ルンペン・プロレタリア（貧困層）の若者の中のごろつき
②前記①の中から共産党員になって幹部候補に成長していく連中
③前記②と同じ精神構造を持っていて②を利用したスターリンとその取り巻き

さきほど説明したように、当初読者はシャリコフを貧困層出身の善良な青年と思い込むかもしれないが、シャリコフはあくまでも①貧困層の中のごろつきじゃ。農民層の解体、都市労働者層の拡大が、きわめて歪んだ形で進行したことも影響して、未成熟のままの労働者集団の中には浮浪者、アル中、犯罪に走る者、チンピラ、本物のやくざが多数紛れ込んでいた。ブルガーコフがこの人物像のモデルとして具体的に誰を想定しながら執筆したのかは不明じゃが、身近なところにごまんといたと思うよ。で、問題は②と③じゃ。②共産党員になって出世していくごろつきについても、③スターリンとその取り巻きについても、一九二五年の朗読時の聴き手は、すぐに理解した。ところが、一九八七年の出版時には、この理解は浸透しなかった。五〇年ちょっとの間に、つまり二世代が交代した間に、人びとは、②一九二四年に共産党に入党したごろつきのことをすっかり忘れ、フルシチョフらによるスターリン批判にもかかわらず、まだスターリンをレーニンの後継者とみなしていたんじゃ。その結果、プレオブラジェンスキー教授にレーニンの匂いを感じ取りながらも、プレオブラジェンスキー教授をレーニン、シャリコフをスターリンと受け止める解釈が広まらなかった。

要するに、一九二五年にまともな知識人が不安を感じていた二つの事象――新共産党員の集団の出現と病弱のレーニンの最後の闘争――を知らないと、『犬の心』の真意にはせまれないんじゃ。で、どちらを先に検討するかじゃが、新共産党員の出現を後回しにする。というのは、わしの知る限りでは、この新共産党員の集団を『犬の心』に関連して取り上げた議論がないからじゃ。これにたいして、『犬の心』の中にレーニンとスターリンのたたかいが反映されていると理解した人はそれなりにいたので、まずはその人たちの考えに迫っておくべきだと思う。

一九八〇年代のソ連の人びとにとって、シャリコフ＝スターリン説は難問だった。なぜか？　シャリコフ式考え方や行動パターンが社会全体に蔓延していたからじゃ。日常ありきたりの現象だった。だからそもそもこのような思考や行動の起源がどこにあったかを深く考える人はあまりいなかった。これがソビエト社会主義だと考えていた。一九八〇年代のロシア人が『犬の心』のシャリコフから直観的に連想したのは、共産主義の思想をちょっとかじった無教養な厚かましい人間であり、そこには庶民も、中間管理職も、高級官僚もみんな、つまりソビエト市民全員とは言わないまでも、その圧倒的多数の人びとが含まれていた。代表的なのは、権力をかさに着て庶民をいじめる党や国家機関の役人、企業の管理職であったが、状況次第で同じようにふるまう庶民でもあった。つまり可能な場合に

（弱い相手に対して）平等主義を根拠に些細で理不尽な権利・利益をあつかましく主張するどこにもいるおっさん、おばさんでもあった。シャリコフの片鱗は世界中の誰もが多かれ少なかれ持っているものだが、スターリン時代とその後のソビエト社会はシャリコフ病によって支えられているといってもよいほどに、蔓延していたんじゃ。最大公約数的に言えば、当時のロシア人にとってシャリコフとは、スターリン時代にそこら中にあふれていて、その後のソビエト社会でも随所に見られた、共産主義をかじってちょっと出世し、まあまあの生活を送れるようになったと思っていた、グローバルな水準で見れば貧しく教養が偏ったちょっと粗野な人間だったんじゃ。だからシャリコフの姿にはスターリンを含めた多くのソビエト官僚と市民（その中には時には自分自身の心の一部も含まれている）が投影されていることは感じ取ったが、スターリンに収斂していくと受け止める人は少なかった。ストレートにシャリコフ＝スターリン説へ行く着くものではなかった。

ここで最も重要なのは、一九八〇年代のソ連の人びとの頭の中には、スターリンが植え付けたソビエト社会主義の勝利の図式が浸み込んでいたことじゃ。この図式とは、一九一七年の一〇月革命のレーニンの社会主義建設の構想は、一九二四年のレーニンの死後もスターリンに引き継がれ、一九二九年の「大転換」以後着々と実現され、一九三六年に社会主義が建設されたという図式じゃ。この上からの革命を指揮したスターリンたちは、自分たちがレーニンの後継者であり、自分たちが建設した社会主義こそがレーニンが夢見た新しい理想社会であると吹聴した。だから、『犬の心』執筆当時にロシアの一部の知識人が感じていたレーニンとスターリンの間の越えられない溝（これこそがプレオブラジェンスキー教授とシャリコフの溝じゃ）には気づきようがなかったんじゃ。

このため、ソ連・ロシアの読者は、一九八七年の『犬の心』の雑誌掲載からしばらくの間は、プレオブラジェンスキー教授の背後にレーニンの影を感じ取りながらも、またシャリコフの歪んだ人格にスターリンやスターリン派の官僚の臭いを感じ取りながらも、はっきりとプレオブラジェンスキー＝レーニン、シャリコフ＝スターリンを断言する人は少なかった。

しかも、ペレストロイカの過程でロシアの人びとが、レーニンはスターリンと違って残酷ではなかったと再認識し始めたちょうどそのとき、まったく逆のレーニン像につながるような文書が公表されるという一幕もあった。一九二二年、当時の飢饉救済のために教会の財産を没収しようとしたソビエト当局とこれに反対する教会・信者がイワノボ州のシューヤという町で衝突した。一九二二年三月一九日、病気のレーニンはモロトフを通じて政治局員に極秘の手紙を送り、教会の財産の没収、聖職者の射殺を提案したのだが、この手紙と関連資料が一九九〇年四月、ソ連共産党の雑誌に初めて掲載された（下斗米伸夫『ロシアとソ連　歴史に消された者たち』河出書房新社、二〇一三年、二三三〜二四〇頁）。

これによって「なんだ結局のところレーニンもスターリンと同類じゃないか」という受け止め方がなされ、スターリンがレーニンを裏切ったというストーリーに耳を傾ける人がいなくなった。このような状況が『犬の心』の二人の主人公のモデル探しにも影響を与えたんじゃ。このときレーニンがトロツキーと一緒に強硬な宗教対策を主張した理由、背景をわしは調べきれていない。またこの手紙の真偽を調べる手立てもない。したがって一般論になるが、レーニンもトロツキーもそれぞれの中にロシアの後進性を背負っていたという点を忘れてはならないが、『犬の心』の理解のためにはそれよりも、スターリンの精神構造の後進性がレーニンらとはけた違いだったという事実にこそ目を向けるべきなんじゃ。

ヨッフェのなぞ解き

これにたいして、米国在住のブルガーコフ研究者ヨッフェは、プレオブラジェンスキー教授＝レーニン説を、そしてシャリコフ＝スターリン説を、なんのためらいもなく堂々と展開した（『犬の心』の暗号』https://bylgakov.ucoz.ru/index/s_ioffe_tainopis_v_sobachem_serdce/0-44）。

わしはヨッフェによる人物解読のすべてに納得しているわけではない。眉唾ではないかと思う解釈が多数混じっているからじゃ。だが、プレオブラジェンスキー教授のモデルの一人がレーニンで、シャリコフのモデルの一人がスターリンであることを、明快に述べていることに敬意を表して、この機会に参考資料としてヨッフェのなぞ解きのすべてを紹介しておこう。

プレオブラジェンスキー教授　＝　レーニン

主キリストの変容に由来する苗字プレオブラジェンスキーは変革者を意味する。フィリップはギリシャ語「馬を愛する人、馬を支配する人」から「支配者」の意味。フィリップ・フィリッポビッチで「二倍の支配者」「強力な権力欲」。

シャリク、シャリコフ、チュグンキン　＝　スターリン

苗字の語源――チュグン（銑鉄）とスターリ（鋼鉄）の親戚関係については言うまでもない。シャリクは「小さな玉」、スターリンは背が低く、控えめな、「召使い」的人物だった。スターリンの外見と性格を示している箇所は次のとおり――「彼女（タイピスト＝スターリンの愛人オリガ・ボクシャンスカヤのこと）はシルクタッチのストッキングのせいでいじめられる」、「マトリョーナ《田舎娘》（スターリンの妻のナデージダ・アリルーエワのこと）、お前なんてもうあきあきだ。フランネルのズロースにはさんざんな目に会ってきた。ようやく私の思うままになるときがやってきたのだ。今の私は議長だ。私が盗んだお金は、女の体と、エビガニ料理と、高級シャンペン・アブラウ・デュルソーに使うんだ。若いときの腹ペコの生活はもうたくさんだ」、「紳士（プレオブラジェンスキー教授）の靴にキスした」、「（プレオブラジェンスキー教授の）ブーツをなめさせてください」、プレオブラジェンスキーの発言「私が（シャリコフのように）便器の外におしっこをたれ流し始めると」、「シャリクは後ろ足で立ち上がり、ご主人様のジャケットをしゃぶった。シャリクはフィリップ・フィリッポビッチが外出から戻ってくるときに鳴らす玄関の呼び鈴の音を覚え、……吠えながら玄関ホールに飛び出していく」、「悪党め」、「シャリクには人の心を引きつける何かがあった」、「かわいい犬だった。こざかしいところもありましたがね」、「ひたいが歪んでいて狭い」、「小柄で不格好な男の印象を与える」、「気持ちの悪い、作り笑い」、「ののしり言葉をいくつか披露した。ののしり言葉はしつこくひっきりなしに出てくる」（スターリンはロシア語とグルジア語で卑罵語を使う名人だった）、「塩漬けニシンを喜んで食べた」（三〇年代の話だが、スターリンはスカンジナビア産ニシンを特注した）、「懲役一五年の執行猶予つき」（スターリンが二五歳ちょっとのときにおこなった有名なチフリス（トビリシ）の銀行襲撃事件を思い出す）、「頭が小さい」、「不細工な顔つきの男……頭には硬い髪の毛が生えていて、顔は剃ってなく、濃い産毛におおわれている。ひたいはびっくりするほど狭い。黒いゲジゲジのような眉のすぐ上に濃い頭髪が続いている」、「ぼんやりした目つきで教授をながめる」、「普通の声ではなく……一方ではこもっているが他方ではよく響くという音質」、「私はあなたほど厚かましい存在を見たことがありません」、「野蛮人の行為だ！」、「あなたという人は最も低い発達段階にいるのです……あなたはまだ完成されていない、知的に弱い存在なのです。あなたのすべての行動は純粋に野生動物の行動です。そしてあなたという人は……鼻持ちならない厚かましさを隠そうともせずに……宇宙的な大言壮語と宇宙的な愚かさに満ちたアドバイスを、しゃあしゃあとひけらかす」、（プレオブラジェンスキー教授の話からは）「『刑事犯罪』という……言葉が何度か聞こえてきた」。名前のクリムについて――スターリン派の軍人ヴォロシーロフの当時のあだ名は実際にクリム・チュグンキンだった。

ボルメンターリ　＝　トロツキー

ボルメンターリのフルネームはイワン・アルノルドビッチ・ボルメンターリだが、父称のアルノルドビッチとボルメンターリはユダヤ系である。一方トロツキーはユダヤ人で本来の苗字はブロンシテイン。「ボルメン」と「ブロン」は似ている。ボルメンターリの「ターリ」（таль）（tal）の「т（t）とл（l）」は、レフ・トロツキーの頭文字「Л（L）とТ（T）」に重なる。父称アルノルドビッチのもとになっている名前アルノルドの語尾（льд）（ld）は、トロツキーの名前と父称（レフ・ダビドビッチ）のイニシャルЛД（LD）と重なる。さらにボルメンターリの名前「イワン」はキリストを洗礼した預言者ヨハネをあらわしている（一九〇五年の第一次ロシア革命時にレーニンは目立った活躍をしていないが、トロツキーはペトログラード労働者ソビエトを率いた。また一九一七年の一〇月革命でレーニンのために一〇月蜂起を組織した。つまりトロツキーは、レーニンに先駆けて活躍したという意味で、ボリシェビキ聖像の中でキリストの前に活躍していた洗礼者ヨハネに相応する）。ボルメンターリが最初に教授を訪ねたときに教授が親切に対応した状況は、一九〇二年にレーニンが亡命先のロンドンでトロツキーを受け入れて面談した時の様子と同じである。

ジーナ　＝　ジノビエフ

ジーナ（Зина）（Zina）とジノビエフの「ジノ」（Зино）（Zino）が重なる。また、ジノビエフはペンネームで、本名はアプフェリバウム。ドイツ語の意味はリンゴの木。ジーナの苗字ブーニナと同じ苗字の作家ブーニン［一八七〇～一九五三。作家、ノーベル文学賞受賞者］の名作『アントノフ種のリンゴ』をかけている。ジーナの父称プロコフィエブナの「プロコフィー」の意味は「粘り強い、目的めざして努力する」。ジノビエフは「功名心のために粘り強く努力する」男だった。ジーナはお手伝いであり看護師だが、血を見るのが怖い。政治家としてのジノビエフはレーニン、トロツキー、スターリンと肩を並べることなどとうてい無理な、召使い以上にはなれない人物で、シャリク＝スターリンに反対したかと思えば、すぐに支持する立場に回るような人間だった。

ダリヤ・ペトロブナ　＝　ジェルジンスキー

ダリヤ（Дарья）（Darya）にもジェルジンスキー［一八七七～一九二六。秘密警察初代長官］（Дзержинский）（Dzerzhinsky）にもデー д(d) とエル р(r) がある。連想する言葉はドラーチ драть(drat)

（引き裂く、罰として鞭打つ）、ズディラーチ сдирать（sdirat）（剥ぎ取る、巻き上げる）。

シュボンデル ＝ **カーメネフ**

『犬の心』におけるプレオブラジェンスキー教授の診療所兼住居は、クレムリン内のレーニンの公邸を、診療所兼住居のある建物を管轄する住宅委員会はモスクワ市ソビエトを、それぞれ模している。住宅委員会のシュボンデルはすなわちモスクワ・ソビエト議長のカーメネフである。シュボンデルはシャリコフをモスクワ公共事業局野良ネコ等駆除課長に推薦したが、一九二二年四月三日、共産党の中央委員会と組織委員会の総会でカーメネフはスターリンを中央委員会書記長に推薦した。

ビャーゼムスカヤ ＝ **ワルワーラ・ヤコブレワ**［一八八四または一八八五～一九四一、ボリシェビキ革命家、レニングラード非常委員会議長も務め、内戦にも参加、食糧人民委員部、モスクワ党委員会責任書記、教育人民委員部など。夫は天文学者でワルワーラの教官でもあったパーベル・シュテルンベルグ］

ペストルーヒン ＝ **パーベル・シュテルンベルグ**［一八六五～一九二〇。天文学者、ボリシェビキ革命家。妻のワルワーラ・ヤコブレワはかつての教え子］

ワスネツォワ（タイピスト、シャリコフの秘書） ＝ **オリガ・ボクシャンスカヤ**［一八九一～一九四八。結婚前の苗字はニュレンベルグ。モスクワ芸術座のタイピスト、ネミロビッチ＝ダンチェンコの秘書。スターリンの愛人（一九二〇年ごろ）、その後もスターリンとの友人としての関係は続く。妹のエレーナ・ニュレンベルグ＝シロフスカヤはブルガーコフの三番目の妻。一時オリガ、エレーナ、ブルガーコフの三角関係もあった］

マトリョーナ ＝ **ナデージダ・アリルーエワ**［一九〇一～一九三二。スターリンの二番目の妻。最後に自殺する］

フクロウ〔**剥製**〕＝**ナデージダ・クルプスカヤ**［一八六九〜一九三九、レーニンの妻］、フクロウのガラスの目玉はバセドウ病で突出していたクルプスカヤの眼。犬のシャリクは剥製のフクロウを引き裂いたが、スターリンはクルプスカヤを罵倒していじめる。

メチニコフ教授〔**写真立て**〕＝**カール・マルクス**

ご婦人の患者＝**アレクサンドラ・コロンタイ**［一八七二〜一九五二。メンシェビキからボリシェビキに移った革命家、婦人運動家。保健人民委員、外交官。夫はパーベル・ドィベンコ］

彼女の恋人モリッツ＝**パーベル・ドィベンコ**［一八八九〜一九三八。水兵からボリシェビキ革命家へ。初代海軍人民委員］

シャリコフの密告書をプレオブラジェンスキー教授に知らせた軍服の男＝**セルゲイ・カーメネフ**［一八八一〜一九三六。帝政ロシア軍の軍人から赤軍の司令官へ、内戦後も軍の要職を歴任。モスクワ・ソビエト議長のカーメネフは別人］

繰り返しておくが、わし自身はヨッフェの以上のなぞ解きに全面的に賛成しているわけではない。こじつけらしきものも少なくない。だが貴重な参考意見であることは間違いない。度肝を抜くような人物解明――作品の初めのほうに登場する現議長のモノローグの解釈《議長＝スターリン＝シャリコフ、タイピスト＝ワスネツォワ（シャリコフの秘書）＝オリガ・ボクシャンスカヤ（ブルガーコフの義姉）、マトリョーナ＝ナデージダ・アリルーエワ（スターリンの妻）》や、シャリクがこわした剥製と写真立ての解読《フクロウの剥製＝ナデージダ・クルプスカヤ（レーニンの妻）、メチニコフ教授＝マルクス》など——を聞かされても、それに反論する材料を持ち合わせていないわしとしては、「本当ですか？」と正直に疑問を呈しながら、「なるほどね、そういう見方もあり得るかもしれませんな」とあいまいに言うしかない。最終判定、つまり事実関係、氏名のごろ合わせ、口調や発言の中身の解読と語感の分析、態度や行動の描写などから登場人物と実在の人物を比較して特定する作業は、ロシア語を母語とし、この時代のソ連・ロシアの文化と歴史に（この場合とくに政治史だけでなく、裏面史や人物スキャンダルも）熟知している人びとに頑張っていただくしかないんじゃ。

只四郎　あたしは詳しいことはわかりませんが、モスクワ芸術座のタイピストであるオリガ・ボクシャンスカヤが、ブルガーコフの三番目の奥さんエレーナ・シロフスカヤの姉さんで、スターリンの愛人だったとか、オリガ、エレーナ、ブルガーコフが三角関係にあったとか、さらには、ロシアの共産主義者・フェミニズム運動家コロンタイ女史が、年齢をいつわり、いかさまカード師に夢中になる女性患者のモデルだったとか、本当ならば、それだけで週刊誌が飛びつきそうな話題満載じゃないですか。そういう意味では面白いですよね。ただ、ご隠居のおっしゃるように、分からないことが多すぎます。

隠居　ロシアでもヨッフェの見解にもろ手をあげて賛成している人は少ない。眉つばだというわけさ。わしも眉につばをつけている。だが、他方ではヨッフェの解釈には「真実の一端」があるのも事実だと思っている。つまりわしは、ヨッフェが解読している暗号なるものの少なくとも半分は、ブルガーコフ自身が仕込んだものだろうと推測している。何度も繰り返すことになるが、ブルガーコフはここでも自分が大好きなあることないことのゴシップに熱中し、知恵比べやなぞ解きに夢中になっているんじゃ。

只四郎　わかりましたよ、とりあえずは、プレオブラジェンスキー教授のモデルの一人がレーニンで、『犬の心』の中の教授の発言にはレーニンに似た考えが反映されている、ということを受け入れましょう。シャリコフ＝スターリン説についても、そういう考え方があるということを認めましょう。でも、ブルガーコフに「フィリップ・フィリッポビッチのモデルはレーニンで、シャリコフのモデルはスターリンですか？」と聞いたら、彼はなんて答えるでしょうかね？

隠居　何も答えないじゃろう。しかし内心では「してやったり」とほくそ笑むんじゃないかな。

ブルガーコフのレーニン観やスターリン観は単純ではない。きわめて複雑で、なおかつ目まぐるしく変わっている。とてもわしとお前さんが一度の対談で究明できるようなテーマではない。わしらは『犬の心』にあらわれている二人の政治家にたいするブルガーコフの態度を推測することにとどめておくしかない。

レーニンから見たスターリン

で、わしとしては、プレオブラジェンスキー教授＝レーニン説とシャリコフ＝スターリン説をよりよく理解する鍵として、レーニンから見たスターリン像を紹介しようと思う。というのは、一九二五年当時のロシアの共産党員と知識人の一部は、一九八七年以降のロシア人がどこかで聞いたようなと感じたレーニンの声の響きをストレートにレーニンの肉声だと受け止めたんじゃ。その背景、つまり彼らがレーニンの声だと判断した背景には、彼らがレーニンによるスターリン批判を、一部は公表されたレーニンの発言や論稿から、一部はさらにそこから話が膨らんだ自分たちの仲間の議論やうわさ話から、かなり正確に理解していたからじゃ。

いずれにしても、肝心かなめのレーニンから見たスターリン像が理解されなければ、『犬の心』にそれが反映されているかどうかも判断しようがない。だからまずはレーニンから見たスターリンをざっと見ておく必要があるんじゃよ。で、なにから始めようか。

まずはさきほどのいくつかの引用を思い出してほしい。レーニンはそこで文化の不足を嘆いていたが、では具体的には誰の非文化性を嘆いていたか。こたえは一人ではない。まずは労働者と農民じゃ。だがこれは前からわかっていたことで、再確認したにすぎない。次にレーニンがある程度の驚きと無念さを感じながら嘆いているのが、共産党全体の教養のなさじゃ。だがこれとていま初めて気づいたわけではない。だが、ネップつまり平和時の政治経済の運営にとりかかってレーニンがつくづく思い知らされたことは、党全体の教養のなさが多くの共産党指導部の知性の低さと無能力ぶりに依存していたという事態じゃ。

『量はすくなくても、質のよいものを』が何に対置して文化の必要性を強調していたかを、もう一度見てみよう。

そのために必要なのは、ほかならぬ文化である。このばあいには、押しが強いとか尻を叩くとか、敏速に対応するとか勢いで処理するといった、一般になにか優秀な人間的素質で対処するやり方では、どうにもしようがない。

この部分からは当時の共産党の平党員と幹部に共通することがらとして、「押しが強い」「尻を叩く」「敏速に対応する」「勢いで処理する」といった素質が「優秀な人間的素質」とみなされていたことがよくわかるじゃろう。そうじゃ、これらの素質はある条件下では、きわめて重要な要素になるんじゃ。ソビエト政権にとって革命直後の内戦時がまさにそういう時代だった。死ぬか生きるかの状況、切羽詰まった背水の陣の下では、勝利という単純な目標に向けて、細かいことにこだわらずに強引にことを進めることが、幹部（とくに中間管理職）に必要な資質だった。「無学でよいからがむしゃらに」じゃ。しかしこの要素は諸刃の剣じゃ。自らにはねかえってくるんじゃ。いいかな、戦争が終わった時点で、地方の農民を相手にして、あるいはカフカズや中央アジアの諸民族を前にして、人びとのやる気、労働意欲を引き出すうえで、実務に熟知した人間が知識や教養を駆使した分かりやすい論理で十分に説得するのではなく、「押しを利かせ、尻を叩き、敏速に対応し、勢いで処理」したらどうなるかな。最初は、無視される。次に反感、反発をくらう。サボタージュ、抵抗、抗議行動に拡大する。これを鎮めるために結局はあらゆる暴力機構を駆使した独裁に走らざるをえなくなるんじゃ。内戦終了後に経済建設を進めるうえで共産党が必要としたのは、無知をさらけだして強引にことを進めるつわものではなく、実務の知識と経験、広い視野と誠実さ、冷静な判断力とあたたかい思いやりの心を持つ、行動する知識人だったんじゃ。

当時のソ連の官僚主義のレベルを見事に表現しているエピソードが、レーニンの第一一回党大会への報告（一九二二年三月二七日）に載っている。フランスから輸入した缶詰を積んだ船がロシアの港に停泊していて、缶詰の代金の支払いも終わっているにもかかわらず、輸入手続きを済ませて船から降ろし、モスクワまで運び、商店に並べるまでの手続きが滞ってしまい、事態打開のために「二つの調査と、カーメネフ党政治局員・モスクワ・ソビエト議長およびクラシン貿易人民委員（大臣）の関与と、党政治局のいくつかの指令とが」必要になってしまったんじゃ。レーニンは次のように述べている（レーニン「ロシア共産党（ボリシェビキ）中央委員会の政治報告」前掲、第三三巻二九九〜三〇三頁。翻訳は若干変えてある）。

［こうした事態を引き起こした――隠居］犯人がみつからないということがわかった。……元凶はもっぱら、ロシアの知識人に通例となっている、ものごとを実務的に処理する能力の欠如、すなわち無秩序とだらしなさにある。まず右往左往し、あれこれやってみて、それから考える。そして、何の結果もでてこないと、カーメネフのところに駆けこんで苦情を申し立て、政治局に持ちこむ……、そうではなくて、まず考えて、それからのちに仕事にかかるようにしなければならない。……だが、すこしも熟慮せずに、なんの準備もせずに、例によって右往左往し、いくつかの委員会をつくり、みなが疲れはて、へとへとになり、病気になってしまう。仕事のほうは、カーメネフとクラシンをつきあわせたときに、やっと進捗させることができたというていたらくだ。……しかもこれはソ連の首都のモスクワだけのことではなく、他の共和国や州の首都でも見られることであり、首都以外

の都市でもこういうことはたえずおこっており、しかも、この百倍もひどい状態である。

貿易のやり方を知らないまま、輸出入の最低限の規則と輸送の組織方法（これは貿易・物流の実務じゃ）を知らないまま、さらにはトラブルが発生した時の情報伝達、調査、協議、解決方法の探求の仕組みの構築、そして明快な解決方法を提示し説得する能力（ここでは以上のことがらが管理能力であり時には政治力じゃ）を放置したまま、「押しを利かせて尻を叩き、敏速に対応して勢いで処理」しても、あちこちで委員会をつくり、大騒ぎをしても、時には政治局員や大臣に直訴して、政治局がいくつかの指令を発しても、商品の輸入、本船からの荷卸し、輸送、配送、陳列、販売はできないんじゃや。

ブルガーコフの一九二四年一二月二〇日から二一日にかけての深夜の日記を思い起こしてほしい。

住居、家庭、学者、仕事、快適、利便性といったものはすべて麻痺して機能していない。何もかもが淀んでいる。すべてがソビエトのお役所という地獄の穴に飲み込まれてしまった。ソビエト市民の一歩のあゆみ、ささやかな行動は、何時間もの、何日もの、ときには何か月もの時間を強制される拷問となってしまった。

一九二二年の後半のある時点までレーニンは、病気に苦しみながらもまだ現役復帰をあきらめてはいなかった。この段階では、彼が党の最高幹部の文化性について不満を抱いている様子はうかがえるが、自分が復帰すれば管理できると考えていたのか、真剣に検討していない。別の言い方をすれば、問題の深刻さを正確には認識していなかったんじゃ。ところが、病気による何回かの中断を経て自分が回復不能であると自覚した段階で、あらためてこの問題をもっと深く検討した時点で、彼は戦慄を覚えた。幹部の非文化性が原因で共産党中央委員会が機能不全に陥る危険性をはらんでいることに気づいた。レーニンはこれを「分裂」の危機に瀕していると表現した。一九二二年の一二月末の段階じゃ。そして、レーニンが共産党にとっての「分裂」の危機と指摘した事態はその後、深刻な党内闘争をひきおこし、もっと深刻な状況——党の変質、革命の軌道変更と敗北、革命家の排除と処刑——をもたらしたんじゃ。

わしがさきほど引用したレーニンの『日記の数ページ』、『協同組合について』、『わが革命について』、『量はすくなくても、質のよいものを』などは、レーニンの「遺訓」あるいは「遺言」と呼ばれている。これは、一九二二年一二月二三日から一九二三年三月二日までにレーニンが口述筆記した八件の文書のことじゃ。この八件の文書は、レーニンが最後の力を振り絞って残した論文・指示・提案じゃ。この「遺訓」の大部分が共産党の最高幹部を含めた文化性の問題に捧げられているんじゃ。

①の1『大会への手紙』
②『ゴスプランに立法機能をあたえることについて』
③『少数民族あるいは〝自治共和国化〟の問題によせて』
④『日記の数ページ』

①の2『大会への手紙』への追記
⑤『協同組合について』
⑥『わが革命について』
⑦『労農監督部をいかに改組すべきか』
⑧『量は少なくとも、質のいいものを』

一つずつ見ていこう。

一九二二年一二月二三日から二九日にかけてレーニンは①の1『大会への手紙』を口述する。そこでは、共産党中央委員会の委員の増員とゴスプランへの立法機能の付与が提案され、合わせて共産党の最高幹部六名（スターリン、トロツキー、ジノビエフ、カーメネフ、ブハーリン、ピャタコフ）の資質が判定され、各人の欠陥が指摘されている。主要部分は二三日〜二五日の口述である（五人の資質分析の部分は二四日に、ピャタコフについては二五日に口述された）。六人の評価に関する部分の全文は次のとおりじゃ。

私がいま念頭においているのは、近い将来の〔共産党中央委員会の——隠居〕分裂をふせぐ保障としての安定性のことである。ここでは純然たる個人的な資質にかんする考えをいくつか検討してみたい。

私は、この見地からみた安定性の問題で主要なのは、スターリンとトロツキーという二人の中央委員であると考える。私の考えでは、彼らの関係が分裂の危機の大半を占めている。この分裂は避けようとおもえば避けられるだろうし、ついでに述べておくと、中央委員の数を五〇人ないし一〇〇人にふやすという私の提案も、この分裂を避けるのに役だつにちがいないとおもう。

同志スターリンは、党書記長となってから、広大な権力をその手に集中したが、彼がつねに十分慎重にこの権力を行使できるかどうか、私には確信がない。他方、鉄道人民委員部の問題に関連したトロツキーの中央委員会とのたたかいがすでに証明しているように、トロツキーはその卓越した才能によって抜きんでているだけではない。個人的には、彼は、おそらく現在の中央委員のなかでもっとも有能であろうが、しかしまた、度はずれて自己を過信し、物ごとの純行政的な側面に度はずれに熱中する傾きがあるという点でも抜きんでているのである。

現在の中央委員会のこのふたりのすぐれた指導者のもつこういう二つの資質はふとしたことから分裂をひきおこすことになりかねない。そして、もしわが党がそれを防止する措置を講じないなら、思いがけなく分裂がおこるかもしれない。

これ以上ほかの中央委員の個人的な資質を特徴づけることはやめにしよう。唯一指摘しておきたいのは、ジノビエフとカーメネフの十月のエピソードが、当然のことながら、偶然のものではなかったという点である。しかし、そのことで個人的に彼らを責めてはならないのは、かつてボリシェビキでなかったという点でトロツキーを責めてはならないのと同じである。

若い中央委員のうちでは、ブハーリンとピャタコフについてすこし述べたい。私の考えでは、彼らは（若手のうちでは）もっともすぐれた人材であるが、彼らについてはつぎの点を考慮する必要があるとおもう。すなわち、ブハーリンは、党のきわめて貴重な、最大の理論家であるだけでなく、正当にも全党の寵児とみなされているが、彼の理論的見解を完全にマルクス主義的とみなすことには、非常に大きな疑問をいだかないわけにはいかない。というのは、彼にはスコラ学的なところがあるからである（彼はけっして弁証法を学ばなかったし、けっして十分にそれを理解しなかったと私はおもう）。

一九二二年一二月二五日の口述――つぎに、ピャタコフは、疑いもなくすぐれた意志とすぐれた才能をもった人物であるが、行政活動と物ごとの行政的な側面に熱中しすぎるので、重大な政治問題では彼をたよりにすることはできない。

もちろん、私の批評はいずれも、このふたりのすぐれた献身的な働き手が、自分の知識を補い、自分の一面性を矯正する折がなかったばあいを仮定して、その現状について述べたにすぎない。

（レーニン「大会への手紙」前掲、第三六巻七〇三～七〇四頁。一部の訳文は変えてある）

あらかじめ指摘しておきたいのは、ここでレーニンが述べている中央委員の増員にかんする提案が、⑦と⑧で彼が詳しく取り上げる労農監督部の改革にかんする提案と結びついているということじゃ。つまり、この『大会への手紙』でレーニンが述べている、現在二七人の中央委員を五〇人または一〇〇人に増やし、この増員分を主としてすでに官僚となっている元労働者から選抜するのではなく、現役に近い労働者から選抜するという構想と、この労働者出身の中央委員が高度な専門家や改革後の労農監督部の高い権威を持った課員の援助を受けながら国家行政を習得していくという⑦と⑧の構想とが有機的につながっていて、これらの構想に沿って②から⑧までの口述筆記がなされたという内的な整合性に着目してほしいんじゃ。

次に進もう。レーニンは、一二月二七日から二九日にかけて、②『ゴスプランに立法機能をあたえることについて』を口述する。これは、①で提案されているゴスプラン（国家計画委員会）の昇格構想を説明したもので、レーニンはそこで従来の自説を撤回して、トロツキーの立場——当初専門家の諮問委員会という位置づけだったゴスプランに立法機能を付与するべきだと主張する立場——を受け入れることを表明した。この論稿の意義は、レーニンがトロツキーの肩を持つ立場を明確に打ち出したことの証拠となることだけではない。⑦と⑧で検討される国家機関改革の一つのヒント——「有識者、専門家、科学界および技術界の代表者の集合体」（レーニン「ゴスプランに立法機能をあたえることについて」前掲、第三六巻七〇八頁）の活用——を示唆するものでもあるんじゃ。

続いて一二月三〇日と一二月三一日、レーニンは、③『少数民族あるいは〝自治共和国化〟の問題によせて』を口述する。これは民族問題担当人民委員でもあったスターリン書記長の民族政策を批判する文書じゃ。大胆にまとめると、スターリンは、ウクライナ、ベロルシア、グルジアなどの小民族（小民族というのはちょっと気が引けるが）を自治共和国として、大民族ロシアが起ち上げた既存の連邦共和国に加盟させるという方式を推進した。これにたいしてレーニンは、小民族と大民族は対等の立場で新しい連邦国家を起ち上げなければならず、参加するすべての民族は、連邦への加盟も連邦からの離脱も自主的に決定する権利を持たなければならないと批判したんじゃ。

で、ここでわれわれにとって重要なのは、民族問題と同時に、付随して暴露されたロシア共産党の一部の幹部の非文化性、粗暴な態度じゃ。スターリンの意をくんだジェルジンスキー・ゲーペーウー長官がグルジアに向かい、モスクワ中央に反対するグルジア共産党幹部を審査する特別委員会を開催し、その場でスターリンの子分オルジョニキーゼがグルジア共産党の幹部に暴力をふるい、ジェルジンスキーはこれを容認したんじゃ。スターリンとオルジョニキーゼがグルジア人で、ジェルジンスキーがポーランド人であることを認識して、以下のレーニンの怒りの文書を読んでほしい。

このばあいには、スターリンの性急なやり方と行政者的熱中が、さらに評判の「社会民族主義者」[スターリンらが自分たちとは異なる立場の小民族の共産党幹部を非難・軽蔑してこう呼んだ——隠居]にたいする彼の憎しみが、致命的な役割を演じたとおもわれる。総じて憎しみは、政治では、通常、最悪の役割をはたすものである。

私はまた、これらの「社会民族主義者」の「犯罪」事件なるものを調査するためカフカズに行った同志ジェルジンスキーもやはり、この点では真にロシア人的な気分を示しただけではなかろうかと、危惧している(よく知られていることであるが、異民族の出身者でロシア人化したものこそ、真にロシア人的な気分の点でつねに度をすごすものである)。また、彼の特別委員会が披露した不公平ぶりは、オルジョニキーゼの「武勇伝」[ジェルジンスキーが同席する場でオルジョニキーゼが反対派の人間に暴力をふるったこと——隠居]で十分に特徴づけられるのではなかろうかと、危惧している。どんな挑発があろうとも、それどころかどんな侮辱があろうとも、けっしてこのようなロシア人的な武勇伝をやってよいことになるものではなく、同志ジェルジンスキーは、この武勇伝にたいして軽々しい態度をとった点で、とりかえしのつかない罪をおかしたと考える。
……

この場合、グルジア民族にたいする態度において、われわれは典型的な状況に直面している。すなわち、われわれの側からの格別の慎重さ、思いやり、譲歩が、真にプロレタリア的な態度として要求されているものとなっている状況である。事態のこの側面を軽視して、軽率にも「社会民族主義」という非難をまきちらすグルジア人（実際には、この人間こそ本物の、真の「社会民族主義」者であるばかりか、粗暴なロシア大国主義のデルモジダ［むやみに威張り散らす役人、オイコラ警察官。ゴーゴリの『検察官』の登場人物の名前から――隠居］なのだ）は、実はプロレタリア的階級連帯の利益をそこなっているのである。

（「少数民族の問題または『自治共和国化』の問題によせて」前掲、第三六巻七一七頁。一部の訳文は変えてある）

わしはこの時点でレーニンがスターリン解任の提案を決断したと推測する。年が明けた一九二三年一月二日に④『日記の数ページ』（一九二三年三月四日プラウダ紙に掲載）を口述し、ロシアの文化水準の低さを再確認しつつ、若干頭を冷やしたあとで、一月四日、レーニンは、スターリンの書記長更迭を提案する①の2『大会への手紙』への追記を口述する。その全文は次のとおりじゃ。

スターリンは粗暴すぎる。そして、この欠点は、われわれ共産主義者の仲間内や交際の中では十分我慢できるものであるが、書記長の役職にあっては我慢できないものとなる。だから、スターリンをこの地位からほかに移して、仲間内や交際はともかくとしてそれ以外のあらゆる関係においてただ一つの長所によって同志スターリンにまさっている別の人物——すなわち、もっと忍耐強く、もっと誠実で、もっとていねいで、同志にたいしてもっと思いやりがあり、彼ほど気まぐれでない等々の人物——をこの地位に任命する方法をよく考えてみるよう、同志諸君に提案する。この事情は、捕るに足らない、些細なことのように思えるかもしれない。しかし、分裂をふせぐ見地からすれば、また、前に書いたスターリンとトロツキーの相互関係の見地からすれば、これは些細なことではないと思う。あるいは、些細なことだとしても、決定的な意義をもつようになりかねないそういう種類の些細なことだと思う。

（レーニン「大会への手紙」前掲、第三六巻七〇四〜七〇五頁。一部訳文は変えてある）

以上の文書のうち、追記を含めた①『大会への手紙』は、レーニン死後の一九二四年五月に開催された共産党第一三回大会（二三日〜三一日）の直前の二一日に開かれた党規約にない選抜代議員会議で読み上げられて審議された。スターリン自身は一旦辞任の意向を表明するが、カーメネフがスターリン書記長留任案の採決を提案し、採決の結果スターリン書記長の留任が決定した。留任案に反対したのはトロツキー派だけだった。要するに、レーニンの真意は伝わらなかった、レーニンの威光はもう消えていたんじゃ。で、この手紙そのものについても、審議および採決についても口外は禁止された。書面による手紙の公表もなされなかった（ブルガーコフの日記の注釈で指摘したとおり、ブルガーコフがこの事実を知っていたことを裏付ける痕跡は残っていない）。その後、一九二七年の第一五回党大会時の党員用ブレティン（速報）の中に掲載されたが、党大会の公式議事録には記録されなかった。しかも一九三〇年代初めにスターリン派の支配が完全に確立されると、この手紙そのものが偽造文書扱いされ、この手紙の写しを持っていることが反ソビエト的、反革命的思想の証拠とみなされるようになった。②は一九二三年六月に中央委員と同候補に配布されたが、機関紙等での印刷はなされていない。③は一九二三年四月の第一二回党大会の選抜代議員会議の前で読み上げられたが、②と同様に印刷はされていない。①、②、③が完全に公表されたのは、フルシチョフによるスターリン批判後の一九五六年のコムニスト誌第九号だった。

レーニンは続いて一月四日と六日に⑤『協同組合について』を口述する。これはまだ煮詰まってはいないが、彼の社会主義に向かう構想の中で重要な鍵となる領域を提示したものであり、ここでも文化の問題に言及している（この論稿は、一九二三年五月二六日と二七日にプラウダに掲載された）。

この論稿はかなり誤解されている。一般的な内容であり、病人のレーニンがすべてを言いきれていないのは事実であるが、要は国家権力を握った労働者階級が社会・経済を運営していくにあたってその基礎の一つになるのが各分野における自発的な協同組合であるという原則的見解を述べたものであり、フーリオの社会主義をそのまま受け継いだものでもないし、農業における集団農場（コルホーズ）という見せかけの協同組合のことをほのめかしたわけでもない。他の遺訓とともに、これまで自分自身が深く検討してこなかった領域――これからのロシア国家と社会に絶対に必要な協同組合――について最後の力を振り絞ってテーゼとして遺した論稿であるというのが、わしの考えじゃ。

次に一月九日と一三日に⑦『労農監督部をいかに改組すべきか』のプランを作成（口述）し、秘書たちに情報を集めるよう指示する。この詳細なプランを見れば、レーニンがこの問題に文字通り心血を注ぐ覚悟であることがうかがえる。

そして一月十六日と十七日に⑥『わが革命について』を口述する。これは、さきほどの『犬の心』のソビエト政権批判――《共産党が自然の摂理をゆがめて力ずくで作りあげたものがソビエト政権だ》というブルガーコフの批判――にも関連してくるので、もう一度寄り道しておこう。このようなソビエト政権批判はブルガーコフの専売特許ではない。何度でも繰り返すことになるが、この批判はむしろ一部のマルクス主義者（海外の社会民主主義各派やロシアのメンシェビキ）の間では常識ですらあった。

一〇月革命前後にボリシェビキと一線を画しつつソビエト政権に協力したメンシェビキの活動家ニコライ・スハーノフ（一八八二～一九四〇）は一九二二年に著書『革命の記録』の中で、《ロシアは後進国であり、社会主義を可能とするほどの生産力の発展段階や社会主義の建設に必要な文化水準に達していなかったのに、ボリシェビキが無理やり政権を奪取した》という趣旨の批判をおこなった。レーニンはこれを読んでスハーノフに反論したのが『わが革命について』じゃ。レーニンはロシアの後進性を認めたうえで次のように述べる。

社会主義を建設するために、一定の文化水準……が必要ならば、なぜ、この一定の水準の前提を、まず革命的方法で獲得することからはじめ、そのあとで労農権力とソヴェト制度をもとにして、他の国民においつくために前進してはいけないのであろうか。

（レーニン「わが革命について」前掲、第三三巻四九九頁）

またもや繰り返すことになるが、これはレーニンの言い訳である。しかし同時に、国家権力の奪取という革命的方法（急激な変革）の時代はすでに終了しているという確認であり、これからは国民の文化水準を引き上げるという漸進的な事業に本格的に取り組んでいくぞ、という決意表明でもあるんじゃ（この論稿は、一九二三年五月三〇日にプラウダ紙に掲載された）。

そしてレーニンは一月二三日までに⑦『労農監督部をいかに改組すべきか』をまとめ、最後にその続編である⑧『量は少なくとも、質のいいものを』を三月二日に提出する（口述そのものは二月二日まででだったようだが、詳しい経緯はわからない）。この二つは、労農監督部の無能力ぶりをぼろくそに批判している。

労農監督部とは、各省庁の活動を監視する機関（省）じゃ。日本の会計検査院は国のお金の使い方をチェックすることで国の機関の仕事ぶりを監視しているが、労農監督部はもっと広範囲に各省庁の活動をチェックすることになっていた。だが実際には機能していなかったようである。レーニンはこう書いている。

率直に言おう。労農監督部は、現在のところ、いささかも権威をもっていない。わが労農監督部ほど劣悪につくられている機関はなく、また、現在労農監督部から責任ある対応など期待できないことは、だれでも知っている。……仕事がいいかげんにおこなわれ、これまたなんの信頼の念も起させないような労農監督部、またその言葉がなんの権威も持ちえないような労農監督部、こうしたものをつくったところで、実際になんの役に立つと言えようか？

（レーニン「量はすくなくても、質のよいものを」前掲、第三三巻五一二頁。訳文は一部変えてある）

このどうしようもない組織となってしまった労農監督部の当時の責任者（人民委員＝大臣）は二代目のツュールーパだったが、彼は半年ちょっと前（一九二二年五月）にこの役職についたばかりだった。ツュールーパの前任者、つまり初代の人民委員は誰か？　実はスターリンじゃ（一九二〇年二月二四日から一九二二年五月六日まで）。そして、労農監督部の前身は国家監督部だったが、スターリンはこの国家監督人民委員でもあった（一九一九年三月から二〇年二月まで）。つまりスターリンは三年と二か月間この組織の長に就いていた。だから当時多くの人は、レーニンが批判したのはツュールーバではなく、スターリンだということをただちに理解した。

正直に言うと、レーニンの労農監督部改革案自体には問題がある。ドイッチャーが⑦について書いているように、「実際的結論にはまとまりがなかった」（ドイッチャー『スターリン』上原和夫訳、みすず書房、一九八四年、二〇二頁）。労農監督部を議論しながら、いつの間にか党中央統制委員会に話が移ってしまい、両者が合同で国家機関と党機関を監督することを提案するという、現代の視点からすれば明らかに混乱した結論に行き着いている。続編の⑧も労農監督部にたいする批判は鋭いが、肝心の労農監督部という組織を具体的にどう変えるかについては、⑦以上に踏み込んではいない。病気のせいもあるだろう。さらに、当時の時代の制約もある。だが逆にレーニンが言いたいことは、痛いほどよくわかる。彼の思いはこうだ――国の機関は言うまでもなく、共産党中央委員会とその幹部にも監督の眼を光らせなければならない、そして誰も抑えることができなくなってしまった中央委員会書記長つまりスターリンをも抑える仕組みをなんとか考え出せないだろうか――である。具体的な組織図にはまとまらなかったが、レーニンの基本的発想は、労働者と農民の力を背景に最も優秀な党員の力を総動員して、高度な専門家の集団を取り込んで、国の監督機関と党の監督機関を強化し、党と国の指揮官たちをその監督下に置かなければならない、である。このことが明確に述べられているところは次の個所じゃ。

わが中央委員会は、厳格に中央集権化され高い権威をもつグループとなったが、このグループの活動はその権威に相応した条件のもとにおかれていない。私の提案している改革は、これを助けるにちがいない。そして、政治局の毎回の会議に出席する義務を負う一定の数の中央統制委員会のメンバーは、結束した集団を構成しなければならず、この集団は、「だれかれの顔色をうかがうことなく」、相手がいかなる権威であっても、書記長の権威であっても、その他の中央委員の権威であっても、自分たちの集団が問い合わせをおこない、書類を点検し、総じて事態に無条件に通暁して事態を厳格に正しく処理することをめざすのを妨害させないようにするために監視しなければならない。（レーニン「われわれは労農監督部をどう改組すべきか」前掲、第三三巻五〇六頁。訳文は変えてある）

まずは文章の解釈について注意しておきたいことがある。「このグループの活動はその権威に相応した条件のもとにおかれていない」という文章の「条件」をくれぐれも【恵まれた待遇や環境】と勘違いしないでほしい。この条件とは【規則、制限、タガ】の意味じゃ。レーニンは、《中央委員会はその大きな権限に相応した厳しい規則が適用されるべきだが、現状はそうなっていない。だれにも監視されない、やりたい放題の組織となってしまっている。中央統制委員会が中央委員会を厳しく監視しなければならない》と強調したんじゃ。

次に、「書記長……」の部分に傍点をつけたのはレーニンではない。わしじゃ。ではなぜわしが強調したか？（一）まさにレーニンの批判の標的がスターリンであるということがここに集約されているからじゃ。（二）つぎに、この論稿が一九二三年一月二五日のプラウダ紙に掲載されるにあたって、レーニンに無断でこの箇所が削除されたからじゃ。削除したのはもちろんスターリンじゃ。（三）さらにその後少なくともフルシチョフによるスターリン批判まで三〇年以上にわたってレーニンの著作集や全集は、この箇所を削除した論稿を掲載してきたからじゃ。（四）最後に、大月書店の日本語版レーニン全集もロシア語第四版（この個所が抜けている版）をもとに翻訳作業を進めたために、この箇所は翻訳されていないんじゃ（この部分は、藤井一行『レーニン「遺書」物語』教育資料出版会、一九九〇年、による）。

スターリンは、『われわれは労農監督部をどう改組すべきか』の原稿を読んですぐに、レーニンが自分を批判していること、自分の権限を抑えようとしていることに気づいた。そこでスターリンは、プラウダに掲載するにあたって傍点の個所を削除するという小細工を弄したんじゃ。この卑しく小狡い根性こそ、スターリンとシャリコフを結びつけるものでもあるんじゃ。

⑧『量が少なくても、質のよいものを』の掲載についても、すったもんだがあった。このときはトロツキーとカーメネフを除く政治局員全員が掲載に反対または躊躇した。クイブシェフはこの論稿を掲載した特別版を一部だけ印刷して病人レーニンに渡してごまかせばよいという、まさにシャリコフ的提案をおこなっている。幸いにも論稿は握りつぶされることなく、三月四日に全文がプラウダ紙に掲載されたが、レーニンの真意は必ずしも伝わらなかった（もちろん、レーニンの文書自体の欠陥にも責任はある）。だが、多くの人びとは、⑦と⑧の主目的がスターリン批判であることについては、十分すぎるほど感じ取ったんじゃ。

いずれにしてもここで重要なのは、スターリンを解任すべしとの結論に到達したレーニンがその根拠の一つとして⑦と⑧の論稿を執筆（口述）したという点と、ここにおけるレーニンの考えが、若干の組織の再編という狭い範囲にとどまらず、はるかに大きな改革——政策全体の見直し——と結びついていたという点じゃ。

われわれは、もう五年間もわれわれの国家機構の改善に右往左往してきた。だが、それはまさに右往左往であって、五年たって立証されたことは、それが役にたたぬこと、あるいは無益なこと、あるいは有害なことだけだった。それは右往左往であって、仕事をしているふりをわれわれに与えてくれたが、実際にはわれわれの機関とわれわれの頭脳をだめにしてしまったのである。

ついにこの状況を変えるべきときがやってきた。

「量はすくなくても、質のよいものを」という規則に従うべきである。「しっかりした人材を確保する見込みがまったくないのにことを急ぐよりは、二年かかっても、三年かかってもよい」という規則に従うべきである。

（レーニン「量はすくなくても、質のよいものを」前掲、第三三巻五一一頁。訳は変えてある）

レーニンは、労農監督部の職員の数の制限を提案しつつ、職員は「誠実さとわが国の国家機関にかんする知識について特別に審査を受け、また科学的管理法一般、とくに管理職と事務職の労働管理方法の基礎知識にかんする特別の試験に合格しなければならない」と説く（『われわれは労農監督部をどう改組すべきか』、前掲、五〇三頁。訳は変えてある）。さらに労農監督部に必要なのは、「真に近代的な人材、すなわち西欧の最良の模範におくれをとらないような人材」（前掲、五〇八頁）であり、同時に「われわれの社会制度の最良の分子、すなわち第一に先進的な労働者であり、第二に真に啓蒙された分子――口だけの約束はひとことも真にうけず、良心に反したことはひとことも口にせず、いかなる困難な状況にあってもその告白をおそれず、真面目に設定された目的を達成するためにはどんな闘争をもおそれないと保証できるような人物――である」（前掲、五一〇～五一一頁。訳は変えてある）と強調する。まとめよう。誠実さ、正義感、良心、責任感といった特徴、資質が、管理能力、知識や教養、専門家としての熟練度とセットになっているんじゃ。この視点を『犬の心』プレオブラジェンスキー教授の言い方で要約するとどうなるか？――知識と誠実さをもたないシャリコフのような人間を何万人集めても、彼らを性急に共産党員に仕立て上げて国家機関の役人や企業の幹部に登用しても、まともな社会にはけっしてなりませんぞ、じゃ。

レーニンの政治家としての行為は一九二三年三月五日と六日で終わる。三月五日レーニンは当時グルジア問題でスターリンらと対立していたムジバーニらを支持するようトロツキーに依頼する手紙を口述し、次に直前に知ったばかりの事実——前年の一二月二二日にスターリンがレーニンの妻クルプスカヤを電話に呼び出して、粗暴な発言をしたこと——にかんして、スターリンに謝罪を要求する手紙を口述した。そして翌六日、レーニンはムジバーニらへの支持を表明する彼ら宛ての手紙を口述したところで政治家としての活動を終える。発作に襲われ、あとは翌一九二四年の一月二一日に死を迎えるまで、植物人間として生きながらえる。スターリンの粗野な性格と非文化性の危険に気づき、それとのたたかいを開始しようとしたところで、さらにそのことと関連して、国家機構と党組織の全面的見直しに取りかかろうとしたところで、肉体的に力尽きたんじゃ。

ちょっと横道にそれたかもしれないが、関心のある方は、藤井一行前掲書で確認してほしい。わしはかつてモッシェ・レビン『レーニンの最後の闘争』（河合秀和訳、岩波書店）を夢中になって読んだもんじゃ。

『犬の心』に戻ろう。ブルガーコフはレーニンとスターリンの確執、政治闘争の全容を承知していたわけではない。①、②、③を知る立場にはなかった。だが彼の臭覚は、もと犬のお前さんに負けず劣らず鋭い。⑦と⑧を読めば、レーニンがスターリンの非文化性を批判していることは十分理解できる。しかもアンガルスキーというオールド・ボリシェビキもいるし、噂話が大好きなレジニョフら道標転換派の文化人もいる。情報源には事欠かない。彼らの間で、①、②、③の断片が取りざたされた可能性は十分考えられる。そうした会話の中で、とくに一九二三年後半から進行したトロッキー対三人組（トロイカ＝スターリン、ジノビエフ、カーメネフ）の党内闘争をめぐる様々な情報に耳を傾けないはずがない。そこでブルガーコフの頭の中に二人のイメージが固まった。レーニンをモデルの一人としたプレオブラジェンスキー教授とスターリンをモデルの一人とした「もと犬」シャリコフのイメージじゃ。

ブルガーコフは、スターリンの非文化性に気づき、その危険性——知識人にとって、庶民にとって、オールド・ボリシェビキにとって、つまり全社会にとっての危険性——に警鐘を鳴らしたんじゃ。頭の傷は内戦時の名誉の戦傷だったと平気でウソをつき、プレオブラジェンスキー教授からお金を盗んだのは自分ではなく、ジーナの仕業だと思うとしゃあしゃあと述べ立てるシャリコフ、誠実さや良心のないシャリコフの前世の苗字がチュグンキン（語源はチュグーン＝銑鉄）という、スターリン（語源はスターリ＝鋼鉄）を連想させる苗字だったのは、決して偶然ではないし、アンガルスキー編集長もこの部分を変更せよとの指示または提案をおこなっていない。彼も同感だったんじゃ。

ついでに、付録として、クリムも見ておこう。クリムという名前はクリメントの口語形。クリメントと言えば、当時のロシア人ならば、第一にクリメント・ヴォロシーロフ（一八八一～一九六九）——革命家、軍人、一九二五年から国防大臣、スターリンの側近として、弾圧にも関与した——を思い出す。しかも、ヴォロシーロフが実際にチュグンキンというあだ名を頂戴していたというさきほどのヨッフェの指摘もある。

どうじゃな、只四郎、晩年のレーニンがスターリンを批判していたことを確認してもらえただろうか？

只四郎　ご隠居のおっしゃりたいのは、ブルガーコフが『犬の心』でスターリンを念頭に置いてシャリコフを描いたということですね。

隠居　そうじゃ。

ところで、このような非文化性がスターリン個人の問題ではないということにも触れておこう。スターリン体制の成立過程を研究した渓内謙氏は、レーニンとスターリンについて次のように指摘している。

初めにお断りしておかなければならないのは、レーニンからスターリンへの交代が個人の問題ではなく、指導者の質的変化に結びついた世代的交代に深く関連していた、ということです。一〇月革命後の新政府の中枢を形成したのは、革命前西欧にながらく亡命していたマルクス主義知識人の集団でした。レーニン、トロツキー、ブハーリン、ジノビエフ、カーメネフ、ラコフスキー、ルナチャルスキーなどがそうです。かれらに共通していたのは、自己の思想的確信にもとづいてマルクス主義者となり、運動に加わったインテリであったこと、長い亡命生活のなかで西欧の社会主義思想・運動との深いつながりをもっていたこと、です。かれらはまた、マルクス主義がはぐくまれた一九世紀西欧の精神的風土に自己を同化しており、器質的には長い亡命生活の影響のもとで西欧と深く結びついた革命のヴィジョンを共有していました。しかし同時にそれぞれが知的・思想的に多彩な個性の持ち主であり、多くの問題について、相互に、また西欧およびロシアの社会主義のさまざまな潮流と、自由な論争をおこなっていたのです。そのことはマルクス主義が「開かれた体系」として受け止められていたことにほかなりません。そしてこの点こそ「レーニン」と「スターリン」を分ける最も大切な思想的分岐点なのです。「スターリン」においてはマルクス主義は自由な討論、他の思想との対話を不可能にする閉ざされた教義体系になりました。

（中略）

レーニン世代は、同時代のヨーロッパの最良のインテリに属していた、といってよいでしょう。われわれがレーニン主義といま呼んでいる一〇月革命の理念と理論は、このような思想と実践の交流のなかから形成された集団的産物です。これをレーニンという天才の所産とみなすのは、レーニンを神格化していた時代の思想の惰性にすぎません。レーニン主義とその党とが非一枚岩的性格を長らく維持できたのは、このレーニン世代が指導の中核を形成していたからです。かれらが中枢を占めた革命政府は、外部の観察者によって、ヨーロッパで最も知的水準の高い政府と評価されました。

レーニンが重病で政治の舞台から退いた一九二二年から後継問題をめぐり党内闘争が繰り広げられますが、一九二九年にはスターリンの勝利をもって終わります。この過程でレーニン世代の指導者はつぎつぎ指導部から排除されました。スターリンの勝利は、かれ個人の勝利だけでなく、かれに代表される指導者世代の勝利でもありました。この指導者世代は、「地下ボリシェビキ」と呼ばれたように、政治的自由のない帝政ロシアにはりめぐらされていた党地下組織網を亡命知識人集団からの指令を受けて運営していた職業革命家集団です。かれらも思想的確信から運動に参加したマルクス主義者でしたが、知的にはレーニン世代の下位にあり、訓練と能力において理論の人よりも行動の人、組織人であり、かれらの視野はロシア一国に限定されがちでした。非常な権力とのあらあらしい対決に不断にさらされ、そのことによって鍛錬された人たちであり、そこでの経験がかれらの気質と行動に刻み込まれていました。このような性向は革命後の内戦の体験によりさらに助長されたことでしょう。スターリンは一九二二年書記長に就任して以来、党機関の要職にこの世代の党員をとりたて、党書記長を頂点とする党行政機構はスターリンの最重要の権力基盤となります。スターリンの勝利は、したがって、新しい世代のそれであっただけでなく、党機構による党支配の完結という制度的変化をも意味していたのです。この制度的変化は党の変質、つまり思考し討論する集団としての党から行政的一枚岩の組織としての党への変質の転換点となりました。

（中略）

党の変質とともに、指導者にとっては、マルクス主義の理念は、もはや、かつてのレーニン世代の指導者にとってそうであったような重い意味をもたなくなります。理想の追求ではなく、権力の保守がかれらの行動を律する最大の戒律となります。理想を表向き否定することはありませんが、それは現状を事後的に正当化する一種の方便として使われることになります。（渓内謙『歴史の中のソ連社会主義』、岩波ブックレットNo.263、一九九二年、三二～三四頁）

渓内氏は二つのグループを「レーニン世代」と「スターリン世代」と呼んでいるが、年齢的には前後する人物もいて、この二つのグループは必ずしも年齢・時代の特徴で説明・区分けできるものではない。レーニン派とスターリン派、国際派とロシア派、あるいはエリート・グループとたたき上げグループといった別のネーミングも検討してみたが、どうもしっくりとこない。自分でも不満じゃが、とりあえずはオールド・ボリシェビキ諸派とスターリン派としておこう。

この二つのグループの違いについては、革命前後のロシアの多くの人が気づいていた。しかし革命前と革命・内戦の時期はレーニンを中心とするオールド・ボリシェビキ諸派が圧倒的にリードしていたために違いが表面化することはなかった。だが、革命後に違いが徐々に鮮明になり、オールド・ボリシェビキ諸派の中心軸であるレーニンが政治舞台から後退すると、違いが対立に変わり始める。そして、その数年後に対立の決着がつき、さらにその数年後にオールド・ボリシェビキ諸派が肉体的に抹殺されてしまう。この間、オールド・ボリシェビキ諸派が一つの政治勢力としてまとまることは一度もなく、その多くがスターリン派に体よく利用された。しかもスターリン派は一貫してレーニン主義という看板を高く掲げていた。このために社会主義の事業がレーニンからスターリンへと継承されたという間違ったイメージが定着したんじゃ。

以上は、わしが当時の政治状況を主としてレーニンの遺訓（最後の書簡と論稿）を中心に検討した結果じゃ。そしてこの状況の勘所がブルガーコフの『犬の心』に見事に反映されていることを理解してもらえたかな？

只四郎　うーん。おっしゃることはわかりますが、なんで作者はこの内容を明示せずに、わざわざ回り道して披露するんですかね。

隠居　わしの見方では、シャリクがプロレタリアートをけなしているからこそ、プレオブラジェンスキー教授が「プロレタリアは好きじゃないですな」と言っているからこそ、教授が一九一七年四月にオーバーシューズを盗まれたと言っているからこそ、つまり、彼らがソビエト政権に批判的だということが読者に明らかになっているからこそ、もう一つの物語の柱であるレーニン対スターリンのたたかいが鮮やかに浮かび上がってくるという効果があるんだと思うよ。ブルガーコフはこの効果を十分に意識している。その方が少なくとも面白いのは間違いない。プレオブラジェンスキー教授の「勉強せよ」の発言と同じ内容をこちこちの共産主義者が言ったところで、小説としてはちっとも面白くないんじゃないかな。

関連して、改めてヨッフェのモデル論についてひとこと言っておきたい。彼が主張するように、ブルガーコフは、プレオブラジェンスキー＝レーニン、ボルメンターリ＝トロツキー、シャリコフ＝スターリンなどを念頭に置きながら『犬の心』を執筆したとわしも思う。しかしながら、ここでわしらが注意しなければならない重要なことは、モデル像が解明できたとしても、そこにこの作品の魅力のすべてであるいは主要部分があるのではないという点じゃ。

『犬の心』は寓話小説ではない。たとえばジョージ・オーウェルの傑作『動物農場』では、登場人物（動物）が物語の進展にともなって寓意から外れて独自の活躍を始めることはない。ナポレオンはスターリンであり、スノーボールはトロツキーで終わりじゃ。だが『犬の心』では、プレオブラジェンスキー教授はレーニンでもあり、ブルガーコフの叔父のポクロフスキー医師でもあり、当時のロシアの知識人の誰かでもあり、ブルガーコフ自身でもある。シャリコフは、アル中のバラライカ引きでもあり、どこかの工場の無学な労働者でもあり、ブルガーコフが嫌悪したプロレタリア文学を信奉する青年文学者でもあり、ジョージア出身の知性のない粗暴な政治家スターリンでもある。そして、わしがこのあとで検討するレーニン死後の党勢拡大キャンペーンで入党してきた多くの新共産党員でもある。ヨッフェのお見立てでオーゲーペーウーの長官ジェルジンスキーに擬されている「残忍な死刑執行人」ダリヤ・ペトローブナは、突然「羞恥心を取り戻してキャッと叫び、両手で胸をかくしてあわてて自分の部屋に戻って行く」大胆で自由奔放だがきわめてシャイなロシア女性でもあるんじゃ。

つまりブルガーコフは意図的に一人の登場人物に複数の人間像をかぶせている。だから人物が広りをもって生きている。寓意はある。だが寓意は必ずしも一つではない。さらに寓意に沿った筋書き、平行線の筋書き、逆らう筋書きが交錯しながら動き、これに作者独特の言い回し、警句、ジョークがからみつく。結果として、作品に浸透している作者の思想（それは寓意を含めて、とりあえずは競合し合う複数の思想の断片として、成分・要素として存在している）は物語の中でまさに混然一体となって、読者を刺激し、読者の頭の中でそれぞれの人に見合ったムード、イメージ、思想をつくりだし、多くの人の目の前にその人なりの一つの時代像を描き出すんじゃ。ヨッフェの暗号解読は無駄ではなく、読者にとって重要な素材になるが、それで終わらないところが、ブルガーコフのやっかいで面白いところなんじゃ。

ボルトコ監督の変身？

只四郎　ひとつ質問していいですか？　映画『犬の心』のウラジーミル・ボルトコ監督は、二〇一五年に国会でスターリンを称讃する演説をおこなったそうですが、これは本当ですか？　もし本当だとすれば、ボルトコ監督は、シャリコフ＝スターリン説には与していないんじゃないのですか？

隠居　ボルトコ監督がそういう演説をおこなったのは事実じゃ。そして、映画『犬の心』を見て育った多くのロシア人が、そのことで大きなショックを受けたとも聞いている。

ボルトコは一九四六年にモスクワで生まれた映画監督で、主な作品には『犬の心』（一九八八）、『ギャングの街ペテルブルグ』（二〇〇〇～二〇〇三年）、『白痴』（二〇〇三年）、『マスターとマルガリータ』（二〇〇五年）などがある。二〇〇八年にロシア連邦共産党に入党し、二〇一一年に中央委員になり、その年の年末に国家院議員の選挙に初当選し、二〇一六年に再選されている。

このロシア連邦共産党というのは、一九九一年に解散したソ連共産党の残党――それもゴルバチョフらの改革に反対してクーデター未遂事件を起こした一味の残党――が、一九九三年に結成した政党で、スターリン礼讃のアナクロニズムのかたまりじゃ。この立場は一貫して変わっていない。つまり、結党から一五年たってボルトコが入党したということは、共産党の方針が変わったからではなく、ボルトコの政治的立場が変わったことによるものだということを意味している。そのほかに名誉欲、人間関係など別の事情がからんでいたのかもしれないが、調べきれていない。その後彼は週刊新聞『論拠と事実』（二〇一三年二月六日）のインタビュー記事の中で、《「二〇世紀を通して最も誹謗中傷されている人物スターリン」の真の姿を映画にしたかったが、反対の声があったので、時期尚早と判断して取りやめた》と語っている。そして決定的だったのが、お前さんが指摘したスターリン讃美の演説じゃ。それは、二〇一五年二月二五日に彼が国家院の総会でおこなった「戦勝七〇周年を記念してボルゴグラード市の名称をかつてのスタリングラードに戻し、モスクワの中央部の広場のひとつをスターリン広場とし、そこにスターリンの記念碑を建てる法案」に賛成する演説のことじゃ（https://kprf.ru/dep/gosduma/activities/139713.html）。

「スターリンはわれわれが達成した工業化であり、第二次大戦におけるわれわれの勝利である。スターリンは宇宙開発の成果である」、「スターリンはシンボル、わが国のシンボルである」――ボルトコはこう演説した。というより、叫んだと言った方がよいかな。わしはかれの演説をビデオで見たが、見るに堪えない哀れな老人が聞くに堪えない世迷言をうなっていると受け止めた。

人間はかくも変わるのか、変われるのかと驚いた人もいれば、もともと天才的な芸術家としてのボルトコと吐き気をもよおす俗人ボルトコとが共存していたが、年齢とともに芸術家としての輝きが消えてみにくい俗人ボルトコが残ったにすぎないといって切り捨てる人もいた。

わしは、『犬の心』と『マスターとマルガリータ』という二つのテレビ映画を通じてしかボルトコを知らない。で、彼の映画『犬の心』をもう一度振り返ってみた。するとそれなりにうなずけることがあった。映画の中ではシャリコフ＝スターリン説は明示されていない。それだけではない。シュボンデルとシャリコフの違いが明確ではない。つまり、レーニン以外のオールド・ボリシェビキ諸派とスターリン派の違いが見えてこない。だから、原作を読み込まずにボルトコの映画だけを見ている場合には、この作品とわしがこれから説明する一九三〇年代の支配層の交代との関連性に気づくことはありえない。それで納得した。シャリコフ＝スターリン説とこれから述べるわしの考え方――すなわち、小説『犬の心』はレーニン記念入党で支配者の卵になった教養のない未成熟な労働者を風刺した作品であるという考え方――がロシア人の中から出てこない理由の一つは、ボルトコ監督の映画の影響が大きすぎたことにあるということをな。

レーニン記念入党と新しい支配者の誕生

さて、ここからわしの独自の考えに入っていく。

わしはここまでで『犬の心』にはブルガーコフの二つの考えが反映されていることを確認したつもりじゃ。一つは、共産党のせいでロシアの歴史の歩みがゆがめられ、革命が起きてソビエト国家が生まれてしまい、この国家は知識人を含む国民をいじめているという理解じゃ。ここからは、ソビエト国家制度を打倒するしかないという結論が導き出される。もう一つは、この革命を指導してソビエト国家を起ち上げた知識人であるレーニンと現在の党・国家の実務を指揮している粗野なスターリンとの間には越えられない溝があって、スターリンは知識人を含む国民を虐げているばかりか、レーニンと一緒に革命を推進してきた人びとにも牙をむくだろう、という考えじゃ。

この互いに矛盾している二つの考えが、一つになってプレオブラジェンスキー教授の中に納まっている。一方で社会主義を批判しながら、他方では社会主義の中のレーニンの立場にシンパシー（同情）を表明し、逆に、これに敵対するシャリコフ＝スターリンへの読者の嫌悪感を誘導している。要するに、プレオブラジェンスキー教授は、社会主義を批判しつつ、同時に一部の社会主義勢力の立場を代弁して、最も有害な勢力（シャリコフ）を排斥するようにシュボンデルに訴えるんじゃ。しかしながら、社会主義勢力の中心であるシュボンデルがこれに呼応してこないため、やむをえず犬に戻す手術をおこなうことによって当面の平穏を取り戻すというのが小説の結末じゃ。

この場合のプレオブラジェンスキー教授の考え方は、ブルガーコフのそれじゃ。ではブルガーコフはなぜこのような二重の構造を持つ奇妙な立場に立つようになったのだろうか？　答えは一九二四年のレーニン逝去後のソ連の政治状況にある。具体的には、レーニン記念入党と呼ばれる共産党の党勢拡大運動が、粗野な政治指導者の卵を大量に生みだし、ブルガーコフはこれに生理的嫌悪感を抱いたんじゃ。

シャリコフのモデルはスターリンだけではない。いやスターリンは、一九二五年のロシア人文学者たちがブルガーコフの『犬の心』の朗読の最中にすぐに頭に浮かべた粗野な人物ではない。文学者たちが朗読の場で思い浮かべたのは、そのころ文字通り雲霞のごとく現れた無教養な共産党員だったんじゃ。そして、そのうちに（朗読中あるいは朗読後につらつら考えてみたときかもしれないし、一緒に朗読を聞いた人びとと感想を述べ合っているときかもしれない）この複数の人間の背後にいるスターリンの影にすぐに気づき、プレオブラジェンスキー教授＝レーニンの文化性強調（スターリン批判）の意味に思い当たるんじゃ。

いいかな只四郎、お前さんがロシア人として一九二四年の後半にモスクワで普通の暮らしをしていれば、お前さんは何もしなくてもシャリコフそっくりの人間を目にしたはずじゃ。それも一人や二人ではない。少なくとも、何十人、何百人という人数だったじゃろう。ヨッフェが延々と引用した歪んだいやしい人物シャリコフの特徴は、スターリンだけでなく、何百、何千、いや当時のソ連全体では何万という数の人間に、どんぴしゃりだったはずじゃ。一九二四年二月以降あっという間に、無知、無学、無教養の人間が大挙してソ連の政治の中枢に登場してくるんじゃ。中にはほんもののならず者も混じっていた。彼らが共産党と国家機関の中に根を張っていく。運動の中で鍛えられたオールド・ボリシェビキ（職業革命家＝知識人）を中心とする共産党が、無教養、粗野、自分の頭で判断できない若者たちに牛耳られてしまう過程がこのときスタートしたんじゃ。

この過程の出発点になったのが、レーニンの逝去直後におこなわれた党員募集キャンペーンじゃ。一九二四年一月二一日レーニンが病気で亡くなると、共産党はすぐにレーニンの遺志を継ぐ現場労働者に入党を呼びかけるキャンペーンを実施する。「レーニン記念入党」や「レーニン記念募集」「レーニンの呼びかけ」「レーニン召集」「レーニン徴兵」などと訳されているこの党員募集で入党してきた新党員が、ソビエトの政治を変えてしまうんじゃ。

只四郎　むずかしい話ですな。

隠居　確かにそうじゃ。そこでさきほどは、日記に関連して、歴史上の主要な出来事を先に紹介しておいたわけじゃ。大きな流れを感じてほしいのでな。

一九二二年以降、革命の指導者レーニンが病気で第一線を退くと、党幹部の中で最も影が薄かったスターリンとその仲間が徐々に地歩を固めていく。レーニンが亡くなると、彼らスターリン派は、オールド・ボリシェビキ諸派の一部と組んで、レーニン後のリーダーとみなされていたトロツキーを孤立させ、党運営を牛耳るようになる。一九二五年一月にはトロツキーを軍事人民委員（国防大臣）から解任して政権中枢から排除し、次に一緒にトロツキーを追い出したカーメネフ、ジノビエフ、ブハーリンといった幹部を徐々に抑えつけて、一九二〇年代末〜三〇年代初めに独裁体制を構築する。そしてその総仕上げとして一九三六〜三八年に大粛清・大弾圧・大テロルを実施する。オールド・ボリシェビキ指導者・活動家を中心とする数十万人の肉体的抹殺じゃ。一九四〇年には国外にいたトロツキーを暗殺して、これでレーニン死去時の政治局員七名のうちのスターリン以外の六名を全員殺してしまう。スターリンの「レーニン主義解釈」を党の公式見解とし、スターリンのえせ社会主義建設計画を党の総路線とし、これに反対する人間を排除し、最後は処刑してしまったわけじゃ。スターリン派がオールド・ボリシェビキ諸派を文字通り抹殺した。

そしてこのスターリン派とオールド・ボリシェビキ諸派のたたかいにおいて、スターリン派の勝利にそのつど貢献したのが、レーニン記念入党で共産党に入ってきてスターリン派に加わった未成熟な労働者集団だったんじゃ。この集団は、一人当たり一六アルシン（約八平方メートル）の割当にもとづいて入居してきた新住民が、住宅委員を選出する選挙でこぞって共産党の候補者に投票したのと同じような役割を、共産党の中で果たしたんじゃ。

一九二四年二月一五日から三カ月間実施されたこの党員募集キャンペーンは、レーニンの遺志を継ぐ若い現場労働者を共産党に勧誘するという名目の運動で、時代を先取りして共産党の大衆化、民主化をはかったように見えるので、誤解されやすく注意が必要じゃ。

スターリンが一九二四年五月二四日におこなった党大会への報告で挙げている暫定的な数字で見ると、党員数は四八万五千人から六八万人へと二〇万人弱増えている（その後の通説では二四万人以上増えたとされている）。その後も、党勢拡大運動は続いた。古い資料じゃが、Ｅ・Ｈ・カーが引用している数字を挙げておこう（Ｅ・Ｈ・カー『一国社会主義――ソビエト・ロシア史』南塚信吾訳、第二巻、一九七七年、一四三頁）。

一九二四年初め　四七万二〇〇〇人（「レーニン記念入党」キャンペーン前の数字）
一九二五年初め　七七万二〇四〇人
一九二六年初め　一〇七万八一八二人

党員の数が二年で約二・三倍にふくれあがったんじゃ。

大量入党は以前にもあった。一九二一年三月党員数は七三万人に達していた。これは内戦の時期に入党してきた人たちによるものだった。とくに一九一九年九月以降に実施された「党週間」キャンペーンで、兵士、労働者、農民が大量に入党してきた。内戦時における共産党の活動家不足を克服するための緊急措置的要素が強かったこの党勢拡大は、内戦が終結に向かうと、共産党指導部にとってはむしろ負担となった。一九二一年七月、党中央委員会は総粛清を実施した。粛清というのは、党員の資格点検運動で、条件に満たないものは除名された（逮捕・処刑を意味する後年の大粛清とは別ものである）。主として元メンシェビキと内戦時の入党者がふるい落とされ、オールド・ボリシェビキ諸派に属する古参党員中心の体制が確保された。前記カーの表のとおり、党員数は減少して、一九二四年初めに四七万人となった。

だがこの党は多くの点で新しい時代の課題に相応しているとは言えなかった。なによりも、社会の改造を進めていく中心勢力となる若い勢力が欠けていた。だが、そもそも労働者が少ない国で革命思想を持った青年労働者をどこで、どれだけ、いかに集めればよいか？　実はきわめて難しい課題だった。結果として乱暴極まりない方法が選択された。それがレーニン記念入党キャンペーンじゃ。レーニンの逝去を口実に入党審査が簡素化された。革命的意志・気分だけを基準にして、政治的意識や経験が未熟なばかりか、そもそも社会人、職業人としても未熟な若者を、一斉に、大量に、入党させたんじゃ。

当然ながらもう一つの課題が浮き上がってきた。若い共産党員をいかに教育するかじゃ。入党キャンペーンそのものと同様にこれを仕切ったのがスターリンだった。新人に対する速成教育がスターリンの解説書『レーニン主義の基礎』（スターリンが新党員を前にしておこなった講義のテキストで、たとえて言えば『一日で分かるレーニン主義』）などでおこなわれた。単純化・図式化された概念から導きだされる決まり文句のスローガンの羅列、政敵へのレッテル貼りによる論争拒否、威勢のいい空文句の横行——こうした傾向があっという間に広がり、定着していった。要するに、党員の質が急速に低下した。党員の審査と粛清（くどいようだが、当時はまだ不適格者の除名であって、一九三〇年代以降の弾圧ではない）が、知識・思想のレベルや政治活動家としての能力ではなく、党の総路線（＝スターリン路線）への忠誠度という物差しだけでおこなわれるようになってしまったんじゃよ。そして、この入党者が「では、いったい何をすればよいの？」と自覚し始めたときに、スターリンの「一国社会主義論」（先進諸国の革命がなくても、遅れたロシア一国だけで、完全な社会主義社会が建設できるという非現実的な計画）が完成される。

ロシア人の証言を二つと英国、ロシア、日本の研究者の見解を一つずつ引用しておこう。

支配グループはレーニンの死を利用して「レーニン記念募集」を宣した。いつも慎重に守られてきた党の門戸が今やすっかり開け放たれ、労働者や事務職員や役人が大挙して入ってきた。政治的な狙いは、経験がなく自主性もない、しかしそのかわり上役に服従するという古い習慣をもった人びとの生の素材の中に、革命的な前衛を溶解させてしまうことにあった。狙いはあたった。官僚はプロレタリア前衛による統制から解放された。「レーニン記念募集」はレーニンの党に致命的な打撃をあたえた。官僚機構は必要な独立をかちとった。民主主義的中央集権制は官僚主義的中央集権制に席をゆずった。党機構そのものの中でこんどは上から下まで抜本的ないれかえがおこなわれる。服従がボリシェビキの主要な美徳とされる。反対派とのたたかいという旗印のもとで革命家が排斥され、官吏がそれにいれかわっていく。ボリシェビキ党の歴史は急速な堕落の歴史と化す。

（レフ・トロツキー『裏切られた革命』藤井一行訳、岩波文庫、一三〇〜一三一頁。一部訳文を変更）

新入党員はすべて「レーニン記念入党」で党員・党員候補になった労働者であった。スターリンは目的を達成した。彼は共産党の中に「生産現場」出身の労働者からなる圧倒的な多数派（三分の二以上）を確保した。彼らの教育レベルは低く、中には無学の者もいて、マルクス主義も、ボリシェビズムも、レーニン主義も、社会民主主義もわかっていなかった。「レーニン記念入党」で誕生したこうした新米党員は、地位と役職を得るために、任命権を握っていたスターリン書記長の「党の総路線」を支持した。いつも党中央を批判していた「眼鏡をかけた」インテリ党員たちは、「生産現場」出身の労働者たちに駆逐されてしまった。（ニコライ・ポレチカ『見たこと、体験したこと。回想録より』一九八二年（http:lib.ru/MEMUARY/POLETIKA/wospominaiya.txt））。ポレチカ（一八九六〜一九八八）はロシアの歴史学者、経済学者。非党員。退職後の一九七三年イスラエルに出国（妻がユダヤ人））

……三頭連盟［スターリン、ジノビエフ、カーメネフの三人組＝トロイカのこと――隠居］はもう一つトロツキーの武器を奪い去った。トロツキーは「プロレタリア細胞」の微力さが党の官僚的歪みの主要な原因であると論じ、労働階級から党員を補充することを勧告していた。……三頭連盟は直ちに……新党員獲得運動を展開する決心をかためた。トロツキーは慎重な選択を勧告していたわけだが、彼らはひとまとめに補充することにきめ、通例のテストや条件は一切撤廃して、入党を望む労働者は誰でも受け入れることにした。第十三回協議会では、彼らは一挙に十万人の労働者を新党員として推薦した。レーニンの死後は、党の門戸をなおいっそう広く解放することさえもした。一九二四年の二月から五月までのあいだには、二十四万人の労働者が登録された。これは、プロレタリアートの精鋭《エリート》であり前衛である党は、高い政治意識を持ち、闘争に鍛錬された者のみを受け入れなければならないという、ボリシェビキの組織原則をばかにしたやり口だった。大量の新加入者の中には、政治的に未熟な者や、おくれた者、知能のひくい従順な者、野心家、私欲追求者などが相当の割合をしめていた。（アイザック・ドイッチャー『武力なき予言者・トロツキー』改訂版、田中西二郎ほか訳、新評論、一九九二年、一五一頁）

そうこうしているうちに、ソビエト社会における階級形成過程の担い手のために、すなわち権力の道を這いあがってきた出世主義者のために、水門が開け放たれた。レーニンの逝去後に「レーニン記念入党」キャンペーンが宣言されたのである。その結果、一九二二年四月（第一一回党大会）に三八万六千人だった党員数は、一九二四年五月（第一三回党大会）にはほぼ二倍の七三万六千人に増えた。「レーニン記念入党」と命名されてはいるが実際にはスターリンの呼びかけにこたえて入党してきたこれらの新参者が党の半分を占めるようになった。彼らは、流刑と亡命生活に明け暮れて年をとったレーニン親衛隊［古参党員＝オールド・ボリシェビキのこと――隠居］とは無縁な人びとだった。新入党員たちは、流刑に処された人びとの隊列ではなく、流刑に処す人びとの隊列に加わり、革命をおこなうためではなく、革命がおこなわれた後の良いポストを得るために行進した。彼らは潜在的に「スターリンの人びと」だった。レーニンの理論を体系化して解釈する役割の独占を宣言したスターリンの著書『レーニン主義の基礎』には、これみよがしに「レーニン記念入党キャンペーンに捧ぐ」との献辞が掲げられている。(ミハイル・ヴォスレンスキー『ノーメンクラツーラ——ソヴィエトの支配階級』佐久間穆訳、中央公論社、一九八八年、一〇四頁。ただし、この本はドイツ語からの翻訳。上記引用はロシア語版から訳出したもの)

トロツキー派が指摘し、批判したシステム[ヒエラルヒー的な共産党内の体制——隠居]と労働者集団とのあいだの齟齬《そご》については、主流派[スターリン、ジノビエフ、カーメネフら——隠居]も認めざるをえなかった。しかし、主流派はシステムを変えるのではなく、現場労働者を多数入党させることによってシステムと工業労働者のあいだの疎遠な関係を克服しようとしたのである。そこで一九二四年一月、レーニンの死をきっかけにして現場労働者の入党キャンペーンに着手した(「レーニン召集」と呼ばれる)。これは、その場しのぎのキャンペーンではなく、以後、頻繁に繰り返され、体制の一部となる。……

「ヨーロッパ革命までもちこたえること」という、それまでの論法は、新しい党員を陶冶するためにはあまりにも消極的であり、それにかわる斬新な発想に基づくイデオロギーによる陶冶が、切実に求められるようになった。その局面でイニシアティヴを発揮したのがスターリンであった。……

……スターリンは……あらたな党員の陶冶と統合のために教義の調整・修正に積極的に乗り出した。それが、ロシアのような後進国一国だけでも、完全な社会主義社会を実現できるという、「社会経済的な一国社会主義」論である。それを彼は、二五年五月になって初めて積極的に唱えた。

……「社会経済的な一国社会主義」論は、こののち、真の「レーニン主義」として、二四年の「レーニン召集」後の入党集団を指導するイデオロギーとして体制の不動の地位を占めるようになった。それと並行してスターリンの発言権も急速に高まっていった。（石井規衛「スターリンと社会主義体制の発展」新版世界各国史㉒『ロシア史』第九章、山川出版社、二〇〇二年、三一四〜三一五頁。「社会経済的な一国社会主義」とは、後進国ロシアにおいても社会主義を掲げる政党が政権を掌握できるという意味の政治革命的「一国社会主義」論ではなく、完成された社会経済制度としての社会主義が後進国ロシアにおいても成立しうるという主張）

このほかに、あとで紹介するレーニン『国家と革命』（角田安正訳、講談社学術文庫、二〇一一年）の訳者あとがきも、前出のトロツキーの『裏切られた革命』を一部引用して、「レーニン記念入党」によって共産党が官僚機構に変貌していく状況を指摘している（二五一〜二五三頁）。

要するにこのときを境に（つまり一九二四年を境に）ソ連共産党員の質が大きく変わった。オールド・ボリシェビキ諸派がリードする知識人の党からスターリン派が支配する実務執行者の党への変身が実現されたんじゃ。スターリンの周囲に集まっていた人びと――知識水準が低くて肩身の狭い思いをしてきた下働きの実務党員たち――が、無教養なレーニン記念入党者を利用して一挙に多数派になった。党内のバランスが逆転した。

只四郎　ご隠居さんがおっしゃりたいのは、無学な共産党員の象徴がシャリコフだってわけですね。

役所の課長になってパワハラ、セクハラに走るシャリコフはたしかによくないですな。

隠居　そうじゃよ。ブルガーコフが『犬の心』をあちこちで朗読していたとき、彼の考えに気づいた友人たちは、知識をもたず、粗野で厚顔無恥な新党員がすぐに一定の役職につく様子を見て、こうした新党員たちを「シャリコフシチナ（シャリコフ一味、シャリコフ現象）」と呼んだんじゃ。

只四郎　その当時レーニン記念入党に反対する人はいなかったんですか？

隠居　急所をついたいい質問じゃ。公然と反対する人はいなかったんじゃないかな。

さきほどのブルガーコフの日記の最初の部分の補足で指摘しておいたとおり、このときの党勢拡大キャンペーンの実施は、レーニンの逝去の前に（つまりレーニンの逝去とは無関係に）、党協議会で決まっていた。トロツキーは病気のためこの協議会に参加していないし、キャンペーンの実施を正式に決めた一月三一日の党中央委員会総会にも出席していない。総会では反対の意見はなかったようじゃ。多くの人はこのキャンペーンについて、スターリンらが『四六人の書簡』やトロツキーの『新路線』の意見、つまり党運営の民主化の要求を受け入れたものとして受け止めた。トロツキー自身、意味合いは異なるが、労働者を共産党員にせよと主張していたんじゃ。だから四六人やトロツキーらはキャンペーンを正面切って批判できずに、沈黙して様子を見ざるをえなくなった。しかもキャンペーンがスタートして応募者が殺到する状態になってからは、もう反対の旗を掲げるのは不可能になった。応募者から袋叩きにあうのが目に見えているからじゃ。

先ほど引用したトロツキーの『裏切られた革命』は一九三五～一九三六年に執筆されたものじゃが、一九二四年四月一一日トロツキーがチフリス（現在のトビリシ）でおこなった報告（講演）『ヨーロッパ革命への途上にて』では、別の見解を述べている。

経済建設に必要な政治的条件は、党と労働者階級との緊密な結びつきである。そしてこの点で最近われわれは最も好ましく、そのうえ誰にも否定できない成果をあげている。ここ何か月間、何週間の最重要な政治的事実は、生産現場の労働者が党の隊列に加わったことである。この入党は、わが国の基本的な革命階級による意思表示の最善の形式である。労働者階級は賛成の手を挙げて「われわれはロシア共産党に投票する。この党はブルジョアジーとの真剣勝負をおこなっている。この党はいつ譲歩すべきか、どれだけ譲歩するかを知っていて、基本的問題では決して譲歩しない」と言ってくれている。この投票は信頼できる、頼りになる、間違いのない点検方法であり、これと比べると議会選挙はうつろいやすい、表面的な、どちらかというとごまかしの投票に見える。このプロレタリアの自発的な信任投票は、われわれの存在だけでなく、われわれの将来の成功をも政治的に保障してくれる土台である。この礎石の上でこそ建設できるのであり、建設すべきなのである（http://elib.shpl.ru/ru/nodes/55319-ruprlib22003261　二四頁）。

この時点ではトロツキーもレーニン記念入党キャンペーンを高く評価しているんじゃ。ドイッチャーは前掲書で、トロツキーが病気のせいで弱気になったのではないかと推測している。さすがのトロツキーも手も足も出せなくなり、スターリンらのご機嫌を伺ったのだろうか。それとも新入党員の大化けによる大逆転を期待したのだろうか、いずれにしても正面切って反対できない状況に追い込まれている様子がよく分かる。ついでに言っておくと、新入党員の大化けはありえない。シャリコフを大変高度な精神を持つ人間に変えることができるのではないかと考えたボルメンターリと同じ間違いじゃ。無教養で粗野な状態は自然に克服されるものではない。適切な指導、教育、経験が必要であり、なによりも本人の自覚と努力が不可欠なんじゃ。

『エンゲルスとカウツキーの書簡集』

只四郎　でもシャリコフも頑張って勉強したんじゃないの？　あたしはまだ難しい本は読めないけれど、シャリコフは『エンゲルスとカウツキーの書簡集』を読んで、自分の意見を言うんだからたいしたもんですよ。

フィリップ・フィリッポビッチはテーブルに両ひじを突いて、シャリコフを見つめて聞いた。

「読んだ本についてあなたのご感想をお聞かせいただけませんか」

シャリコフは肩をすくめて言った。

「納得できないよ」

「どちらの見解に納得できないんですか？　エンゲルスにですか？　それともカウツキーにですか？」

「両方とも賛成できないね」、シャリコフが答えた。

「すばらしい、神に誓って《本当に》すばらしい。『♪あなたよりも素敵な娘がいると言っているやつらを……♪』。それで、あなたのご意見は？」

「ご意見なんて大それたものはないよ……あれこれ書いてやがる……、なんかの大会、どこかのドイツ人たち……分からないことばかりで、頭がパンクしちゃうよ。全部かき集めて山分けすればいいじゃないか……」

「山分けする」なんて言い方は盗賊の言葉みたいでどうかと思うけど、ともかく本を読んで、自分の意見を言えるんだからすごいよ。

隠居　アハハ、ブルガーコフという作家は読者を煙に巻くのがうまいんだ。『エンゲルスとカウツキーの書簡集』とは見事だね。

只四郎　えっ、どういう意味ですか？

隠居　この『書簡集』は入門書や教科書ではない。研究書でもない。エンゲルスとその弟子のカウツキーという二人の革命家・理論家が、日々の生活にかかわる伝言やあいさつを書いたり、理論問題や政治問題に関係した相談や連絡を手短に述べたりした手紙のやりとりを集めたものじゃ。これを読んでその内容が理解できたら大学者だと言っていいほど、難しい資料だ。つい先日まで犬だった（あるいは実質前科三犯のバラライカ引きだった）シャリコフが逆立ちしても理解できるしろものではない。だから二人の医師は本の名前を聞くなり自分たちの耳を疑ったんじゃ（ボルメンターリは「チョウザメの切り身をフォークに突き刺して口に運んでくる途中で凍りつき」、フィリップ・フィリッポビッチは「ワインをこぼした」)。初めて共産主義の勉強を始める人がこの本を手に取ることはありえない。つまり、作者はわざと難解な書物の名前を出して、当時のにわか共産主義者を対象に実施されている促成教育をあざ笑ったんじゃ。われらがシャリコフは、スターリンの『レーニン主義の基礎』のようなちゃちな入門書じゃなくて、『エンゲルスとカウツキーの書簡集』という難解な古典を読むんですぞってね。

只四郎　でもシャリコフはこの本を少しは理解したんですよね。だからエンゲルスの意見にも、カウツキーの見解にも賛成できないって言ったんじゃないのですか?

隠居　いいかい只四郎、わしの考えでは、ブルガーコフは『エンゲルスとカウツキーの書簡集』を実際には参照していないのではないかと推測しているんじゃ。

というのは、①一九二五年以前にロシアで書簡集が発行されていない可能性がある、②仮に一九二五年時点で書簡集があったとしても、そこにはエンゲルスとカウツキーが激しく論争している箇所も「全部かき集めて山分けすればいい」に関連した箇所もない——からじゃ。

①について、わしは、ロシアの二つの権威ある機関に、エンゲルスとカウツキーの書簡集が一九二五年以前にロシア語で出版されたかどうか問い合わせたんじゃ。一つはロシア国立図書館(かつてのレーニン図書館)、もう一つはロシア国立歴史図書館社会・政治史センター(かつてのマルクス・レーニン主義研究所)。前者はリーディア・アクショーノワ女史が、後者はL・L・ワーシナ、S・A・ガブリーリチェンコ、T・T・グノエワの三女史が回答書の中で、自分たちの書庫にはそのよう

な書物がないことを確認してくれている。ただし両者とも、そのような書物が一〇〇パーセントなかったと断言することは控えたいとの但し書きがついていた。後者のお三方は、「ブルガーコフが細かいことにこだわる作家であることを踏まえると、『犬の心』における『硫酸塩のような緑色』の『本』という記述からして、実際にこのような本があったのではないかと思いたくなります。インターネットには、エンゲルスとカウツキーの書簡集があったのではないかとの情報が流れています（ただし、残念ながら出典が明記されていません）。この本＝書簡集は一九二〇年代の初めにカーメネフの編集で刊行された可能性があります。……これが図書館・施設などに残っていないという事実は、まさにカーメネフによって編集されたということで説明できるでしょう。弾圧の末に一九三六年に銃殺されたカーメネフの著作物は発禁の対象となり、市場や図書館から回収されてしまいました。……この書簡集もこのような運命に見舞われたのではないでしょうか」と書いている。まあ「ない」ことを証明するのはいわゆる悪魔の証明なので、誠実な司書・研究者の方々は断言なさらないだろうが、わしは無責任な立場だから、ブルガーコフが『犬の心』を執筆した時代には『エンゲルスとカウツキーの書簡集』という本やパンフレットはなかったという立場に傾いているんじゃ。

②わしはエンゲルスもカウツキーもよく知らないし、ドイツ語は分からないので、日本語で読める『エンゲルスのカウツキーへの手紙』（岡崎次郎訳、岩波文庫、一九五〇年）――カウツキー自身が一九三五年に手持ちのエンゲルスの手紙（カウツキーの手紙は一部のみ）を初めて本にまとめたものの邦訳版（カウツキーの手紙は省略されている）――で調べてみると、少なくともこの書簡集には、エンゲルスとカウツキーが激しく論争している痕跡も、「全部かき集めて山分けすればいい」に関連しそう

な箇所も、見つからないんじゃ。二人の間の意見の相違はいくつも出てくるが、カウツキーはエンゲルスの指摘を尊重していて、正面切って反論することはしていない。例外はプライベートないざこざ（カウツキーとの離婚後にエンゲルスの秘書として働いていたルイーゼをめぐる確執）じゃが、これは『犬の心』とは関係がない。つまり、一九二五年以前に『エンゲルスとカウツキーの書簡集』のロシア語抜粋版があったとしてもだね、この本の中でエンゲルスとカウツキーが激しい理論論争をおこなっていないのは間違いないと思うよ。

つまりブルガーコフは実際には存在しなかった二人の論争をあたかもあったかのように書いているとわしはにらんでいるんじゃ。もっとも、わしはドイツ語を知らないし、エンゲルスにもカウツキーにも詳しくないから、固執しないがね。

只四郎　いやはや、ご隠居の大言壮語はいつものことだし、わが友シャリクの物語とマルクス・レーニン主義研究所との関係は、おいらにはまったく理解不能だから、反論もしないけど、でもご隠居の言う通りだとすると、ブルガーコフはなんで存在していなかった『書簡集』を登場させることにしたんですか？　シャリコフが言う「……やつらはいっぱい書いている……、なんかの大会やどこかのドイツ人たちとかね……頭がパンクしちゃうよ。全部かき集めて山分けすればいいじゃないか……」という話し方は、かなり具体的な気がするんですけどね。それと旧マルクス・レーニン主義研究所のお三方が指摘しているように、『書簡集』の表紙の色を「硫酸塩のような緑色のやつだ」と克明に描写しているじゃないですか。

隠居　だからブルガーコフは巧妙なんじゃよ。これと似ているのが、例のカレンダーじゃ。ポリグラフという名前を付けるときのヒントになった診察室のカレンダーも、実に具体的だろう。シャリコフに「三月四日だよ」と言わせて、フィリップ・フィリッポビッチが該当する部分を見てジーナに焼却を指示するんじゃ。こうしたさりげないやりとりで、フィクションを現実のように見せる技は見事じゃ。そして、時にはフィクションだと思いこんでいると実在の話だったりするので、いっそう気が抜けない。疑ってかかりたいんだが、ひょっとするとほんとうかもしれない、って具合じゃよ。

ちょっとわき道に入るが、ブルガーコフの遊び心についてもうちょっと説明しておこう。

わしが文学好きのロシア人の前で「ポリグラフの日が載っているカレンダーや『エンゲルスとカウツキーの書簡集』はまったくのフィクションじゃ」と断定すると、彼らは口を揃えて「いやあ、断定しないほうがいいですよ。なにしろブルガーコフですからね」と言ってくる。慎重になるんじゃ。わしに言わせると「臆病風に吹かれ」てしまう。なぜか？　ブルガーコフの博識ぶりにはかなわないというあきらめまたは崇拝が広がっているからじゃ。

『犬の心』では、ルイバ（魚）を逆さまにアブイルと読むことでアンチキリストを暗示する遊び心や、「門の上のライオン」（イギリス・クラブのライオンと「学者の家」のライオン）、「殉教者ステファンの日」（最初の殉教者ステファンの日と八世紀の殉教者ステファンの日）といった、作者の記憶違いではないかと思わせておいてあとでどんでん返しをくわせるやり方などが、伏線として敷かれているので、作者がいわばでっちあげた架空の話（ポリグラフが載っているカレンダーや『エンゲルスとカウツキーの書簡集』の話）が出てきても、読者は素直に受け入れてしまうんじゃ。あるいは多少疑ったとしても、正面切って反論はせずに「ブルガーコフだからちゃんと考証しているんだろうな」

と納得してしまう。作者が読者をからかいながらだますという、いたずら坊主あるいは意地悪ばあさんの感覚じゃな。ブルガーコフにとってこういう遊びは、一所懸命考えて絞り出すものではなく、自然に湧き出てくるんじゃろう。これを好きになる読者と、うっとうしいと思う読者とで、ブルガーコフに対する評価が真っ二つに分かれるんじゃよ。わしは、遊びと割り切って楽しめばよいと思うよ。

「全部かき集めて山分けする」

只四郎　まあご隠居さんはせいぜい楽しんでください。本題に戻りましょう。『書簡集』が存在していなかったのならば、「なんかの大会やどこかのドイツ人たち」はどこから持ってきたんですか？

隠居　作者ブルガーコフ自身が種本はこれだと書いているわけではないから、推測するしかない。ヒントはシャリコフの読後感――「あれこれ書いてやがる……、なんかの大会、どこかのドイツ人たち……分からないことばかりで、頭がパンクしちゃうよ。全部かき集めて山分けすればいいじゃないか」――だ。

そこでわしにはちょっとひらめいたことがあった。わしの知識が貧弱であることをさらけだす結果になるかもしれないという不安があったが、わしはさきほどのロシア国立社会政治思想史文書館の研究者たちにひらめいた仮説を披露してみた。まあ恥の上塗りになるかもしれないが、ここに紹介しておこう。

ロシアの帝政を倒した一九一七年の二月革命の後で亡命先から戻ってきたボリシェビキの指導者レーニンは、プロレタリア（社会主義）革命を目標に掲げる四月テーゼを発表し、当時の首都ペトログラード（のちにレニングラード、現サンクトペテルブルグ）で活動を始める。七月、臨時政府がボリシェビキに対する弾圧を強めると、レーニンは地下に隠れる。そして九月、あらためて武装蜂起による権力奪取を目指すようボリシェビキに提案し、一〇月（新暦で一一月）に武装蜂起を決行するんじゃが、この八月から九月にかけて地下に潜伏している間にレーニンが書き上げた著作『国家と革命』の一部が、ブルガーコフが想像した『エンゲルスとカウツキーの書簡集』の架空の内容に重なるというわけさ。

レーニン『国家と革命』の第四章第四節「エルフルト綱領草案批判」の冒頭に次のようなくだりがあるんじゃ。

エンゲルスが一八九一年六月二九日にカウツキー宛に送り、それから一〇年経ってようやく『ノイエ・ツァイト』誌に公表されたエルフルト綱領*草案批判は、マルクス主義の国家論を分析する際に、見過ごしできないものである。

（レーニン『国家と革命』角田安正訳、講談社学術文庫、二〇一一年、一二五頁）

* エルフルト綱領　ドイツ社会民主党がエルフルトで一八九一年に開いた党大会で、従来の綱領（ゴータ綱領）に代えて採択した綱領。

どうじゃね、わしの見立てでは、「エンゲルスからカウツキー宛に送った」とあるのは二人の間の書簡のやりとりを連想させるし、「なんかの大会」（＝エルフルト大会）も登場しているじゃないか（実はレーニンはここで誤解しているんじゃ。エンゲルスがエルフルト綱領草案批判を送った宛先はカウツキーではなく、別の指導者ウイルヘルム・リープクネヒト（一八二六～一九〇〇）だったんだ。まあ、このことはここでは棚上げしておこう）。

この『国家と革命』の中でレーニンは、マルクスやエンゲルスを引用しながら、カウツキーを強烈に批判している。これを読んでいると、たいていの人は《レーニンvsカウツキー》の論争を《（レーニン＋マルクス＋エンゲルス）vsカウツキー》の論争として受け止めてしまうんじゃ。エンゲルスとカウツキーはたとえばエルフルト綱領草案をめぐってはげしく論争したんだろうなってね。だが、くどいようじゃが、エンゲルスとカウツキーは論争していないんじゃ。

一方、レーニンが参考としたマルクスやエンゲルスの論文の中には、彼らが直接関与したドイツ社会民主党の二つの大会（一八七五年ゴータ大会と一八九一年エルフルト大会）の資料やドイツ人たち（カウツキー、ベーベル、リープクネヒト、ラッサール、ベルンシュタインなど）の意見が次から次へと登場するんじゃ。まさに「なんかの大会」と「どこかのドイツ人たち」がてんこ盛りなんじゃよ。

只四郎　ふーん、そうですかね。では「全部かき集めて山分けする」ってのは何を意味しているんですか？

隠居　うーん、実はこれは結構難しい問題じゃ。なにしろ「全部かき集めて山分けする」やり方こそ社会主義の原則であるという誤った考えが、スターリン以降のソ連をはじめとして、多くの国で定着してしまっているからじゃ。

じゃがわしは持ち前の独断を披露しておく。

「全部かき集めて山分けする」とは、「全員から全量を取り立てて、均等主義に基づいて再分配すること」を意味している。この乱暴で非現実的な考えは政治の世界においてきわめて危険な役割を演じる。抑圧された最下層の人々の願望を利用するデマゴギーとして社会の分断を煽るポピュリズムに変身するんじゃ。『犬の心』執筆から数年後にスターリンが実施した非現実的な農業集団化がまさに典型的な「全部かき集めて山分けする」政策で、結果として農民の抵抗を招き、大飢饉・飢餓の原因となったんじゃ。

「全部かき集めて山分けする」という発想はそもそもマルクス主義や社会主義とは無縁なものじゃ。だがこのことを証明するのはわしには荷が重い。で、わしの貧弱な知識を振り絞ってみたところ、「山分け」つまり「均等主義に基づく再分配」を取り上げているくだりが『国家と革命』の中にあることを思い出したんじゃ。

『国家と革命』の中の未来社会に関する考察のうち、第五章第三節の冒頭を引用しておこう。かなり長くなるので、読者諸兄もシャリコフと同じ気分（「あれこれ書いてやがる……分からないことばかりで、頭がパンクしちゃうよ」）を味わうことになるだろう。だがここでは「山分け」がマルクスやレーニンとは異なる発想だということを確認してほしいのであえて引用しておく。面倒だと思ったら、わしを信じて、斜め読みしていただいても構わないよ。

ラッサールは、社会主義のもとで労働者は、「労働の所産を一部差し引かれることなく」すなわち「そっくり手付かずのまま」受け取ると考えていた。『ゴータ綱領批判』の中でマルクスは、ラッサールのこうした思想に詳細な反論を加えた。マルクスが指摘しているのは、全社会の社会労働全体の中から予備費や、生産拡大のための資金、「摩耗した」機械の償却費、その他の資金を控除しなければならないし、ついで消費財の中から、学校・病院・孤児院・養老院などにかかる行政経費を控除しなければならない、ということである。

不明瞭、不鮮明で大雑把なラッサールの謳い文句（「労働生産物をそっくりそのまま労働者へ」）に代えて、マルクスは社会主義社会が具体的にどのような運営を迫られることになるかについて冷徹な見通しを立てている。マルクスは、資本主義なき社会が備える生活条件について具体的な分析に取り組み、その際次のように述べている。

〈我々がここで（すなわち、労働者党の綱領を検討するに際して）問題にしているのは、独自の基盤に支えられて発展を遂げた共産主義社会ではなく、ほかならぬ資本主義からようやく抜け出そうとしている、それゆえに経済・精神・知性などあらゆる点において、母胎である旧社会の痕跡をとどめている共産主義社会である〉。

資本主義を母胎としてこの世に生まれたばかりの共産主義社会。あらゆる点で旧社会の痕跡を残している共産主義社会――。まさにこのような共産主義社会をマルクスは、共産主義社会の「第一」段階ないし低段階と称しているのである。

生産手段はすでに個々人の私有を脱し、社会全体のものとなっている。社会の各構成員は、社会に必要な仕事を決められた量だけこなし、かくかくしかじかの仕事量をやり遂げたという証明書を社会から受け取る。そしてこの証明書に基づいて、消費財を保管している公共の倉庫から、しかるべき量の生産物を受け取るのである。したがって各労働者は、社会的ストックに充てられる労働量を控除された上で、社会にもたらすのと同じだけのものを社会から給付される。

あたかも「平等」が行き渡っているかのようである。

しかし、ラッサールはこうした社会秩序（通常、社会主義と呼ばれているが、マルクスに言わせれば共産主義の第一段階）を念頭に置いて、これを、「公正な分配」だとか、「各人に平等に与えられた、労働生産物を平等に受け取る権利」などと評しているが、それは間違っている。そしてマルクスは、その間違いを暴き出している。

マルクスは次のように言う。確かにここには「平等な権利」がある。しかしそれは依然として「ブルジョアの権利」にとどまっている。それは他のあらゆる権利と同じように、不平等を前提としている。おしなべて権利というものは、さまざまな人々に同一の尺度を当てはめることなのである。ところが人々は、実際にはけっして一様でもなければ対等でもない。「平等な権利」が平等の侵害や不公平と化すのは、それゆえである。確かに、各人は社会的労働を、ほかの人と平等に分担してこなし、社会的生産物を（前記の控除をほどこされた上で）平等に分けて受け取る。

しかし、個々人は平等ではない。強い者もあれば、弱い者もある、結婚している者もあれば、していない者もある。子だくさんの者もあれば、そうでない者もある、といった具合である――。

マルクスは次のように結論付けている。

〈……労働の成績が等しく、したがって、社会の消費財ストックからの取り分が等しいとしても、実際にはある者はほかの者より受け取るものが多く、裕福になる。こうしたことを全面的に避けるためには、権利は、平等なものではなく不平等なものにしておかなければならないのである。……〉。

（レーニン『国家と革命』前掲、一六九〜一七一頁）

まだまだ続くが、ここでやめておこう。どうじゃな、シャリコフが「あれこれ書いてやがる……、なんかの大会、どこかのドイツ人たち……分からないことばかりで、頭がパンクしちゃうよ」、もっと簡単に「全部かき集めて山分けすればいいじゃないか」、と反発するのもなんとなく納得できるんじゃないかな。マルクスの議論も、レーニンの考えも決して難解ではないが、幼稚、単細胞、単純ではない。それは現実が複雑だから当然そうなる。だが、シャリコフはこのことを理解できない。

ここで「山分け」とは、マルクスが批判しているラッサールの考えに似ている主張、つまり具体的な条件や経済的合理性を無視した、原始的な一律平等分配方式の提唱なんじゃ。金持ちから取り上げて貧しい人びとの間で均等に分ければよいというねずみ小僧と同じ考えじゃ。この単純平等原理は、虐げられた人びとが最初に抗議に立ち上がる時の要求じゃ。だからこの抗議の声は、経済、社会、政治の問題を解決する出発点としなければならない。だが、マルクスが指摘しているとおり、この考えそのものは錯覚じゃ。現実社会はもっと複雑なんじゃ。そして問題は、この錯覚を利用する危険な連中がいることにある。貧しい人びとをけしかけるのにこれほど便利なスローガンはないからな。最下層の人びととの側に立っているふりをして、それ以外の階層の中からその時の状況に応じて敵を選び出して、「あなたたちを虐げているのはこいつらだ」とけしかけるんじゃ。意識的に分断の壁を社会に築くんじゃな。しかも、底辺の人びとの基準に基づく平等という旗印のもとで、ほんものの特権階級がほかの「底辺でない」多数の階層に溶け込んでしまって、結局は除外されるのもお約束のことがらじゃ。ポピュリズムの原型じゃよ。

この「山分け」主義はソ連でどう利用されたか？　スターリンらが、自分たちの政策の失敗による経済不振や飢饉の原因をごまかすために、オールド・ボリシェビキ諸派や知識人、専門家、実務家、技術者、富農（実際には「中の下」か「下の上」の農民）のせいにして、彼らが国外の反革命勢力や外国政府と結託しているとでっち上げて、次々と処刑していくのに利用したんじゃ。「底辺のみなさん聞いてください。トロツキスト、合同反対派、ジノビエフ、ブハーリン、知識人、専門家、技術者、富農が悪いんですよ！」というわけさ。

いや、ソ連だけではない。只四郎は知らないだろうが、中国の文化大革命（一九六六～一九七六、とくに一九六六～一九七二）時代がそうだ。毛沢東と四人組が自分たちの権力を維持するために、まさにこの単純平等原理をふりかざす紅衛兵という貧しい若者の集団をけしかけて、党や政府の幹部、実務者、知識人をつるし上げたんじゃ。

要するに、作者ブルガーコフはフィリップ・フィリッポビッチの口を借りて、経済的合理性や具体的条件を無視する「一律山分け」論に気をつけなさいと呼びかけているんじゃ。あるいは、もっと正確には、そのような一律均等方式を振りかざすことによって知識人や専門家を抑圧してはいけないよ、と言っているんじゃよ。

「全部かき集める」すなわち「全員から全量を取り立てる」も、同じように各人の具体的な条件を無視した一律均等方式なんじゃ。

確認しておこう。「全部かき集めて山分けする」はマルクス主義ではない。「エンゲルスにもカウツキーにも同意できない」とは、一九二五年当時の理解で、レーニンらの共産主義の思想や運動にも、カウツキーらの社会民主主義の思想や運動にも反対する立場だという意味さ。つまり、「シャリコフは広義のマルクス主義者ではない」と強調しているんじゃ。

攻撃の矛先はどこへ？

只四郎　ってことはご隠居、ちょっとまとめてみますよ。「レーニン記念入党」キャンペーンで新しく共産党員になった労働者・農民の中には、社会の底辺にいてマルクス主義どころか、社会的常識もない無教養な人が少なくなかった。彼らは、単純平等主義の気分から出発して、比較的裕福な人びと、知識人、専門家そして現政権の担い手たちをねたんで敵視していた。そして、このような底辺の人びとのねたみを利用しようとしていた連中がいた――こう言いたいんですか？

隠居　まさにそのとおり。だからフィリップ・フィリッポビッチはシャリコフの危険性について次のように説明するんじゃ。

「そこで最も馬鹿なのはシュボンデルです。シャリコフは私よりもシュボンデルにとって危険な存在です。しかしながら、シュボンデルはこのことを理解していません。いま彼は機会あればシャリコフをけしかけて私とけんかさせようとしていますが、もし誰かがシャリコフの攻撃の矛先をシュボンデルに向かわせるとどうなるか？　シュボンデルにはほとんど何も残らなくなるのです。しかし、シュボンデルはそのことに気づいていないのです」

つまり、ブルガーコフは、シュボンデルに代表されているその時点の共産党の古参党員＝オールド・ボリシェビキ諸派に向かって、「みなさんは、無教養な新参党員をけしかけて、われわれのような実務者、専門家、知識人を黙らせようとしていますが、そのうち新参党員の攻撃の矛先はみなさんに向かうようになりますよ」と言っているんじゃ。では多数の、何十万人もの無教養な新参党員を審査なしで入党させて教育しているのは誰か？　彼らと同じように粗野で非文化的なメンタリティを持っていた人物は誰か？　こうした新参党員をあやつって古参党員に対立させる意図を秘めているのは誰か？　一九二五年の文学者たちにとってここでスターリンが前面に登場したんじゃ。

重要なことはこうじゃ。「じきにスターリンが新参党員をけしかけて古参党員を排除しますよ。そしてソ連を牛耳るようになりますよ」という警告を、ブルガーコフがこの時点で、つまり大テロル開始の一〇年以上前に、やったという点じゃ。天才的な洞察力じゃよ。岡目八目的な見方というよりも、「オールド・ボリシェビキとはまだどこかで折り合いがつけられるかもしれないが、新参党員とは絶対に話がつけられないな」という、知識人、専門家、技術者の本音を率直に告白したんじゃ。そして新参党員の裏にいるスターリンが、文化、教養、誠実さ、良心、責任感に欠陥のある人間であり、ブルガーコフが誇りに思っているロシアの知識階級の出身ではないことをしっかりと見ていたんじゃ。

只四郎　なるほど、ご隠居のおっしゃりたいのはこうですかね。

ブルガーコフはもともと社会主義に反対する立場の人間だが、彼にとって最重要の関心事は反革命ではなかった。彼はこう考えていた——たとえ意に沿わない社会であっても、自分の文学作品を発表できて、人びとの拍手喝さいを浴びることができれば、それはそれで住めば都になる。自分の才能はこの社会でも十分通用する。オールド・ボリシェビキ諸派とならば、どこかで妥協できそうだ。彼らの中には包容力のあるアンガルスキー編集長のような人物もいるじゃないか、と。

そこへオールド・ボリシェビキ諸派とは異質の、無教養で粗野な共産党員の一大勢力が文字通り数か月で誕生して、あっという間に支配階級の一翼を担うようになった。彼らと彼らを操るスターリン派は、そもそも芸術や文学を理解できる知識人ではない。ブルガーコフは思った——こいつらをのさばらせてはいけない。よしこのことをテーマに一つ作品を書いてみよう。こうして『犬の心』が生まれた。

違いますか?

隠居　ブラボー！　もと犬とは思えない理解力だね。まさにお前さんの言うとおりじゃよ。

只四郎　犬は頭がいいんです。ご主人の気分と考えを読む上ではね。

隠居　ブルガーコフはレーニン記念入党について直接言及していない。しかし彼の日記には、関連したその時代の状況をうかがわせるくだりがいくつかある。そのうち二つを紹介しておこう。

一九二四年一〇月一二日

　ワレーリー・ブリューソフ〔一八七三〜一九二四、象徴主義の詩人。ソビエト政権に協力し、二〇年に共産党に入党――隠居〕の葬儀がいまおこなわれている。ポワルスカーヤ通りにある彼の大学〔ブリューソフが提唱して設立した文学芸術大学――隠居〕では群衆が葬列を組んでいて、飾りを付けた葬儀用の馬が待機している。群衆の中には知識人もいるが、とくに多いのがメイエルホリド〔一八七四〜一九四〇、演出家。ロシア演劇革新運動の推進者――隠居〕タイプの若者で、彼らは共産主義労働者進学予備校の学生たちだ。

　ここでブルガーコフが「メイエルホリド・タイプ」と呼んでいるのは、「芸術の分野に狂信的な革命思想を吹き込んで大衆から浮いてしまった青臭い芸術家もどきの人間」くらいの意味じゃろう。労働者予備校とは、中等教育を受けていない労働者・農民のための大学予備校で、それ自体はきわめて意義のある制度じゃが、そこに応募してくる若者の質と大学に送り込む際の完成度が問題じゃ。シャリコフのような若者が要領だけ覚えて大学に入ってくると、大学の質は一挙に落ちてしまうからな。

一九二四年一二月二六日（二七日にかけての深夜）

「ネドラ」のアンガルスキー編集長のところでおこなわれた懇親会から戻ったところだ。話題は一つ。最近いたるところで取り上げられている検閲問題、検閲批判、作家の「真実」と「嘘」に関する話題だ。同席していたのは、ベレサエフ、コズイレフ、ニカンドロフ、キリーロフ、ピョートル・ザイツェフ、リャシコー、リボフ・ロガチェフスキー。今の時代に書くのはむずかしいとか、検閲はけしからんといった愚痴を聞くたびに私は我慢できずに何度か口をさしはさんでしまった。そもそもそんな話題は口に出すべきではない、と。

リャシコー（プロレタリア作家）は、私に対する本能的反感を抑えきれないらしく、苛立ちを隠さずに反論してくる。

「ブルガーコフさんが言う『真実』とは何なのか、自分には理解できません。すべてのねじれを描かなければならないとか、『分散状態』にならなければならないとかって、何ですか？」

私が現代は全員の貸し借りを総決算する時代だと言うと、彼は憎悪を隠さずに「ばかげたことを言うな…」と言ってきた。

この失礼なフレーズに反論するひまはなかった。このときみんなが席を立ったからだ。下司は救いようがない。・・・

［同席した作家たちのうち、リャシコーについての隠居の注を付けておく。ニコライ・ニコラエビッチ・リャシチェンコ（リャシコーはペンネーム）、一八八四〜一九五三、労働者出身の作家。のちに文学界の主導権をラップ（ロシア・プロレタリア作家協会）と競い合うプロレタリア作家グループ「鍛冶屋」に属した］

二つの日記の断片からうかがえるのは、文学の分野でも革命的気分だけで教養がまったくない人間が目立つようになってきたことと、検閲制度が文学者たちの創作の自由を奪い始めてきたことじゃ。

こうした現象は、スターリン派の台頭、レーニン記念入党キャンペーン、共産党内の知識層の後退（とりあえずはトロツキー派と四六人の後退、じきにオールド・ボリシェビキ諸派全体の後退）に密接に絡んでいる。お前さんの言うとおり、ブルガーコフが「こいつらをのさばらせてはいけない」と思い立つには十分すぎるほどの強力な勢いで、歪んだ政治の物差しのみで文化や芸術を牛耳ろうとする連中がのさばりだしたんじゃ。

カーメネフ政治局員への直訴

只四郎　オールド・ボリシェビキ諸派の一人であるアンガルスキー編集長が、検閲機関に拒否されたにもかかわらず、さらにカーメネフ政治局員に直訴して、『犬の心』の出版に努力する理由が、おぼろげながら理解できるようになりました。彼にとってこの小説は、社会主義批判の雰囲気を背景に置きながら、実は一連の党内闘争の過程を暴露する作品なんですね。

隠居　いやあ、お前さんの理解力には脱帽じゃな。

この小説を是非とも掲載しようと東奔西走したアンガルスキーは、実はこちこちに硬く、こてこてに濃厚な共産党員の文学者だった。一九〇二年からの党員であり、一九一七年の革命直後のモスクワ・ソビエト（市議会と市庁）の執行委員であり、その後も一九二九年までモスクワ市ソビエトに勤務した。同時に一九一九～一九二二年に雑誌『創作』編集長、一九二二～一九二四年作品集『ネドラ』編集長、一九二四年から出版社ネドラの編集長も兼ねるようになり、文化・出版活動でも大きな仕事を残した。しかもこの間、一九二二年一一月から一九二三年一〇月までモスクワ市貿易公団の代表者として在ベルリン・ソ連通商代表部に出向していたんじゃ。一九二九年以降の略歴だけ並べると、一九二九〜一九三一年駐リトアニア・ソ連通商代表部主席代表、一九三二〜一九三六年駐ギリシャ・ソ連通商代表部主席代表、一九三六〜一九三九年年国際図書公団総裁、一九三九年からマルクス・レーニン主義研究所員。だが大テロルの魔手から逃れることはできず、一九四〇年に逮捕され、拷問を受けて革命前から駐ギリシャ通商代表部主席代表までの全期間にわたる反革命活動の罪をいったん自白し、その後自白は拷問によるものであり自分は無罪だと主張するが、結局一九四一年七月銃殺刑に処されている。一九五六年名誉回復。

そう、アンガルスキーは生粋のオールド・ボリシェビキだった。ちなみにこの時期、つまり一九二三年から一九二五年にかけて、ブルガーコフが作家として文壇に華々しく登場するのを助けた二人の有能な編集者のうちの一人がこのアンガルスキーで、もう一人が後述する道標転換派のレジニョフだったが、二人の視点の違いがはっきりとあらわれたのが、ブルガーコフの『白衛軍』をめぐるエピソードじゃ。レジニョフが『白衛軍』を高く評価して雑誌『ロシア』への掲載の契約を結んだのに対して、アンガルスキーは『白衛軍』のノスタルジーには関心を示さなかった。アンガルスキーがブルガーコフに求めたのは、現代の政治につながる鋭い風刺作品の方だった。そう、『犬の心』がまさにそうした作品なんじゃ。

只四郎　では、なぜカーメネフは『犬の心』の出版に反対したんですかね。単なる反社会主義的作品だと受け止めたんでしょうか？
隠居 まずは、一九二五年五月末に検閲機関から出版不許可の結論を受け取ったアンガルスキー編集長が、なぜカーメネフ政治局員の力を借りようとしたのかをあらためて確認しておこう。

当時のカーメネフの肩書は、共産党政治局員、ソ連防衛労働評議会議長、人民委員会議第一副議長（第一副首相）、モスクワ・ソビエト議長、レーニン研究所長。レーニンが遺言の中で直接言及している共産党の指導者六人のうちの一人じゃ。

アンガルスキーとカーメネフの関係がいつ始まったかは不明じゃが、アンガルスキーはモスクワ・ソビエト（市議会・市役所）の幹部職員でもあり、カーメネフとは個人的にも顔なじみだった。二人の関係を裏付ける二年数か月前のエピソードがある。アンガルスキーの出版社ネドラが一九二三年にベレサエフの長篇小説『袋小路にて』を出版したさいの検閲対策をめぐる顚末じゃ。革命後に政権が目まぐるしく変わったクリミア半島が舞台の小説で、ソビエト政権に好意的な部分もあるが、非常委員会（チェーカー。革命政府の秘密警察。のちの（オー）ゲーペーウー）による理不尽な処刑など、検閲を通過しそうもない記述も登場する。以下は、『袋小路にて』（一九八九年、レンイズダード）の解説に引用されているベレサエフの回想録をわしが要約したものじゃ（https://profilib.org/chtenie/68942/vikentiy-veresaev-v-tupike.php）。

私とアンガルスキーは検閲機関による出版の妨害を心配した。そこでアンガルスキーはカーメネフの協力を仰ぐことにした。一九二二年の年末だった。アンガルスキーはカーメネフにこの作品の朗読会を開かないかと提案した。カーメネフは喜んで受け入れて、なんと一九二三年一月一日にクレムリンのカーメネフの住まいでおこなわれる新年の集まりのイベントの一つに私の朗読会を組み込んだ。

元日、私は妻と一緒にクレムリン内のカーメネフの住まいに向かい、自分の作品『袋小路にて』の中からいくつかの断片を朗読した。私の目論見では、最初の一時間ほどで赤軍やソビエト政権に批判的な箇所を読み上げ、後半の一時間でソビエト政権を称讃する部分を披露して締めくくるはずだった。ところが一時間ほど読み進んだところで、待ったがかかった。朗読会のあとでモスクワ・トリオ〔一八九二年から一九二四年まで活躍した三重奏グループ。このときのメンバーはショル＝ピアノ、クレイン＝バイオリン、エルリッフ＝チェロ――隠居。以下同〕の演奏会が予定されていて、次に夕食会なので、朗読をあと一〇分で切り上げろというのだ。朗読についての批評は夕食会のあとだという。あわてて赤軍に好意的な部分に移ったが、時すでに遅し、朗読会は尻切れトンボで終わった。

朗読会に出席していたのは、ジェルジンスキー〔内務人民委員（大臣）兼ゲーペーウー（のちのオーゲーペーウー）長官〕、スターリン〔共産党中央委員会書記長〕、クイブシェフ〔国民経済最高会議幹部会員〕、ソコリニコフ〔財務人民委員〕、クールスキー〔法務人民委員〕らで、レーニン、トロツキー、ルナチャルスキーの三人を除く人民委員〔大臣〕全員が揃っているような感じだった。党員文芸評論家ボロンスキー、党員作家ベードヌイ、文芸評論家コーガン、眼科医アベルバッフらも同席していた。続いて演奏会となり、さらに食事が終わり、小説についての話し合いがおこなわれた。

私にとって厳しい意見が相次いだ。カーメネフは「最近の作家は、なぜか戦線や建設現場における献身的偉業は書かずに、非常委員会の残虐行為といった偽りの話を書きたがる」と指摘した。さらにベードヌイ、コーガンらによる批判的見解が続いた。ところがスターリンは、「この作品を国営出版社が扱うことはありえないが、出版はすべきだ」と評価し、ジェルジンスキーは、「私はみなさんのおっしゃることが分からない。ベレサエフ氏はロシアの知識人を描く作家として定評がある。今回彼はわれわれと一緒に進む知識人とわれわれに敵対する知識人とを正確に、迫真的に、客観的に描いている。みなさん、作者が非常委員会を誹謗中傷しているとの非難については、ここだけの話ですが、ほかにもいろいろあったんですよ」とまで言い切った。結果はハッピーエンドだった。その直後にグラブリトは『袋小路にて』の出版を許可した。

どうじゃな、興味深い話じゃろう。このとき許可された『袋小路にて』は、一九三一年に禁止されるまで版を重ねたんじゃ。ちなみに、アンガルスキーは一九二二年一一月から一九二三年一〇月までモスクワ市貿易公団の代表者としてベルリンに頻繁に出張してモスクワを離れた。このときモスクワでネドラの編集長代理を務めていたのが、ベレサエフだった。彼は革命前から活躍していた小説家で、ソビエト政権を受け入れた作家としてはゴーリキーに次ぐ知名度があった。その彼が、アンガルスキーの代理人に甘んじたんじゃ。しかも、アンガルスキーは作品を掲載するかどうかの決定権をベレサエフに任せることはなかったようだ。つまり、かなりわがままな編集長だったが、ベレサエフはこれを受け入れた。一九二三年元旦のエピソードを知れば、ベレサエフの態度もうなずけるじゃろう。アンガルスキーに足を向けて寝られなかったんじゃ。

というわけで、アンガルスキーは『犬の心』で二匹目（ひょっとすると三匹目か四匹目かもしれない）のドジョウを狙ってカーメネフに直訴したんじゃろう。しかしながら二年八か月の間に状況が変わっていた。わしの見方では、時代が変わっていたんじゃ。すでにネップ（新経済政策）初期のある意味で雑多な文化の自由な競合の時代は幕を下ろし始め、のちにソビエト文化や社会主義リアリズムなどと呼ばれるようになるレベルの低い安物の共産主義文化（実際には共産主義でも何でもないしろもの）への移行期に入っていた。政治分野では、レーニンの病気引退後じきに党幹部たちの仲たがいが始まった。レーニンの死前後にトロツキーを排除するためにスターリンと組んだカーメネフは、その後スターリンとも対立し、一九二五年の夏から秋にかけてジノビエフ、ソコリニコフ、クルプスカヤ（レーニンの未亡人）らと組んでスターリンの危険性に対抗し始めていた。つまり、一九二三年の正月のように、スターリン、ジェルジンスキーらがカーメネフのパーティに集まることはもうありえなかったし、ジェルジンスキーが「いろいろあったんですよ」と本音を漏らすような雰囲気は一切なかった。アンガルスキーはそのあたりの微妙な党内闘争の流れを知っていて『犬の心』の出版の支援をカーメネフに願い出たとわしは思うが、確証はない。そもそもアンガルスキーがカーメネフに原稿を手渡す際にどのように説明していたか、興味津々じゃが、現時点では何も分からない。

さて、カーメネフがいかなる考察を経て「出版してはならない」との結論をくだしたのかじゃ。わしは、カーメネフが『犬の心』を単なる反社会主義の小説と受け止めたのではないと推測している。

カーメネフは、スターリンが二流の知識人であることをよく知っていた。スターリンの横暴さや狡猾さも十分承知していた。そのうえで、自分を含めたオールド・ボリシェビキ諸派の指導者は、つねに上から目線でスターリンをながめていて、そのつどスターリンを利用してきたつもりでいた。ところがこの二、三年の間に、スターリンは変わった。これまでわれわれに盾突いたことのなかった彼が、今はことあるごとにわれわれに反抗するようになっている。とくにこの一年の間に、反トロツキー・キャンペーンやレーニン記念入党を巧みに利用して、自分の立場を強化し、党内闘争の合従連衡《がっしょうれんこう》において中心勢力を率いるようになりつつある。忌々しい奴じゃ。――カーメネフはスターリンについてこんな風に思っていたはずじゃ。

だから、彼は彼なりに、スターリンが無教養な新党員をあやつって共産党を牛耳るようになりますよというブルガーコフの警鐘を理解した。

しかし今ここでスターリンをこのように風刺することがわれわれにいかなるメリットをもたらすだろうか。党内の争いをいっそう複雑にするだけではないか。さらに『犬の心』全体からにじみ出てくる反社会主義の雰囲気も無視できない。自分が検閲機関に働きかけた場合には、その事実がスターリンらに筒抜けになるのは目に見えている。社会主義を非難する小説、スターリンをからかう作品を後押ししたとして袋叩きにあうのは目に見えているではないか。総合的に判断しよう。レーニン記念入党で入ってきてスターリンに育てられている無教養な新参者がやがてわれわれに弓を引くという警告はよく分かる。新進気鋭の風刺作家のこの指摘は貴重だ。だがわれわれオールド・ボリシェビキの底力は絶大だ。われわれはスターリンを抑え、無教養な新入党員を手なずける力をもっている。一方、この風刺作家の反ボリシェビズムは本物だ。彼の社会主義批判は付け焼刃ではなく、魂の奥底からにじみ出てくるうなり声だ。これは消せない。彼をかつぐアンガルスキーの尻馬に乗ってこの本の出版を後押ししたならば、結果としてスターリンだけでなく共産党全体から自分が疑問視されてしまうだろう。この危険は冒せない――カーメネフはこんな風に考えて、「これは現代を取り上げた辛辣なパンフレットである。いかなる場合でも出版してはならない」との結論にいたったのではないだろうか。

以上がわしの独断と偏見で見立てたカーメネフの思いじゃ。

そもそも出版を可能にするために社会主義を風刺するとげをやわらげよ、とブルガーコフにアドバイスしてきたアンガルスキーは、カーメネフの思いを理解した。編集者のレオンチエフが出版不許可の結論をブルガーコフに知らせた手紙に記したいやみ――《真剣にテキストを見直さなかったあなたにも出版できなくなった責任の一端があります》《もちろん、最も辛辣な二、三ページのせいにすべきではないでしょう。これらの二、三ページをどうにかしたところで、カーメネフほどの人物の考えを変えることはできないでしょう。しかしながら、以前手直ししたテキストをあなたがよこさなかったことが悲惨な役割を演じたのは間違いないと思います》――は、当然のことながらアンガルスキーがレオンチエフに指示して書かせたものじゃ。

アンガルスキーとレオンチエフのいやみはブルガーコフも理解した。だが同意はできなかった。だってそうじゃろう。もともと革命に疑問を抱いているブルガーコフにしてみれば、社会主義にたいする疑問を提示する風刺をもう一段弱めることはできなかった。出版に奔走してくれた編集者たちに感謝しつつも、ブルガーコフは開き直るしかなかった。

結果として、古参党員を含むソ連の人々はブルガーコフの警鐘に耳を傾ける機会を奪われた。そしてブルガーコフの予言は的中した。ならず者の新参党員が、古参党員を駆逐してソ連社会を支配した。新参党員をあやつったのは、一九二三年当時の共産党の政治局で最も影の薄かったスターリンだった。排除されたのはオールド・ボリシェビキだけではない。誠実な労働者や農民、公務員、知識人、専門家、要するに自分の頭でものごとを考える多数の市民が、逮捕され、拷問を受け、処刑されたり、強制収容所へ送られたりした。一九三六〜一九三八年をピークとする大弾圧、大粛清、大テロルじゃ。

4　家宅捜査と取調べ

道標転換派とブルガーコフ

只四郎　無学なシャリコフたちがソ連社会を支配したという点はちょっと信じられないので、後にしてください。その前にブルガーコフが家宅捜索を受けて、日記と『犬の心』のタイプ原稿が押収されるいきさつを教えてください。

隠居　家宅捜索の経緯を理解するには、ネップ当時の共産党の文化・言論政策とブルガーコフがその一員と誤解されていた道標転換派について知っておく必要がある。じゃが、こんな難しいテーマはとうていわしの手におえる代物ではない。わしはわしのやり方でザクっとすませるぞよ。

そもそも道標転換派を紹介しようと思ったら、道標派にも触れなければならない。道標派とは、帝政ロシア末期の一九〇九年に出版された『道標。ロシア知識人にかんする論集』を執筆した七名の思想家・哲学者・政論家・文学者とその同調者のことを指すんじゃ。この論集の執筆者は、ゲルシェンゾーン（一八六九～一九二五、思想、文学）、ベルジャーエフ（一八七四～一九四八、宗教・政治哲学）、セルゲイ・ブルガーコフ（一八七一～一九四四、経済学、宗教思想）、イズゴエフ（一八七二～一九三五、法学、政治家）、キスチャコフスキー（一八六八～一九二〇、法学、哲学）、ストルーベ（一八七〇～一九四四、経済学、政治家、哲学）、フランク（一八七七～一九五〇、哲学、宗教思想）。このうち四人は若い時にマルクス主義者だったが、その後反対の立場に移っている。色合いの違いはあるが、共通しているのは、一九〇五年の（第一次）革命とその後の混乱の根源がロシアの革命思想の誤りにあると論じ、宗教や精神的価値を重視した思想への転換を呼びかけた点じゃ。

もちろん革命派はこれに猛反発している。レーニンは「自由主義的背教の百科全書」（要するに「革命思想を裏切って自由主義に転向した連中の揃い踏み」）と呼んでいる。

道標派の論客たちは、『道標』以外に、一九〇二年に論集『観念論の諸問題』を出版していたし、革命後の一九一八年秋には同じく論集『深き淵より』を印刷・製本している。後者はその当時発生したレーニン暗殺未遂事件に関連して販売ができずに印刷所に保管されていたが、一九二一年に当局に発見され廃棄された。邦訳版『深き淵より』（ベルジャーエフほか著、長縄光男・御子柴道夫監訳、現代企画室、一九九二年）の解説によれば、当局に発見されたきっかけは、本書を保管していた印刷所の労働者たちが生活費のために一部を勝手に販売したからで、一方売り出された直後にベルジャーエフが購入し、のちにかろうじて国外に持ち出したものが廃棄されずに残った。一九六七年にパリのYMCA社から出版された『深き淵より』はそのリプリント版だそうじゃ。

で、道標転換派の説明の前に、わざわざ道標派にまで遡ったのは、名称上のつながりを明らかにするためだけでなく、もう一人のブルガーコフについてもちょっと触れておきたいからじゃ。思想家セルゲイ・ニコラエビッチ・ブルガーコフと『犬の心』の作者ミハイル・アファナシエビッチ・ブルガーコフは単に同姓というだけで、親類でもなんでもない。道標派のブルガーコフは司祭の息子で、最初マルクス主義の経済学者として出発したが、じきにマルクス主義を批判する立場に移り、一九〇七年には国家院議員にも選ばれ、一九一七年一〇月革命前後には司祭にもなった。一九二二年に国外追放処分を受け、その後パリでロシア正教の長司祭として活動した。われらの作家ブルガーコフとは全く接点がなかったようだ。もしどこかで会っていたら、面白い結果をもたらしたかもしれないという意見を聞いたことがあるが、わしはそうは思わない。作家ブルガーコフは、神学教授の息子じゃが極端に神秘的で精神的な宗教とは無縁だった。彼が医者を廃業して文学に専念することを決心して以降の目標は、抹香臭さはみじんもないどろどろした生臭い現実社会の真っただ中を生き抜いている人びとを描いて、大向こうの人びとをうならせることだったと思うよ。

もう一点、道標転換派との対比で興味深いのは、「哲学者の船」による国外追放じゃ。道標派の学者の中には、ロシア革命直後に亡命せずにロシアに残り、大学等に籍を置いて合法的な研究・言論活動を継続する者がいた。彼らは、刷り上がったが発売できなかった論集『深き淵より』のように研究や出版の制約に苦しみながらも、信念を曲げずにソビエト政権に反対する抵抗活動を続けた。これに手を焼いたレーニンらは、「反革命を助ける作家と教授たち」を一斉に国外追放する措置を実施する。このために一九二二年の九月と一一月にペトログラードからドイツに向かう二隻の客船を使用した。その後この二つの船を「哲学者の船」と呼ぶようになり、さらにこの前後に別ルートで追放された知識人たちも含めて「哲学者の船によって国外追放された人びと」と呼ぶようになった。道標派のフランク、ベルジャーエフ、セルゲイ・ブルガーコフ、イズゴエフらはこの時期に国外追放となっている。すぐ後で述べるように、革命直後に亡命したが一九二一年以降大挙してロシアに戻ってきた道標転換派と入れ替わったんじゃ。

ちなみに「哲学者の船」でロシアから追放された文化人の中に三人目のブルガーコフがいるので、この機会に彼についても紹介しておこう。実はこちらのブルガーコフの方が二人目のセルゲイ・ブルガーコフより『犬の心』との関係が深いんじゃ（といっても「トルストイ家のコック」経由の間接的関係じゃがな）。ワレンチン・ブルガーコフ（一八八六～一九六六）は、文豪レフ・トルストイの晩年の秘書で、文豪の死後はトルストイ運動［独自のキリスト教的立場に基づく隣人愛、禁欲、非暴力の運動］のリーダーの一人となった。ボリシェビキ政権との間にいざこざはあったが、一九二〇年にはトルストイのモスクワの屋敷とプレチステェンカ通りの別館を合わせた国立トルストイ博物館の館長に就任している。二一年の内戦、旱魃、ソビエト政権の食糧調達政策の失敗による飢饉に際して民間の飢饉救援委員会が結成され、ワレンチン・ブルガーコフもそのメンバーに選ばれた。だがこの委員会が交渉した国外の団体からの救援物資が届かなかったために、委員会は解散、ワレンチン・ブルガーコフを含む多くのメンバーは拘束されてしまった。彼らはその後釈放されたが、ワレンチン・ブルガーコフは一九二三年二月に「哲学者の船」で国外に追放される。亡命中の話は省略する。一九四八年にはソ連国籍を回復して、ソ連に戻り、トルストイの領地であったヤースナヤ・ポリャーナの博物館「トルストイの家」の館長を二〇年間つとめている。われらのブルガーコフとも、道標派のブルガーコフとも直接の接点はないようじゃ。

只四郎 いやあ、あたしにとっては初めて聞くことだらけで、よく分からないですね。これだからロシアものやソ連ものは嫌われるんですね。

隠居 え、何のことかな?

只四郎 つまり、知らないことが多すぎるんです。ご隠居にしても、一つのことを説明しようとすると、その前後だけでなく上下左右も併せて説明しなければならなくなっているじゃないですか。でも説明されても、こちらのスプーンが小さいから、とても掬いきれない。余計分からなくなるんです。

隠居 うーん、残念ながらそういう要素はあるな。じゃが、なんとか我慢して聞いてくれ。

肝心の道標転換派に移ろう。一九一七年の一〇月革命を受け入れることができずに、いち早く亡命したり、白軍と一緒に行動して国外に逃げだしたりした知識人の中には、さまざまな事情からロシアへの帰国を希望する者、あるいはロシアと一定のつながりをもつことを必要とする人が少なくなかった。当然のことだが、亡命生活していれば資金はどんどん減ってくるが、満足な収入を得るのは容易ではないという要素も大きかっただろう。またロシア国内に残った非革命派知識人の中にも、ひっそりと身を隠すような生き方ではなく、なんらかの形で自分の存在感を示したくなった人びとがいた。彼らは元祖道標派ほど思想的に堅固でもなかったし、知識人としてのレベルはバラバラだった。というか、もっと幅広い旧体制下の知識人・専門家層と言ったほうがよいな。こうした知識人が、内戦終了、ネップ（新経済政策）開始という状況下で、ソビエト政権との妥協の道を探し始めたんじゃ。こうした立場が明確に打ち出されたのが、一九二一年にプラハで発行された論集『道標の転換』だった。もちろん、かつての論集『道標』を意識して付けた名前じゃ。すぐに同名の雑誌『道標の転換』がパリで発刊され、一九二二年三月までに二〇号が刊行された。同じ一九二二年三月、今度はベルリンで新聞『前夜』が発行された。こちらは一九二四年六月に廃刊。

主たる論客は、ウストリャロフ（一八九〇～一九三七、法学、哲学、政治。一九二〇年から一九三四年までハルビン在住）、クリュチニコフ（一八八六～一九三八、法学、外交、コルチャク軍の政府の外務大臣）、ルキヤノフ（一八八九～一九三八、文化論）、ボブリシチェフ＝プーシキン（一八七五～一九三七、名門貴族、弁護士）、チャホーチン（一八八三～一九七三、生物学、大衆心理学）ら。

ウストリャロフらの見解をわしの独断で要約するとこうじゃ――ネップはロシア革命の変質である。つまり急進的な政策からより穏健な政策への移行、国際主義＝反ロシア主義の立場からロシア愛国主義の立場への移行である。したがって、ロシアの知識人の役割は大国ロシアの復活のためにボリシェビズムに協力することであり、国外にいる知識人はロシアに戻るべきだと呼びかけたんじゃ。

ソビエト政権側にもこの立場を受け入れる土壌があった。専門家の不足じゃ。軍、行政府、経済機関は有能な専門家・知識人を必要としていた。道標転換派の思想をそのまま受け入れることはありえないが、大国ロシア再生の思想は、社会主義国家の国造りの思いと重なった。結果として一九二一年の一年間だけで一二万一八四三人の亡命ロシア人が帰還した（三一年までにロシアに帰国した人数は一八万一四三二人だった)(O・A・ボロビヨフ『道標転換派の「第三の道」』)(http://rovs.atropos.spb.ru/index.php?id=241&mode=text&view=publication)。

「哲学者の船」による国外追放処分とほぼ並行してその何百倍もの人数の知識人が戻ってきたんじゃ。

パリで発行された雑誌『道標の転換』も、ベルリンで発行された新聞『前夜』の発行元(株式会社「前夜」)も、その資金はソビエト政権側から出ていた。『前夜』は唯一ソ連に持ち込んでもよい国外発行のロシア語新聞となり、一九二二年七月には同紙の編集分室がモスクワに開設された。

只四郎　ブルガーコフと道標派の接触はなかったようですが、ブルガーコフと道標転換派の関係はどうなんですか。

隠居　こちらは非常に密接で結構複雑だったんじゃ。まずブルガーコフがウラジカフカズ時代に文芸・演劇活動を始めたときの仲間にアレクサンドル・ドロズドフ(一八九五~一九六三)という作家、編集者がいる。彼はじきに亡命し、コンスタンチノーポリ、パリを経て一九二一年からベルリンに住み、亡命作家の作品集などの編集をおこなっていた。当初はボリシェビキ反対の旗を鮮明にかかげる作家たち(のちに『ロリータ』で有名になったナボコフら)のリーダー格だった。だが『前夜』の編集部にも出入りしていたようだ。このドロズドフがウラジカフカズ時代の仲間でモスクワに住んでいたユーリー・スリョースキン(一八八五~一九四七、作家)とブルガーコフを『前夜』編集部に紹介した。『前夜』のモスクワ編集分室起ち上げ前後のことじゃ。ブルガーコフはすぐに世相戯評を『前夜』に寄稿し始めた。ちなみにその後ドロズドフは完全な道標転換派に鞍替えし、ナボコフとは決闘騒ぎまで起こし、一九二三年一二月ソ連に戻った。

『前夜』の編集長はクリュチニコフじゃが、同紙は日曜版（文芸版）も発行していて、その編集長が当時ベルリンに滞在していた亡命作家アレクセイ・ニコラエビッチ・トルストイだった。彼はすぐにブルガーコフの才能を認めて「ブルガーコフにもっと書かせろ」とモスクワ分室に指示した。こうしてブルガーコフの世相戯評、短篇、評論が『前夜』に多数掲載されるようになり、中篇小説『カフスに記された手記』の一部も『前夜』文芸版に掲載されたんじゃ。

ブルガーコフと道標転換派の関係のもう一人のキーパーソンは、亡命者ではないが道標転換派のリーダーの一人となったレジニョフ（レジネフという読み方もあるが、この人物はレジニョフを名乗っていたようじゃ）。有能な編集者で、前述のブルガーコフの日記に記されていた新しいウオッカにまつわるアネクドート（小話）を披露した男でもある。保守的なユダヤ人の家庭に生まれたが一九〇五年に一三歳で家出して革命運動に飛び込む。一九〇六年にロシア社会民主労働党に入党。スト参加の罪で一九〇七年から一九〇九年にかけて行政流刑。その後党活動から離れて一〇年に独学で高卒の資格を取得し、国外に出る。国外でルナチャルスキーと知り合う。一九一四年までチューリッヒ大学の聴講生。一九一四年に帰国後地方の新聞の編集者。一九一七年二月革命後ペトログラードに出て新聞編集者や通信社記者。一〇月革命後ボリシェビキのいくつかの新聞・雑誌の記者・編集者を経て、一九二〇年赤軍の新聞やイズベスチヤ紙の編集者、一九二一年にはベルリン、ウイーン、リガ、ヘルシンキの各全権代表部（大使館）が発行していた新聞の記者となった。彼は、パリで発行された雑誌『道標の転換』に都合七つの論稿を掲載している。

このレジニョフが有名になったきっかけは、雑誌『新しいロシア』のエピソードじゃ。彼は道標転換派の見解を反映したこういう名前の社会・文芸誌（日本ならさしずめ総合誌というんじゃろうな）を一九二二年三月にペトログラードで創刊した。ところが同年六月に発売予定だった第二号が発行禁止になってしまった。万事休すと思ったそのとき、水戸黄門ならぬレーニンが登場して、この処分に異議を申し立てたんじゃ。

レーニンからジェルジェンスキー（ゲーペーウー［国家政治保安部］長官）への書簡（一九二二年五月一九日付け）より抜粋

『新しいロシア』誌第二号がペトログラードの同志たちによって発禁処分となった。だがこの処分は尚早ではなかったか。政治局のメンバーに同誌を配布して、慎重に議論しなければならない。編集長のレジニョフとは何者か？　新聞『デーニ（毎日）』［一〇月革命の前に発行されていたメンシェビキ系文芸新聞――隠居］の出身か？　レジニョフについて情報を集められないか？

（レーニン全集大月書店版、第四五巻七二一～七二二頁。文章は新たに訳出）

前掲レーニン全集の訳注には、「党政治局は五月二六日、『新しいロシア』誌の問題を審議し、同誌の閉鎖にかんするペトログラード執行委員会の決定を取り消し、同誌の今後の発行を許可するよう、出版事業総管理局に委任した」とある。こうしてレジニョフ編集の新しい総合誌は、名称を『ロシア』に、発行場所をモスクワにそれぞれ変えて、一九二二年八月から再び発行されるようになったんじゃ。このあとレジニョフは「不死身の編集者」というあだ名を頂戴したらしい。そしてこの『ロシア』誌にブルガーコフの『カフスに記された手記』の第二部と『白衛軍』の大部分が掲載されるんじゃ。

只四郎、どうじゃ、退屈かな？

只四郎　うーん、ご隠居さん、ひとつひとつのエピソードは面白いけれど、これだけ一度に大勢の名前が出てくると、もうお手上げですね。誰が誰で、何がなんだか整理がつかないですよ。

隠居　たしかにそうじゃろうな。まあ、これまでの人物のうち、レジニョフだけは覚えておきなさい。彼についてはまだまだ話が続くからな。だがここではブルガーコフと道標転換派の関係を象徴する女性とその夫について先に述べておこう。夫はベルリンで『前夜』に協力していた道標転換派イリヤ・ワシレフスキー（一八八三〜一九三八、ジャーナリスト、世相戯評作家、ペンネームはネブークワ）で、妻はリュボフィ・エブゲニエブナ・ベロジョルスカヤ（一八九五〜一九八七、若いときバレリーナ）じゃ。ワシレフスキー夫妻は一九二〇年オデッサからコンスタンチノーポリへ亡命し、パリを経て一九二一年にはベルリンに落ち着く。ワシレフスキーは、一九二二年一〇月から『前夜』に世相戯評を掲載し、道標転換派を擁護する内容の論稿も発表した。一九二三年八月、ワシレフスキーは同紙日曜文芸版の編集長アレクセイ・トルストイと一緒にロシアに戻り、当初ペトログラードに居を構えた。しかし詳細は不明だが、夫婦関係はこじれていたようで、リュボフィは夫とは別にロシアに戻り、夫妻は一九二三年末に正式に離婚した。

そしてリュボフィ・ベロジョルスカヤは一九二四年一月初め、モスクワで催された『前夜』主催のアレクセイ・トルストイを囲む夕べでブルガーコフと出会う。じきに二人は親しくなったようじゃな。ブルガーコフと最初の妻タチヤナ・ラッパの仲がどうだったか、わしは詳しくは知らない。だが、一九二四年の四月にはタチヤナがリュボフィとの仲を嫉妬してブルガーコフの顔を平手打ちしている。夫婦生活は破綻していたんじゃ。まあ、詳細は省くが、自分の作品が売れ出したブルガーコフが、最も苦しい時期に自分を支えてくれた地味なタチヤナを捨てて、ヨーロッパ帰りの派手なリュボフィに乗り換えたという印象が強いな。これ以降ブルガーコフはタチヤナと住んでいたアパートを出て、リュボフィと事実上夫婦になるが、住まいがないのですぐに同棲はできなかった。タチヤナとの正式な離婚は一九二五年三月、リュボフィとの正式な結婚は翌四月だった。

日記の抜粋にあったとおり、ブルガーコフとリュボフィは、一九二四年一一月にオーブホフ（現チーストイ）横町九番地の建物の中庭にあった納屋の屋根裏部屋を見つけてそこで同棲し、一九二五年六月半ばごろまでそこに住んだ。つまり『犬の心』執筆時は二人の事実上の新婚生活期だったんじゃ。そして、たとえば、『白衛軍』を『ロシア』誌に掲載する件は、一九二四年一二月二九日、リュボフィがレジニョフと交渉し、その交渉にブルガーコフが立ち会い、レジニョフは交渉の合間にウオッカの小話をブルガーコフに聞かせてくれたといった具合に、ブルガーコフとリュボフィの息がぴったりとあっていて、その周辺には道標転換派の文学者・編集者たちがわんさかいたわけじゃ。

というわけで、一九二二年以降ブルガーコフは公私ともに道標転換派にどっぷりと浸かっていた。外部から見ると、彼も道標転換派、それも熱心なメンバーに映ったかもしれない。しかしブルガーコフは道標転換派ではない。ただ単に自分の原稿を活字にして印税を支払ってくれる編集者・出版者を相手にしていただけで、後述するように、道標転換派そのものは軽蔑していた。ソビエト政権を通じてロシアを再生するアイデアは、ブルガーコフにとっては愚の骨頂だった。ただし彼らとの交際はきらいではなかったんじゃないかな。帝政時代からの知識人の中にあって、ブルガーコフは、文学的才能だけでなく、教養ある文化人としての立ち居振る舞いも含めて、自分の優位性を確信したに違いないからじゃ。

家宅捜索のいきさつ

さて、ようやく家宅捜索じゃ。

印刷されたブルガーコフの作品『白衛軍』『悪魔物語』『運命の卵』や未刊行ながら朗読会での反響が大きかった『犬の心』が共産党政権にとって危険であるとの認識は、すでに秘密警察オーゲーペーウーも持っていた。だが一九二六年五月時点における家宅捜索の直接の目的はそこにはなかった。ではなぜ家宅捜索がおこなわれたか？

このときは、道標転換派それもレジニョフが問題だったんじゃ。正直な話、この時点の共産党指導部によるレジニョフら道標転換派取り締まりの原因、いきさつなどは調べきれなかった。わしは、共産党が専門家・知識人の積極的な活用をはかるアメの方針から、ムチを使って目先の利益を追いかける政策へと、ギアを入れ替えたんじゃないかと推測しているが、確証はない。いずれにしても、一九二二年にレーニンがレジニョフに発行した「お墨付き」は、レーニン死後二年で役に立たなくなっていた。

党政治局は一九二六年五月五日、オーゲーペーウーの報告に基づいて『新しいロシア』出版所（雑誌名は『ロシア』に変わったが、出版所名は『新しいロシア』のままだったんじゃろう）の閉鎖とレジニョフの国外追放を決定した。これに関連して五月七日オーゲーペーウーが八名の道標転換派メンバーの家宅捜索計画を作成し、すぐに党中央委員会の了承を得て、同日これを実施した。その中にブルガーコフが含まれていたんじゃ。

ちょっと長くなるが、共産党中央委員会書記のモロトフに家宅捜索のお伺いを立てているオーゲーペーウー副議長ヤゴダの文書を紹介しておこう。

（http://bulgakov.lit-info.ru/bulgakov/document/document-1.htm）

一九二六年五月七日

極秘

全ロシア共産党（ボリシェビキ）中央委員会　モロトフ同志宛て

当方の五月五日付け報告書三四四六号のその後の進展を考慮し、五月五日付け政治局決定を履行するため、以下の措置をとることが必要であると思量する。

一、『新しいロシア』出版所を閉鎖しその財産を差し押さえることによって道標転換派の組織を経済的に締め上げること。出版所とその財産は新しいイデオロギーを作成・宣伝するための主たる経済的基盤、都合のよい道具となっている。

二、道標転換派の講演、論評、演説を今後許可しないようにグラブリト［教育人民委員部文学出版総局＝検閲機関――隠居］に提案する。こうした講演等は、クリュチニコフの論評のように、政治的イデオロギーの価値を持っていて、われわれにとって無縁なイデオロギーを宣伝する隠れた形態にほかならない。

三、上記措置の成功のために、および道標転換派のウストリャロフ、レジニョフらのグループの粉砕を完遂するために、以下に挙げる八名の家宅捜索（身柄拘束なし）をおこなう。さらにその捜索結果――これは貴殿に別途報告する――に基づいて取調べを開始し、さらにその結果次第で必要に応じてレジニョフ以外に下記名簿から何名かを国外追放処分とする。

1　クリュチニコフ　ユーリー・ベニアミノビッチ　モスクワ大学教授、共産主義アカデミー研究員
2　ポテヒン　ユーリー・ニコラエビッチ　文学者、株式会社「熱と力」法律顧問
3　タン＝ボゴラズ　ウラジーミル・ゲルマノビッチ　科学アカデミー研究員
4　アドリアノフ　レニングラード大学教授
5　レドコ　レニングラード大学教授
6　ボブリシチェフ＝プーシキン　アレクサンドル・ウラジミルビッチ　文学者

7　ブルガーコフ　ミハイル・アファナシエビッチ　文学者
8　ウストリャロフ　ミハイル・ワシリエビッチ　文学者（N・V・ウストリャロフの弟）
オーゲーペーウー副議長　ヤゴダ
P／S　家宅捜索を『新しいロシア』出版所の閉鎖と同時におこなうことがきわめて重要。そこでこれらの措置について貴殿の了承が得られるのであれば、持ち回りで議決していただきたく。

要するに、ブルガーコフは道標転換派の作家として家宅捜索の対象になったんじゃ。だから、これだけで判断すると、とんだとばっちりをくった格好になる。

五月七日の夜、捜索作業が始まった。ブルガーコフは外出中で、リュボフィと家主が立ち会った。途中でブルガーコフが帰宅し、捜索は明け方近くまで続き、『犬の心』のタイプ原稿二部、日記三冊など、計五件の書類を押収した。

オーゲーペーウーの当面の目的は道標転換派の弾圧じゃ。この目的のためには『犬の心』もブルガーコフの日記もまったく役に立たない。日記には道標転換派への批判、皮肉や風刺が満載されている。出版に関するやりとりのなかで描かれるレジニョフ像も決して肯定的ではない。当り前じゃ。ブルガーコフは道標転換派を冷めた目で眺めているんじゃ。

たとえば前掲のブルガーコフの日記抜粋の最後の部分（一九二四年一二月二三日）――「戦いの第

一局、第二局」の個所――の前後は、実は道標転換派批判なんじゃ。前後を含めて改めて引用しておこう。

……ワシレフスキーは恐ろしいほど弱くなった。鋭い勘が売り物だったが、ソ連に戻ってきて鈍り始めた。これは悲惨だ……。

ワシレフスキーが自分の出版社から出した「革命の指導者・活動家列伝」シリーズの本を二冊持ってきて見せてくれた。ドミートリ・ストノフ〔一八九七～一九六二、作家――隠居。以下同じ〕著『カリーニン〔一八七五～一九四六、革命家、政治家、ソビエト中央執行委員会議長〕』とボブリシチェフ・プーシキン著『ボロダルスキー〔一八九一～一九一八、革命家。革命後サンクトペテルブルグの出版担当委員として多くの雑誌を禁止した人物〕』である。後者を見て頭が狂わない方がおかしい。ボブリシチェフ・プーシキンという老獪なキツネの勘は、ワシレフスキーよりも鋭い。血統の違いだ……。

……確信的なポグロム（ユダヤ人集団殺戮）の組織者、生粋の反ユダヤ主義者ボブリシチェフがボロダルスキーを「言論の自由の闘士」と持ち上げているのだ。世も末だ。……彼ら〔道標転換派の知識人〕は対局で惨敗を喫したと思っている。服を着たまま水に飛び込まなければならなかったような無残な負け方だったと自覚しているのだ。……戦いの第一局についてはその通りだ。そして今パリにいるすべてのミリューコフやパスマニク〔ともに在外反ソビエト運動の中心メンバー〕らの唯一の過ちは、彼らが引き続き第一局の残りをたたかっていることにある。だが第一局はすでに終了していて、そのあとに第一局とはまったく異なる第二局が始まっているというのが、実際の論理的帰結である。そしてこの第二局のコンビネーション（駒の連携と手筋）がどうなろうとも、ボブリシチェフは亡びる運命にある。

ウオッカについての小話を記したブルガーコフの日記の個所ではレジニョフについて、「私はレジニョフと交渉したくない」（一九二四年一二月二九日）、「狡猾なそばかすだらけのキツネ、レジニョフ」（一九二五年一月二日）と評している。

一九二五年一月三日の日記では別の道標転換派ユーリー・ポテヒン〔一八八八〜一九二七（？）作家。最期が確認されていない。自殺、処刑などの説があるらしい〕についてこう書いている。

……本日夜、妻と一緒に「緑のランプシェード」〔「取調べ」の個所で後述する――隠居。以下同じ〕の集まりに参加した。そこで私はしゃしゃりでてしまった。出しゃばらずにはいられなかったのだ。ユーリー・ポテヒンのあの態度には我慢できなかった。彼は……厚かましくも「われわれのようにイデオロギーを持たないすべての人びと」と断言した。

こういう発言は私にとっては騎兵隊のラッパと同じだ。私は条件反射ですぐに反応した。「でたらめを言うな！」と叫んでしまったのだ。

最悪のケースではあるが、共産主義の文学は存在しうる。だがサディケル・道標転換派の文学は絶対に存在しえないものだ〔パーベル・アブラモビッチ・サディケルはベルリンの株式会社「前夜」の専務取締役〕。なんとほがらかなベルリンの売春婦たちよ！……

どうじゃ、よくわかるじゃろう。ブルガーコフは道標転換派を軽蔑していた。節操のない集団として嫌悪していた。自分のイデオロギー（思想）を隠して共産主義にすりよりながら、「イデオロギーをもたないわれわれは」と発言するような人物を偽善者、失格者とみなしていた。ブルガーコフにとって、共産主義の文学は存在しうるが、道標転換派の文学は存在しえない、なぜならば、自分の思想をいつわる文学は文学ではないんじゃ。

ブルガーコフ以外の各人の家宅捜索の状況はわしには分からないが、この日の家宅捜索によって国外追放になった活動家はいなかった。

一方、レジニョフの国外追放処分がどうなったかというと、期間三年、国籍剥奪なし、ベルリンのソ連通商代表部の職員としての資格が確保されるという変則的なものとなった。レジニョフがオーゲーペーウーの協力者になったのは見え見えじゃな。事実、一九三〇年には帰国が許可され、一九三三年にはスターリン個人の推薦で共産党に入党した。その後プラウダ紙の文芸部長などを務め、プラウダを離れた一九三九年以降も、タシケントでウズベキスタン作家同盟の第二書記、ソブインフォルムビューロー（政府と共産党の情宣通信社）のドイツ専門家などをこなし、ショーロホフ伝などいくつかの書籍を著し、大粛清も免れて、一九五五年に大往生をとげた。まさに「狡猾なキツネ」じゃ。

ちなみに、ブルガーコフが一九三六〜一九三七年に執筆した未完の小説『劇場物語』（水野忠雄訳『劇場』、白水社、一九七二年）では、主人公の作家マクスードフ（つまりブルガーコフ）は、自分の住まいを訪ねてきたルドルフィという編集長（モデルはレジニョフ）を見て、メフィストフェレス（ゲーテ『ファウスト』などに登場する悪魔）を連想するんじゃ。

取調べ

只四郎　レジニョフはしたたかな編集者だったんですね。

ただし、ご隠居さんのおっしゃるように、家宅捜索の目的が道標転換派の取締にあり、ブルガーコフが道標転換派でないことがはっきりしたのであれば、ブルガーコフは無罪放免だったんですね。

隠居　いや違う。ブルガーコフに対するオーゲーペーウーの追求はこれで終わったわけではない。転んでもただでは起きない連中だからな。ブルガーコフが道標転換派と一線を画していることは、彼の家宅捜査からも、他の道標転換派の取調べからも、すぐに明白になったと推測する。だが今度はブルガーコフの思想と作品そのものが浮上した。

以下、前掲のビターリー・シェンタリンスキー「ゲーペーウーの目から見たマスター（ミハイル・ブルガーコフの人生の舞台裏）」（『ノーブイ・ミール』誌一九九七年、第一〇号）に基づいて、ブルガーコフの取調べ前までにゲーペーウーが集めていた主なデータを紹介しておこう。

①　一九二二年一一月ごろ、ベルリンで発行されていた雑誌『新しいロシアの本』の一九二二年一一月号に掲載されたブルガーコフの出版企画案――現代ロシア作家評伝集（作家自身が自分を紹

介する論稿を集めて本にするもの）――を見たゲーペーウー職員が、ブルガーコフとは何者ぞと関心を示し、人物調査をおこなったときの資料。この企画は結局実現していない。

② 一九二四年三月、ブルガーコフの前記企画案に関連して、ベルリンに住んでいた亡命ロシア人作家ロマン・グーリ〔一八九六～一九八六、当時『新しいロシアの書籍』編集員、後にアレクセイ・トルストイのロシア帰国後の『前夜』文芸版編集長となる。その後ヒトラー政権により収容所送りとなるなど波乱万丈の人生を経験し、最後は米国で亡命ロシア人たちのロシア語雑誌『新雑誌』編集長〕が、ユーリー・スリヨースキン宛に、ブルガーコフの手元にあるはずの評伝資料の閲覧を希望していることをブルガーコフに伝えてほしいと書いている手紙（一九二四年三月二一日付け）の写し。この手紙がブルガーコフに伝わったかどうかは不明。

③ 一九二四年五月、ニコライ・カトコフ『みんなのための赤い雑誌』編集員がブルガーコフに宛てた手紙の写し。『白衛軍』の同誌への掲載を打診した内容。

④ 一九二四年五月、キエフに住んでいるいとこのコンサタンチン・ブルガーコフがブルガーコフに宛てた手紙（一九二四年五月二二日）のオリジナル。コンスタンチンの知り合いの英『デイリー・クロニクル』紙ロートン記者が駐ロシア特派員を募集していることを伝えて、ブルガーコフに応募を勧めたもの。コンスタンチンからロートンに宛てた紹介状も添付されている。ゲーペーウーが配達途中で開封してそのまま没収したため、ブルガーコフには届いていない。ブルガーコフとロートンの面談は成立しなかった。

⑤ 一九二四年三月七日と二一日の「ニキーチナの土曜会」における『犬の心』朗読の様子を報告

したオーゲーペーウーのエージェントのレポート（三月九日と二四日）（「『犬の心』における社会主義批判（秘密警察のレポートから）」六三頁以下を参照）

⑥　一九二六年一月二日の報告書が取り上げている「ゲルツェンの家」（作家同盟が入っていた）に関する記述の中で、この家は作家たちの反社会的本能をさらけ出す場所となっていると指摘されていて、「作品集『悪魔物語』の著者ブルガーコフの正体を暴かなければならない」、この作家は「悪意を秘めたブルジョアジーのイデオローグ」であると書かれている。

⑦　一九二六年二月一二日、労働組合会館円柱の間で開催された討論会「文学のロシア」にかんする報告書。シクロフスキー［一八九三〜一九八四、言語学者、文芸評論家、ロシア・フォルマリズムの中心人物］とブルガーコフが共産党の文学政策を批判したことをレポートしている。二人は、「『赤いトルストイ』の乱造や『できそこない文学』の製造をやめるように」要求し、「ボリシェビキは狭隘な功利主義的立場を捨てて、自分たちの雑誌に『生きた言葉』と『生きた作家』の作品を掲載すべきだ。作家には『政治』ではなく、単純に『人間』を書かせるべきだ」と主張した、とある。さらに別の報告メモには、ブルガーコフは「皮のジャンバーを着た英雄や機関銃、共産党員について書くのはうんざりだ。もう我慢できない」と訴えて、「『人間』について書かねばならない」と締めくくった、と記されている。

これを見てもわかるとおり、①から④はいずれもいわば未遂の出来事で、重要度は低い。だが、⑤の『犬の心』の朗読会のレポートを境に、オーゲーペーウーにとってブルガーコフの関心度が跳ね上がった。一九二六年に入ると、ブルガーコフが非共産党員文学者の間で目立った存在になっていることが注目を集めている。

さらに『白衛軍』を戯曲化した『トゥルビン家の日々』がモスクワ芸術座で上演されることになり、その稽古が始まっていたので、『白衛軍』『犬の心』『悪魔物語』に加えて『トゥルビン家の日々』にまつわる状況も当局の注意を引くようになった。一九二六年七月に通報者から上がってきた次のようなレポートが残っている（「オーゲーペーウーにおける取調べ調書」の脚注より）（http://bulgakov.lit-info.ru/bulgakov/document/document-3.htm）。

> いまモスクワ芸術座で稽古が進んでいるブルガーコフの小説『白衛軍』をもとにした戯曲〔『トゥルビン家の日々』のこと〕について、この作品が明快かつ一義的に白軍の精神を醸し出しているにもかかわらず、レパートリー委員会〔演劇の検閲機関〕がその上演を許可したことに文学界は驚いている。
>
> この戯曲を知っている人びとは……この強烈な芸術作品の目的が、その強烈な、はっきりとつくりだされた舞台を通して、自分たちの事業のためにたたかった白軍に対する同情を呼びおこすことにあると判断している。
>
> 誰もが認めているように、この戯曲は特定の色彩を帯びている。ソビエトの立場に立っている文学者たちは、この戯曲に怒りを覚えている。怒りはとくに戯曲が白軍に対する同情を呼び起こすことに向けられている。

反ソビエトの立場に立つ連中について言えば、彼らはこの戯曲が一連の「障害」を乗り越えて上演にこぎつけたことを盛大に祝っている。これを大っぴらに言いふらしているのである。

そして九月二二日（モスクワ芸術座による『トゥルビン家の日々』の総稽古の前日）ついにブルガーコフの取調べがおこなわれた。オーゲーペーウーにとって道標転換派はもうどうでもよかった。ブルガーコフの思想と行動、そして作品『犬の心』が主要なテーマとなった。『犬の心』の運命とブルガーコフのその後の作家活動に直接関連する資料なので、長くなるが、取調べの調書の全文を紹介しておこう（出典は前掲）。

取調べ調書

一九二六年九月二二日、オーゲーペーウー第五秘密部のゲンジン取調官は、ブルガーコフ　M・A　を被疑者（証人）として取り調べた。彼は最初に以下の質問に答えて次のように供述した。

一、姓　ブルガーコフ
二、名、父称　ミハイル　アファナシエビッチ
三、年齢（出生年）　三五歳（一八九一年）
四、出身（出身地、両親、民族、国籍）　父親が四等文官――教授
五、住所（登録地、現住所）　モスクワ、レフシンスキー横町、四番地、フラット一
六、職業（現在の勤務場所と役職）　文学者・散文作家、劇作家

七、家族（近親者、その氏名、住所、革命前と現在の職業）　妻帯者（二度目の結婚）、妻の氏名―ベロジョルスカヤ　リュボフィ　エブゲーニエブナ―主婦
八、財産（革命前と革命後の財産、近親者の財産）なし
九、学歴（初等教育、中等学校、大学、専門、どこ、いつなど）　一九〇九年キエフ・ギムナジウム、一九一六年大学医学部
一〇、政党、政治信条　無党派。建設中のソビエト・ロシアときわめて強いルーツで結びついたので、自分はソビエト・ロシアの外で作家として生存できるとは思っていない。ソビエト制度はきわめて強固であると考える。現代の日常生活中に欠陥がたくさんあり、自分のものの考え方のおかげでこれらの欠陥を風刺的に眺めることができるので、それを自分の作品の中で描いている。
一一、どこにいて、どこに勤めていたか、仕事の中身
a　戦前（一九一四年以前）
b　一九一四年から一九一七年の二月革命まで　キエフ　一九一六年まで医学部学生、一九一六年以降医師
c　二月革命当時どこにいて、何をしていたか、二月革命に積極的に参加したかどうか、具体的に述べよ　スモレンスカヤ県ニコリスコエ町、同県ビャジマ市
d　二月革命から一〇月革命まで　ビャジマ市、病院の医師
e　一〇月革命当時どこにいて、何をしたか　二月革命にも一〇月革命にも参加せず

f　一〇月革命から現在まで　一九一九年八月末までキエフ、一九一九年八月から一九二〇年までウラジカフカズ、一九二〇年五月から八月までバトゥミ、バトゥミからモスクワへ移り今日に至る

一二、前科（一〇月革命前と革命後に分けよ）　本年五月家宅捜索を受ける

一三、証人と被疑者（被告人）との関係

上記は私の供述通りに記されたもので、私の前で読み上げられた（取調べを受けた者の署名）

ミハイル・ブルガーコフ

（二頁目に続く）

事件に関する供述

一九一九年の秋から白軍支配下のウラジカフカズ市において文学執筆を始めた。白軍派の新聞・雑誌に短篇小説と世相戯評を掲載した。作品の中で私はソビエト・ロシアに対して批判的な態度、反感を示した。ＯＳＶＡＧ（白軍の情報宣伝機関）とのつながりはなく、ＯＳＶＡＧからの勧誘もなかった。白軍支配下には一九一九年八月から一九二〇年二月までいた。私の共感はいつも白軍側にあり、白軍の撤退に際しては戦慄と当惑を抱いてそれをながめていた。赤軍がやってきたとき私はウラジカフカズにいて回帰熱にかかっていた。健康を回復した時点で国民教育局文学部の部長となり、ソビエト政権に協力した。モスクワに移るまで、重要な作品はどこにも掲載されていない。モスクワ到着後、文部人民委員部総政治啓蒙教育委員会文学部に書記として就職した。同時にプラウダ紙を含むモスクワの新聞にルポルタージュの掲載を始めた。最初の重要な作品は、作品集『ネ

ドラ』に発表した『悪魔物語』である。世相戯評がグドーク紙に恒常的、定期的に掲載され、短篇小説がさまざまな雑誌に載るようになった。次に長篇小説『白衛軍』、さらに『運命の卵』を執筆し、『ネドラ』や他の作品集に掲載された。一九二五年に中篇小説『犬の心』を書き上げたが、印刷できないでいる。その前に、中篇小説『カフスに書かれた手記』も書いた。

私の供述通りに記述されている。

M・ブルガーコフ

（頁の上部が破れている）……『悪魔物語』と『運命の卵』が印刷された。『白衛軍』は三分の二が印刷されたが、雑誌『ロシア』が廃刊となったので、残りは印刷されなかった。

『中篇小説・犬の心』は検閲上の理由で印刷されなかった。『中篇小説・犬の心』は私が執筆中に考えていた以上に悪意のこもった作品となってしまったと思う。私には印刷が禁止された理由が理解できる。人間に改造されたシャリクという犬は、プレオブラジェンスキー教授の視点から見ると、否定的なタイプになってしまった。分派の影響を受けたからだ。私はこの作品をニキーチナの夕べで朗読して『ネドラ』のアンガルスキー編集長に聞かせたほか、詩人のピョートル・ニカノロビッチ・ザイツェフ［一八八九〜一九七〇。一九二二〜一九二五年ネドラの事務員、作家――隠居］のサークルと「緑のランプシェード」で朗読した。ニキーチナの夕べ、詩人のサークル、「緑のランプシェード」の出席者の数はそれぞれ四〇人、一五人、二〇人だった。このほかにいろいろな場所でこの作品を朗読してほしいという依頼を受けたが、断った。この風刺作品が悪意という意味で辛口すぎたので、当局のあまりにも強い関心を集めることになるだろうと判断したからだ。
質問　「緑のランプシェード」のサークルに参加しているメンバーの氏名をあげなさい。
答　モラルの見地からことわる。
質問　『犬の心』に政治的意図がかくされていると思うか。
答　思う。現体制に反対する政治的側面がある。

M・ブルガーコフ

私は農民をテーマにした作品を書けない。農村を好きじゃないからだ。私の考えでは、農村はふつうに想像されているよりもはるかに豊かだと思う。

労働者の日常生活を素材にした作品を書くことも私には難しい。労働者の生活については農民よりもずっとよく知っているが、でも周知しているとは言えない。しかも、労働者たちにはあまり関心がない。理由は自分の関心が別のことに向いているからだ。私はロシアの知識人層の生活に関心をもっていて、知識人層を愛している。知識人層は、力は弱いが、わが国にとってきわめて重要な層だと考えている。知識人層の運命は私にとって身近であり、その体験は私にとって貴重である。

つまり私が書けるのは、ソビエトの国における知識人層の生活を素材にしたものである。ただし私の頭の構造は風刺向きである。私が描くものが時には社会的共産主義グループの人びとを辛辣に刺激することがあるようだ。

私はいつも良心にしたがって書き、見たとおりを書いている。私が目を凝らして注視しているのは、ソビエトの国における生活の否定的現象である。なぜならば、私は否定的現象の中に私＝風刺作家のメシのタネを本能的に見いだしているからだ。

一九二六年九月二二日

ミハイル・ブルガーコフ

どうじゃな、取調べに対するブルガーコフの対応がよく分かるじゃろう。

まずは「緑のランプシェード」を説明しておこう。歴史上有名な「緑のランプシェード」は、一八一九年～一八二〇年にペテルブルグの若い貴族の軍人たちが文学や政治を語り合った集まりで、プーシキンや将来のデカブリストたちも参加していた。ブルガーコフが『犬の心』を朗読した「緑のランプシェード」は、リディヤ・キリャコワ（一八九〇～一九四三。女性ジャーナリスト、全ソ工芸協会出版局秘書、週刊紙「貧農」編集員など）が開いた文学者の集いで、集まった作家たちが各人の作品を朗読したようじゃ。ブルガーコフをここに連れて行ったのは作家のユーリー・スリョースキンで、彼によればこの文学サークルの事実上のリーダーは彼とセルゲイ・アウスレンデル（一八八六～一九三七、作家、劇作家）だったという。ブルガーコフは取調官に対して参加者の氏名の公表を拒否しているが、その後キリャコワはオーゲーペーウーに逮捕されて流刑の目にあっている。残念じゃが、ブルガーコフの取調べと関係があるかどうかを含めて、詳細は調べきれなかった。

さて、取調べ時のブルガーコフの対応じゃ。彼は、オーゲーペーウーの関心が、すでに道標転換派の一員としてのブルガーコフについてではなく、彼自身の過去の行状と現在の政治的信条にあること、差し押さえられた『犬の心』と日記が焦点となることを、十二分に予想していたようじゃな。そして『犬の心』の出版をきれいさっぱりあきらめる代わりに、過去の白軍時代の経歴をぼかし、日記に表明されている現在の思想に対する追求をはぐらかすことに決めたようだ。

「『中篇小説・犬の心』は私が執筆中に考えていた以上に悪意のこもった作品となってしまったと思う」、「人間に改造されたシャリクという犬は、プレオブラジェンスキー教授の視点から見ると、否定的なタイプになってしまった。分派の影響を受けたからだ」といった表現は、実にぬらりくらりとしているが、透けて見える主旨は明白だ。作品執筆の時点の分派とはトロツキー派じゃが、取調べの時点ではジノビエフとカーメネフらも含めた合同反対派を意味していたんじゃろう。要するに、「自分が意図したわけではないが、トロツキーやジノビエフなどの影響を受けてしまい、結果として社会主義（スターリン派）を批判する作品を書いてしまった。反省しています」と白々しく詫びたんじゃ。

もちろん、この時代のオーゲーペーウーの取り調べは、一〇年後のそれとは異なる。ずっと緩く寛大だった。ブルガーコフが風刺向きの思考方法だから社会の欠陥を積極的にとりあげるのが当たり前だという屁理屈を言っても、これを頭ごなしに否定することはしなかったようだ。そして現在売り出し中の小説家・劇作家ブルガーコフが体制に不都合な作品を書いても、検閲ではじけばよい、文壇で図に乗った発言さえしなければ……という時代だったのだろう。

結果としてこの取調べは逮捕などの措置には結びつかなかった。だがブルガーコフにはかなり強力な圧力になったと推測する。翌日の『トゥルビン家の日々』の総稽古ではいくつかの場面を削らされた。最大の痛手は、一気呵成に書いた、つまり自分の本心を十二分にさらけ出した『犬の心』の出版を、自分から放棄せざるをえなかったことだろう。そして、この取調べがこのあとのブルガーコフの政治や社会にかんする考えに大きな変化をもたらしたとわしは見ている。ブルガーコフ本人は、スターリンやオーゲーペーウーに屈服したわけではないというだろうが、少なくとも妥協の道に進む転換点になったのは間違いないじゃろう。

『犬の心』のタイプ原稿と日記はなかなか戻ってこなかった。ブルガーコフはオーゲーペーウーに何度も要求し、さらにゴーリキーやルナチャルスキーを通じても働きかけたが、オーゲーペーウーにはなにか魂胆があったのだろう（いやがらせだって魂胆の一つじゃ）、しぶとく手放さない。一九二八年八月、ブルガーコフはゴーリキーの奥さん（エカテリーナ・ペシコワ）宛てに受領のための委任状までしたためている。だから多くの解説者は、この直後に返却されたものと考えていたが、実際にはもっと後だったようだ。日記については、一九二九年一〇月三日、ブルガーコフがゲーペーウーに呼び出されて受け取ったとの記述がある（シェンタリンスキー、前掲）。ロセフは、ブルガーコフが『犬の心』のタイプ原稿を受け取ったのはもっと後、一九二九年末から一九三〇年三月までの時期だったのではないかと推測している。

このとき受け取った『犬の心』のタイプ原稿の方はブルガーコフの手元に保存されていたものが今日まで残っているが、手書きの日記の方は残っていない。受け取ってからじきに本人が焼却したようだ。自分の過去を忘れようとしたんじゃ。では前に抜粋して紹介した日記はどこから取ったのか？オーゲーペーウーが押収後に捜査の必要上タイプ打ちしたもの（主としてオーゲーペーウーと党の幹部に閲覧したもの）と写真撮影したものが残っていたんじゃ。先に発見され、一九九〇年に公表されたタイプ打ちの写しにはタイプミスなどがあったため、最終的には後で見つかった写真をもとに文章を起こして一九九三年に公表されたものが、彼の日記の定本とされている。

なお、オーゲーペーウーはこのとき日記と同様に『犬の心』の原稿の写しも作成して政治局に渡していて、スターリンやモロトフはこれに目を通していたと言われている。

家宅捜索後ブルガーコフが日記をつけることはなかった。

5 『犬の心』のその後

ソ連の支配者になったシャリコフたち

只四郎　家宅捜索と取調べの件、私には複雑すぎてわかりにくい部分もありますが、ブルガーコフが逮捕されなかったのはよかったですね。ただそのために『犬の心』が犠牲になったのは残念至極。
さて、それでは無学なシャリコフたち、つまりレーニン記念入党者のその後に話を戻しますよ。本当に彼らが約一〇年後に大粛清・大弾圧・大テロルをやってのけて、ソ連社会を支配するんですか？スターリンがというのなら、なんとなく分かりますが、無教養な若者がというのは、ちょっと信じられないな。

隠居　グロテスクだが、事実じゃ。もちろん、スターリンの指示を受けてじゃがな。政権を握っている知識人中心のソ連共産党の中に、これまでとは異質の、ルンペン・プロレタリアを含む、主としてまだ成熟していない労働者からなる、無教養な若い政治家集団が誕生したんじゃ。しかも、最初から多数派としてな。彼らは、すぐに権力者の卵として行動し、先輩である古参党員や旧官僚から支配・管理術を素早く吸収した。若い労働者集団や「抜擢されて責任ある役職についた労働者」（ブイドビジェンツイ）と専門家・知識人との対立は、いつも前者の勝利に終わるようになった。じきに技術者、専門家、研究者に対するでっちあげによる逮捕・見せしめ裁判・処刑（一九二七〜二八年のシャフトイ事件（ドンバス炭鉱反革命事件）、三〇年の産業党事件など）がおこなわれるようになった。

そしてスターリン派とその傘下のレーニン記念入党以後の新共産党員グループが政策の立案・実行で独り立ちできるようになると、オールド・ボリシェビキが邪魔になった。これを取り除くこと、つまり、幹部の総入れ替えが必要となったんじゃ。大粛清とも、大弾圧とも、大テロルとも呼ばれる乱暴な措置によって一種の政権移譲が開始される。これを革命（反革命）と呼ぶか、クーデターと呼ぶか、はたまた別の名前で呼ぶかは、結構難しい。なぜならば、スターリンというトップは変わらないんじゃ。

わしは、レーニンが政治の表舞台を退いたころから始まった革命の変質過程が、「レーニン記念入党」でレールに載り、スターリンがトロツキー派、新反対派、合同反対派、ブハーリン派を段階的に排除していった一〇年を経て熟成し、大テロル（大量逮捕・銃殺・収容所送り）で完結したと見ているんじゃ。社会主義に進む可能性を残した国家資本主義の国が社会主義から遠く離れた独裁的な国家資本主義の国へと変質したんじゃ。国家権力はオールド・ボリシェビキ諸派（革命的知識人）の手から国家資本主義の実務者（共産党と国家の官僚および国営企業の経営者）の手に移った。わしは社会主義政権が崩壊し、特異な国家資本主義という資本主義制度に逆戻りしたと見ている。つまり反革命が起きたんじゃ。

フルシチョフの秘密報告の基礎資料となったポスペロフ委員会によるソ連共産党中央委員会幹部会への報告（一九五六年二月九日）の一七頁から、テロルの規模にかんする数字をあげておこう（https://gmig.ru/upload/iblock/548/5483003232f2c1200a81f0331916f9ef.pdf）（現在では、これらの数字をはるかに上回る推定数字もいくつか発表されている）。

	逮捕者	うち銃殺者
一九三五年	一一万四四五六人	一二二九人
一九三六年	八万八八七三人	一一一八人
一九三七年	九一万八六七一人	三五万三〇七四人
一九三八年	六二万九六九五人	三二万八六一八人
一九三九年	四万一六二七人	二六〇一人
一九四〇年	一二万七三一三人	一八六三人

わしの目的は『犬の心』の紹介と解明であって、テロルの紹介ではないから、詳細については触れ

ない。じゃが、エジョフシチナ［エジョフ内務人民委員（在位一九三六〜一九三八）による大弾圧］と呼ばれる一九三七年と一九三八年の大弾圧時の銃殺者の数（計六八万一六九二人）一つをとっても、異常な政権交代ぶりがよくわかるじゃろう。

オールド・ボリシェビキから新しい支配者への権力の移行を、わしのイメージと同じように描いている本の一部を引用しておこう。すでに「レーニン記念入党」のところでも引用したミハイル・ヴォスレンスキー『ノーメンクラツーラ——ソヴィエトの支配階級』じゃ（中央公論社版の頁数が示してあるが、文章はロシア語版から新たに訳出したもの）。レーニン親衛隊とかレーニン主義者というのは、オールド・ボリシェビキ諸派のことであり、ノメンクラツーラ部隊とはスターリン派（その底辺を構成したのは新参党員の集団）のことじゃ。

何百万もの人びとを抹殺し、不幸のどん底に突き落としたエジョフシチナは、複雑な社会現象、政治現象であったが、ソ連における支配階級の形成の歴史においては、なによりも国内の幹部層の総入れ替えを実現するという役割を演じた。

一〇月革命から二〇年後の一九三七年には、職業革命家たちの集団であるレーニン親衛隊はすでに若さを失っているだろう。だが、老齢、病気、死亡などの自然現象で引退・退陣するのはまだ早く、あと一五年はかかる。そして、この一五年を待てない連中がいた。老革命家が占拠している地位をねらいながら、ノメンクラツーラの各部署で徐々に地盤を固めてきた出世主義者たちである……

形成されたノメンクラツーラ部隊は、過酷な試練を乗り越え、支配術も習得した。残されているのは、「面従腹背の連中」すなわちレーニン親衛隊を一掃することであった……。

スターリンはしっかりと見ていた。自分が手塩にかけて育ててきたノメンクラツーラ部隊が、彼らとは無縁の、いけ好かない老いぼれたレーニン主義者――スターリン派にとっても理解可能な、上のポストに就きたい、権力と甘い生活を味わいたいという欲望以外に、スターリン派にとってはなんとも理解しがたい信念の痕跡を残している連中――に激しい嫉妬の目を向けているのを。スターリンは、必要なのはシグナルだけだと分かっていた。シグナルが発せられれば、彼が育てた飼い犬たちは狼の群れになって、体力の弱った、それゆえに不当に幹部ポストにしがみついている年寄りの変人たちに襲いかかり、喉笛をかみ切るだろう、と。

このシグナルになったのがキーロフの暗殺であった［キーロフは当時のレニングラードの党指導者。スターリンに次ぐ政治家と見られていた。一九三四年一二月に暗殺される。この事件を契機に大弾圧が始まる。現在ではスターリンがキーロフ暗殺の首謀者だったとの説が有力だが、確定されてはいない――隠居］……。

（一〇八～一〇九頁）

……

レーニン親衛隊は粉砕され、殲滅《せんめつ》された。スターリン派が完全に勝利した。

（一一六頁）

ついでに指摘しておくと、この大テロルの時にオールド・ボリシェビキと一緒に多くの知識人・専門家――道標転換派の知識人を含む――が処刑されている。

只四郎　では、小説で描かれているシャリコフの非人間性、あるいはゆがんだものの考え方や逆立ちした基準、さきほどご隠居さんがおっしゃった「シャリコフ一味」の粗野なやりかた――こういったものはどうなったのですか？　まさか、その後のソ連に残ったんではないですよね。いや、残ったんですか？

隠居　残ったばかりじゃない。広まったんじゃ。「支配階級の思想が、どの時代においても、支配的な思想である」（マルクス、エンゲルス『ドイツ・イデオロギー』）んじゃよ。無知・無教養な、ルンペン・プロレタリアを含む最下層の未成熟な労働者から一挙に支配階級にのし上がったシャリコフたちの思想、考え方、行動様式、用語法がソビエト社会に浸透・蔓延するんじゃ。ソビエト時代の反体制派の作家で批評家のアンドレイ・シニャフスキー（一九二五～一九九七）は、ソビエト時代に称讃された「新しい人間」像を皮肉ってこう書いている。

このように標準化された人間、大衆的人間は、ソヴィエト文明の最も恐るべき産物といえるかもしれない。そしてこの文明は、このような人間に支えられているのだ。内面世界、道徳的特徴、さらには知性の点でも、この人間は最も無知蒙昧で、文盲の農民よりはるかに劣る。なぜなら彼は庶民に備わった善き特質のすべてをないしはほぼすべてを失い、代わりにずうずうしさ、なれなれしさ、高慢さを獲得し、この世のすべてを裁き、説明しようとするのだから（むろん最もプリミティブなやり方で）。自分はすべてを知りつくした世界一賢く立派な存在なのだ、自分こそは生きとし生けるものの頂点にある、そう思い込んだ野蛮人の姿がここにある。

「新しい人間」の見事な風刺にしてそのまさに完璧な「文学的肖像」をミハイル・ブルガーコフの小説『犬の心』（一九二五年）に見ることができる。

（アンドレイ・シニャフスキー『ソヴィエト文明の基礎』沼野允義ほか訳、みすず書房、二〇一三年、一二一頁。上記訳書では『犬の心』ではなく『犬の心臓』となっている）

すでに指摘したように、一九八〇年代の読者には、『犬の心』のシャリコフとスターリンまたはレーニン記念入党者とがすぐには結びつかなかった。シャリコフ菌はソ連各地に幅広く拡散して強固に定着してしまい、その起源はとっくに記憶から消えていたんじゃ。

只四郎　わが友シャリクの物語がこんな大きな話と結びつくとは、ちょっと驚きですな。

『犬の心』とペレストロイカ

隠居　さて、多少はしょらせてもらおう。スターリン体制（シャリコフらの体制といってもいい）は、結局ぼろを出して、少しずつ崩壊し始める。第二次大戦の試練はなんとか乗り切ったが、一九五三年のスターリンの死去後この崩壊過程は急速に進み、共産党の中からも一部改革の兆しが見えるようになる。一九五〇年代末～一九六〇年代前半のフルシチョフによる「雪解け」の時期がそれじゃ。その時点から、ブルガーコフの復権が徐々に始まり、著作の公開が進んでくる。『マスターとマルガリータ』をはじめとするブルガーコフの主要作品は一九七〇年代前半までに大多数が公表される。

しかし、いくつかの作品はなかなか出版の許可が下りない。その代表的な作品が『犬の心』で、一九八五年からスタートした二回目の改革の波＝ペレストロイカ＝のなかでようやく一九八七年六月『ズナーミャ』誌に掲載されるんじゃ。

わしは、検閲機関の連中が自分たちの出自が暴露されていることを肌で感じたためにこの作品の公表が遅れたのだろうと思っている。連中は本能的に気づいた。描かれているのが絶対に隠しておきたい自分たちの過去の傷、心の恥部だとね。まさに傷口に塩を塗られている感覚じゃよ。そして、これはわしのやぶにらみの推測じゃが、検閲機関の中には、『犬の心』がレーニン対スターリンのたたかいを描いた作品であることはもちろん、「レーニン記念入党キャンペーン」批判の作品であることを理解していた連中がいたのではないだろうか。彼らはある部分では非常に鋭敏で、頭が切れるんじゃよ。彼らにとっては、レーニンの遺志を継ぐための党員拡大キャンペーンを批判することはタブー中のタブーだった。これを笑いとばした『犬の心』を出版することは、レーニン死去の時点までさかのぼってソ連共産党とソ連の歴史を笑いとばすことを意味する。したがって彼らにとって出版はあってはならないことだったんじゃ。

それでは、『犬の心』がソ連で初めて発表されたときの人びとの反響はどうだったか。時は一九八〇年代後半のペレストロイカのど真ん中だ。スターリン主義からようやく解放されようとしているロシアの人びとがこの小説を読んで同名のテレビ映画を見たとき、自分たちの国の過去の本質をリアルタイムで鋭く見抜いていた作家がいたことに気づき、ロシアの歴史の中に致命的なボタンの掛け違いがあり、それが自分たちにも汚点としてしみ込んでいることを思い知らされたんじゃ。

だが、このボタンの掛け違いを、ロシア革命そのものととらえたか、スターリン体制の確立ととらえたかというと、両者をミックスしたものとして受け止めたんだろうな。残念ながら、わしが強調するレーニン記念入党で誕生した新しい支配層の出現を中心に検討した批評はなかった（わしはインターネットで検索して調べるしか手がない。その検索に引っかかってこないんじゃ。だから、わしは当時の論調を調べきれていないというのが正直なところじゃ）。まあ、多くの国民の間にスターリン体制のテロルの記憶は残っていたが、レーニン記念入党は忘却の彼方の出来事だったんじゃな。

やむを得ない面もあった。あれほど積極的にスターリン時代の弾圧を批判して、ジノビエフ、カーメネフ、ブハーリンその他のボリシェビキ指導者の名誉回復をおこなったゴルバチョフ書記長やそのブレーンですら、もう一歩踏み込んで。スターリン体制の本質にメスを入れることをためらった。「ソ連で確立された体制が理想的な社会主義であり、われわれはその継承者である」という自分たちの存在意義にこだわったんじゃな。その象徴が、トロツキー批判じゃ。つまり、わしは革命の変質がレーニンの引退後すぐに始まり、その手始めの一つがスターリンの共産党私物化とそれに反対するトロツキーらの排除であり、レーニン記念入党はスターリンが共産党を支配するために実施した措置だったと考えるんじゃが、ゴルバチョフらはこれを逆に捉えた。ゴルバチョフがロシア革命七〇周年を記念して一九八七年一一月におこなった報告『一〇月革命とペレストロイカ。革命は継続する』はまさに逆立ちした理解で執筆されている。つまり、スターリンが共産党を私物化したのではなく、トロツキーが（そしてそのあとにはジノビエフ、カーメネフらと一緒の合同反対派）が党の統一を破壊し、社会主義の建設を妨害しようとしたというのじゃ。この視点からは、スターリンとレーニン記念入党で共産党員になったシャリコフらは党の総路線を守った英雄だったという結論が導かれるわけで、ブルガーコフの『犬の心』は単なる反社会主義文学に終わってしまうんじゃ。

このゴルバチョフの報告は、スターリン体制について「党・国家運営の行き過ぎた行政的・命令的システム」「官僚主義」「農民の利益に対する不十分な配慮」「重大な過ち」「専横」「個人崇拝」などと述べ、一見批判的に取り上げているように見えるが、なぜこのような制度が生まれたのか、歴史的、社会的背景に踏み込んだ検討はおこなわれていない。また、一九二〇年代以降のいくつかの問題――革命的テロの限界と歯止め、共産党内の分派活動と理論闘争、党内民主主義のあり方、国家官僚・党官僚の規制、社会主義における複数主義と複数政党制、視点を変えて国際情勢の変化と社会主義の擁護――といった問題は事実上無視されている。フルシチョフらのスターリン批判は「個人崇拝」という主観的誤りの指摘に終始していたが、ゴルバチョフらも結局はその域にとどまった。なぜか？　わしの答えは簡単じゃ。ソ連はすでに社会主義ではなく国家資本主義の国だった。社会主義は単なる看板で、それも惰性で掲げている看板に過ぎなかった。だから、共産党が本来の社会主義の立場からスターリンやレーニン記念入党者を取り上げることはありえなかったんじゃよ。

ソ連は社会主義国じゃなかった?

只四郎　ご隠居さんのおっしゃる意味がよくわかりません。スターリンがオールド・ボリシェビキを駆除するために意図的に無教養な人びとを共産党に入党させて党内闘争で利用したということと、その十数年後に成立した体制が社会主義じゃなかったってこととが、どう結びつくんですか?　ご隠居さんは国家資本主義っておっしゃったけれど、それは社会主義ではないんですか?

隠居　いい質問じゃな。わしは専門家ではないから、例のごとく独善と偏見でお茶をにごそう。今回、プレオブラジェンスキー＝レーニン説を検証するためにレーニンの晩年の著作をいくつか読んださいに、気づいたことがある。ヒントになると思うのでここで述べてみよう。つまり、レーニンならば只四郎の疑問にどう答えるだろうかという試論じゃ。

わしは、さきほど文化を吸収する必要性にかんするレーニンの主張を彼が最晩年に口述した覚書(いわゆる「遺訓」)から引用したが、実際にはレーニンはその前から文化の必要性を何度も強調している。体調を崩して二度ほど休んだ後に出席した第一一回共産党大会(一九二二年三月二七日から四月二日)でレーニンがおこなった中央委員会の活動報告をのぞいてみよう。わしがすでに官僚主義の実例としてフランスから輸入した缶詰のエピソードを紹介したのと同じ文書じゃ(レーニン「ロシア共産党(ボリシェビキ)中央委員会の政治報告」前掲、第三三巻二六五～三一六頁。訳語は適宜変えてある)。

わが国はまだ本物の社会主義経済に、社会主義経済の土台の建設に取りかかっていない……それに取りかかる方法はただ一つ、新経済政策である……。わが国は、経済的にもっとも遅れた国ではないまでも、きわめて遅れた国の一つである。だが、軍事的な諸事件の発展により、政治的な諸事件の発展により、また、古い文化的な西欧の資本主義の発展と植民地の社会的及び政治的諸条件の発展によって、古いブルジョア世界に割れ目をうがつ最初の国になった。……しかし、国有化された社会化された工場や国営農場で建設されてきた新しい経済と農民経済〔圧倒的多数を占める小規模な個人経営農業——隠居〕とのあいだには結合がなかった。（二七〇頁）

われわれは最初からこう言ってきた。われわれは、なみはずれて新しい仕事をやらなければならない。もし、先進資本主義諸国の労働者の同志が、われわれを早くたすけてくれないと、われわれの事業は信じられないほど困難なものになるであろうし、そのばあいには、疑いもなく、幾多の誤りがおかされるだろう、と。（二七一〜二七二頁）

「しかし、とにかく資本家には物資を供給する能力があった。ところで、諸君〔つまりソビエト政権——隠居〕にはその能力があるか？　諸君にはその能力はない」……「諸君はすばらしい人びとではあるが、……経済的な事業をやる能力はない」——これは昨年度に農民が、また農民を通じて多くの労働者層が、共産党に加えた、もっとも単純で、もっとも痛烈な批判である。（二七五〜

二七六頁）

わが国の社会は、資本主義の軌道からはずれたが、まだ新しい軌道に乗っていない社会である。この国を指導しているのは……プロレタリアートである。われわれが「国家」と言うときには、その国家とはわれわれのことであり、プロレタリアートのことであり、労働者階級の前衛のことである。国家資本主義とは、われわれが制限をくわえることができ、その限界をさだめることができるような資本主義のことである。

国家資本主義とは、われわれが一定の枠にはめこまなければならない資本主義である。しかし、いままでのところ、われわれはこれをその枠にはめこむことができないでいる。これが肝心な点である。……政治権力は十分あり、経済的手段も十分あるが、……直接に取り仕切り、境目を確定し、管轄範囲を取り決め、国家資本主義をわれわれに従わせる能力が不足している。国家資本主義に従ってしまっているのである。必要なのは能力だけだが、その能力がわれわれにないのである。（二八二〜二八三頁）

プロレタリアート、革命的前衛が、まったく十分な政治権力をもっているのに、それとならんで国家資本主義があるという、これまでの歴史にはまったく存在しなかった状態ができあがっている。……この国家資本主義とはわれわれの手で枠にはめこむことができ、はめこまなければならない資本主義であり、このことをわれわれが理解することが問題の核心である。この資本主義は、広範な農民にとって必要であり、また農民の必要をみたすために商売をするはずの私的資本にとって必要である。資本主義経済や資本主義的取引の普通の流れが可能となるように、事業を組織しなければならない。なぜなら、国民がそれを必要としているからであり、それなしには国民が生きていけないからである。国民にとって、この陣営にとって、それ以外のものはみな、絶対に必要なものではない。それ以外のものはみながまんすることができる。共産主義者である諸君、国家を統治することに着手したプロレタリアートの自覚した部分である諸君、諸君は、自分の掌握した国家を自分の思うままに動かす能力を養いたまえ。（二八三頁）

政治権力は十分である。……基本的な経済力はわれわれの手にある。……ではなにが不足しているのか？……統治にあたる共産主義者の層に文化性が不足しているのである。……敗北した彼ら［帝政ロシア時代の役人や企業経営者——隠居］の文化はみすぼらしく、とるにたりないものである。しかし、それはわれわれの文化よりは、ましである。それがどんなにみじめで、みすぼらしかろうと、わが責任ある共産主義活動家の文化よりは、ましである。なぜなら、共産主義活動家には、統治する能力が不足しているからである。（二九三〜二九四頁）

この時点のレーニンの考えに沿ってロシア革命全体を振り返ってみよう。

ロシアの社会主義革命はロシア一国の政治・経済・社会発展の産物だけではない。第一次世界大戦という欧州諸国と世界全体の諸矛盾の爆発に誘発されて発生したんじゃ。そしてボリシェビキは当初ロシアだけでなくドイツその他の国で革命が起きることを期待した。自国の後進性は十分理解していた。ボリシェビキの国際主義は、なによりもまず、一国ではなにもできないことの自覚に根ざしていた。だが結果として国外における社会主義革命は成功しなかった。かつて想定していたのとは全く異なる状況下で、ロシアの後進性が革命政権の大きな負担となった。欧州で最も遅れた国の一つだったロシアが世界の革命運動の最先端に押し上げられて梯子をはずされたというパラドクスが、ボリシェビキ指導者に重くのしかかったんじゃ。

欧州の革命が成就するまで持ちこたえるという大義名分は当然じゃ。だが積極的に、つまり第三インターナショナル（コミンテルン）を通じて世界の革命運動を指導するという仕事は、ロシアの共産主義者には荷が重すぎた。遅れた国の共産党が先進国の共産主義運動を指導できるはずがない。だがそうしようとした。結果として、両者にとって不幸な結果をもたらした。

ロシア国内で社会主義をめざす社会改革を実施するという大義名分は当然じゃ。だが具体的に何をすればよかったか。この部分でも大きな混沌、混乱が支配した。国の進路をめぐる論争が政治的指導権の奪い合いの中に埋没してしまった。今になってみれば、進むべき道は単純だった。経済の復興と安定、国民生活の向上（「資本家には物資を供給する能力があったが、諸君にはその能力があるか？」）と並行して、レーニンが強調した「ブルジョア文化」の吸収、つまり統治・経営能力の確保、そしてそれらのメカニズムの根底にある市民社会と一般民主主義の仕組みや習慣の確立・浸透じゃ。レーニンは共産党の大会で、共産党の幹部と大会代議員にたいして、《文化を吸収して、国家資本主義を国民のために、そして社会主義へ向かうために利用せよ》と訴えたんじゃ。《共産党が文化を吸収できずに国家資本主義を活用できなければ、国家資本主義が共産党をあやつり、国民を食い物にするようになる》と警告したんじゃ。

世界から孤立した国で、経済や社会が疲弊困憊している中で、社会主義建設を始めるための土台づくりとして文化を吸収するというまどろっこしい課題に取り組むことは容易ではない。だが内戦終了後のソビエト政権がとりかかるべき課題はこれしかなかった。別の言い方をすると、これこそが、社会主義への前進を視野に入れた民主的な国家資本主義の道であり、経済を発展させて少しでも豊かになりながら、国内の文化と民主主義を育成する道じゃ。一世代どころか、二世代、三世代かかるかもしれない。この方針をどのように政治スローガンとしてまとめるかという問題は残る。だがこれこそが第二局の勝敗の分かれ目だったんじゃ。だってそうじゃろう、自国の生産力がまだ共産主義的（社会主義的といってもよい）生産関係を求めていない段階で、共産主義（社会主義）を建設できるはずがなかったんじゃ。他の国で社会主義革命が起きないのであれば、やるべきは社会主義を建設できるだけの生産力をめざすことであり、そのためには社会主義ではない制度（ここでは国家資本主義）を利用することであり、この国家資本主義をプロレタリアのために利用する能力（文化）を吸収した人材を確保することだった。

文化を身につけた人材を確保しないまま、次の段階に突き進んではいけなかったんじゃ。もう一度レーニンの言葉に耳を傾けよう。

「量はすくなくても、質のよいものを」という規則に従うべきである。「しっかりした人材を確保する見込みがまったくないのにことを急ぐよりは、二年かかっても、三年かかってもよい」という規則に従うべきである。

（レーニン「量はすくなくても、質のよいものを」前掲、第三三巻五一一頁。訳は変えてある）

実際にはレーニン記念入党キャンペーンが実施された。これは、非文化的人間の大量入党じゃ。質ではなく量を選択したんじゃ。レーニンの視点からすると、社会主義をめざす軌道から真っ逆さまに転落することを意味したキャンペーンだった。共産党の幹部の大多数が低い文化水準にとどまったままで、さらに何十万もの無教養な人間を新たに入党させたんじゃ。最も粗悪な幹部が、自分たちに瓜二つの人材を大量に党に受け入れることによって、党内闘争を勝ち抜いた。次にこの粗悪な人材を、レーニンがあれほど戒めた「ことを急ぐ」政策に、つまり一国社会主義論という、欧州の革命なしで単独で社会主義を実現できるという幻想のために活用した。自国の後進性という客観的な条件は無視され、性急な工業化と非現実的な農業の集団化が進められた。当然のことながらこれは失敗して、農村の崩壊、飢餓が広まった。スターリン派は社会主義の改革が進めば進むほど階級闘争は激しくなり、反革命勢力の抵抗や陰謀が盛んになるとの奇妙な理論に基づいて、危機の責任を富農、ブルジョア分子、外国の手先のせいにして乗り切り、一九三六年には新憲法を採択し、社会主義の勝利を宣言した。一般民主主義的課題が放置され、似非社会主義的平等（一律平等主義）が広まった。ブルジョア文化が排斥され、「社会主義」を名乗る浅薄な文化が押し付けられた。民主主義を理解できない未成熟な労働者のままで官僚・経営者の訓練を受けた集団が、頭の中では民主主義の重要性を理解していた（ボスレンスキーの言い方で「スターリン派にとってはなんとも理解しがたい信念の痕跡」を残していた）オールド・ボリシェビキを殺戮して、権力を掌握した。社会主義の看板の下で社会主義の道から大きく外れた特異な国家資本主義に依拠する独裁国家が成立した。国家資本主義に枠をはめることに失敗し、国家資本主義を従わせるのではなく、それに従ってしまった労働者階級の国ソ連が五十数年存続した。この国をもう一度社会主義の道へ引き戻すことは、スターリン死後三十数年経ってもできなかった。

一九九一年この国は自滅した。このときの「資本主義の復活」（社会主義にとっては「反革命」）の混乱と犠牲が、想定したものよりもはるかに少なく平和的に推移したのは当然であった。革命（反革命）の主要課題である国家権力の奪取という最も熾烈なたたかいは、一九三〇年代の大テロルという殺戮ですでに終了していたからじゃ。大テロルの結果、国家権力は、革命的知識人の手から国家資本主義の担い手である共産党と政府機関の官僚・国営企業の経営者の手へと移行した。一九八〇年代においてこの国家資本主義が必要としていたのは、単なるお題目になっていた共産主義の旗の下での国家資本主義という特異な衣を脱ぎ捨てて、国内市場を整備拡大し、国際市場に直接参入できる普通の資本主義に近づくことによって、さらなる資本の増殖をはかることだった。

以上が、もしレーニンが一九二四年以降のソ連の歴史を検討したならばこうまとめただろうというわしの推論じゃ。

一つ注意しておきたいのは、ソビエト社会主義の功罪のうち、ここでは罪の方をとりあげているが、功の方も見なければいけないという点じゃ。一九一七年の革命の衝撃はものすごく大きく、かなりゆがんでいたとはいえ労働者の国が成立したことにより、強力な進歩的影響を内外に及ぼしたのも事実じゃ。スターリン以降も社会主義の看板の力は大きかった。欧州の福祉国家や日本の社会保障政策も、ソビエト社会主義を気にしながら進められた。欧米諸国の専横や資本主義制度に反発する運動はソ連に期待した。「敵の敵は味方」の論理も働いた。第二次大戦後の何回かの植民地解放の波と新興独立国の誕生、中華人民共和国の成立、キューバ革命、インドシナの解放などは、ソ連の存在に大きく関係していた。ロシアの国内問題についても、世界情勢についても、ロシア革命の功の面とスターリン体制がもたらした罪の面とを総合してどう評価するかというのは、実はきわめて重要な問題なんじゃが、『犬の心』の解説から離れてしまうので、ここまでとする。

只四郎　いやあ、ご隠居さんからこんな難しい話が伺えるとは思っていませんでした。あたしがすぐに消化できるレベルの話ではないので、今日はここまでとしませんか。

隠居　うーん、おまえさんにとっては、横町の隠居の世迷言に聞こえるかな。

只四郎　いいえ、とんでもない。一に勉強、二に勉強、三、四がなくて、五に勉強ですよ。

隠居のまとめ

隠居　では、最後のコーナーに入ろう。わしの話には落語『寝床』の旦那の義太夫ほどの危険性はないので、最後までお付き合い願いたい。

シャリコフのような野蛮な人びとは、レーニン記念入党以前にも共産党の中にいた。いやもっと正確に言うと、ロシア革命の中心勢力は、軍服を着た貧しい農民（兵士）と未成熟の労働者だった。知識人から見れば、あるいは欧州先進国の労働者から見れば、彼らは遅れた、無教養な、野蛮な人びとだった。共産党は彼らの中から最も優秀な人材を共産党に勧誘したが、その中には無教養な人間も混じっていた。同じように、兵士の大半は粗野な、野蛮な農民と下層階級の人間だった。

もう一人のブルガーコフ、道標派のセルゲイ・ブルガーコフは、一九一八年に執筆した『神々の饗宴にて』の中で、革命の先頭に立った陸海軍の兵士を次のように描写している。

兵士たちの外見がいかに変わったか注目してご覧なさい。まるで獣《けだもの》のような恐ろしい何かになってしまいました。とくにひどいのが水兵です。白状しますと、時々私には、自分たちを『同志』と呼び合うあの連中が、魂を吸い取られた、最低の精神能力しか持ち合わせていない、ホモ・ソシアリスティクスとでもいうのでしょうか、ダーウィンのサルの特別な変種に見えてくるのです」（セルゲイ・ブルガーコフ「神々の饗宴にて」、『深き淵より』前掲所収、一一六〜一一七頁。訳文は変えてある）。

その後無教養で粗野なソ連人についてホモ・ソビエティクスという用語も広まった。

そして問題は、このように革命時に蜂起し、内戦をたたかった農民や未成熟の労働者（あえて「前期の野蛮な人びと」と名付けておこう）と、レーニン記念入党で共産党員になり、あっという間に支配者集団の一翼を担うようになったシャリコフたち（「後期の野蛮な人びと」）とが、連続したものとして人びとの記憶に残ったことじゃ。もちろん、階級的な根っこは同じところにあるから、混同したのも無理はない。つまり、シュボンデルと一緒にプレオブラジェンスキー教授のところにやってきたビャーゼムスカヤ、ペストルーヒン、ジャローフキンらが、とくに最も喧嘩早そうなジャローフキンが、シャリコフと重なってしまったんじゃ。

だが少なくとも『犬の心』執筆時のブルガーコフは、両者を区別している。いいかなブルガーコフは、内戦時にどちらかというと白軍の周辺に身を処していて、白軍撤退後にはウラジカフカズの革命政権の文化組織に潜り込んだ経歴を持っている。つまり革命直後の、戦時・非常時の「前期の野蛮な人びと」を周知している。その彼が、一九二四年に出現した「後期の野蛮な人びと」の特徴――平時において支配者集団の一翼に急成長し、誰からもチェックされない存在となった無教養な人びと――の特異性に気づいたんじゃ。

彼は戦いの第一局と第二局の違いを十分認識した。

ブルガーコフが気づいた戦いの第一局と第二局の違いは、現在のわしらの目からは十分理解できる。革命による旧体制の破壊と内戦が第一局であり、新しい体制を構築できるかどうかが第二局じゃ。第一局において、とくに内戦において下層階級の無教養性は革命にとって大きなマイナスにはならなかった。支配と抑圧に対する反発が、教養のあるなしにかかわりなく、革命および内戦における原動力だったからじゃ。だが、第二局、ネップ（新経済政策）の時代は話が異なる。平和時じゃ。そこで最も必要なのは、レーニンが口を酸っぱくして強調した文化なんじゃ。それがなければ、それを吸収しなければ、ソビエト政権による新しい社会主義制度の構築は入り口で失敗するんじゃ。

第一局、つまり一九一七年から二一年までの革命と内戦期の「前期の野蛮な人びと」の野蛮性に対する責任はボリシェビキにはない。遅れたロシアという国自体の問題であり、その責任は旧ロシアの支配者たちにある。「前期の野蛮な人びと」が共産党員になった例は無数にあるが、除名処分を含めたチェック機能はまだ存在していて、共産党内部の野蛮性は完全に排除されないまでも、薄まった。ところが第二局の一九二四年に一斉に入党してきた「後期の野蛮な人びと」の野蛮性に対する主たる責任は、すでにスターリンらにある。「レーニン記念入党」を思いついた人びとには貧しい人びとの野蛮性・無教養を政治的に利用する魂胆が最初からあったんじゃ。共産党の指導部の多数派である知識人を黙らせるために、その対抗勢力として無教養な人びとを大量に入党させて、自分の政治支配を確立しようとした。それ以外に平和時における無教養の人間の一斉入党の意味はない。だから党内のチェック機能も発動してはならなかったんじゃ。

「前期と後期の野蛮人」の微妙な違いは、革命から一九二三年頃までに祖国を離れ、レーニン死後のネップ（新経済政策）期の混沌とダイナミズムを体験していないセルゲイ・ブルガーコフを含む反革命ロシア知識人の主流には理解できなかった。彼らは、シャリコフを、つまりレーニン記念入党による大量の新入党員を、自分の目で見ていないんじゃ。

一方われらのミハイル・ブルガーコフは、一九二五年の時点で、レーニン記念入党によって無教養なまま共産党員になり、すぐに党や国家機関、企業の幹部になっていくシャリコフらの新しい政治集団が、ルンペン・プロレタリアを含む未成熟な労働者階級の出身で、政治的、思想的には非マルクス主義者であることを見破った。つまりエンゲルスとカウツキーに反対して「全部かき集めて山分けする」こと、要するに最底辺の人々の立場に立っているふりをして原始的な分配・再分配を主張するポピュリストであることを見破った。そして彼らが知識人・専門家を敵視しているだけでなく、革命勢力の中の知識人であるオールド・ボリシェビキ諸派にもじきに反旗を翻すだろうと予言した。

『犬の心』ではプレオブラジェンスキー教授がシャリコフを犬に戻す手術をおこなうことによって混乱を鎮めるが、実際の歴史ではスターリン書記長を解任せよとのレーニンの遺言は実行されなかった。トロツキー以外のオールドボリシェビキ（ジノビエフ、カーメネフら）は、レーニンの指示を無視して、スターリンの留任に賛成した。シュボンデルがシャリコフを助けたように、スターリンをかばったんじゃ。結果として事態はブルガーコフの予言通りに進行した。一二年後スターリンはオールドボリシェビキ全員を抹殺して、恩を仇で返した。特筆しておきたいのは、非マルクス主義者シャリコフらの統領スターリンは、工業化などの社会主義建設の構想を主として旧トロツキー派から盗み取り、社会主義の宣伝のための三六年スターリン憲法をブハーリンにつくらせた。オールド・ボリシェビキ諸派の最後の知恵（彼らの信念はすでに時代遅れになっていたとはいえ、まだ若干の存在意義は残っていた）の助けを借りて独裁的な国家資本主義を装飾し、自分たちの支配をとりつくろい、用なしになった時点で彼らを排除・殺戮したんじゃ。こうしてソ連における社会主義の実験は、中途半端で進行し、結果として失敗した。

まあ、わしと違って社会主義にかぶれていないブルガーコフならば、もっときっぱりと言うだろうな。いや、私はそもそも社会主義の可能性なんて認めていませんからね、とね。

一九八〇年代に戻ろう。いずれにしても、ロシアの人びとは『犬の心』を読み、同名の映画を見て、自分の国の歴史に大きなゆがみがあったことを改めて受け止めた。そして漠然と感じたんじゃよ、「社会主義の実験という大看板をご破算にしなければこのゆがみは直せないんじゃないか」ということを。この理解または感覚が、一九九一年のソ連崩壊につながる大変動を推進あるいは許容する精神的、心理的土壌の形成につながっていくんじゃ。この作品は一九二五年に出版されなかった。そのために歴史の歯車のゆがみを食い止められなかった。だがその代わりに一九八〇年代末~九〇年代初めになってゆがんだ過去を清算するのに一役買ったと言っても過言ではないと思うよ。

只四郎　なるほど、作者にしてみれば、結果として、一九二〇年代に出版されなかったうらみを六十余年後にはらしたわけですね。これはなんとなく分かりますよ。あたしとしては、『犬の心』が一九二〇年代のロシア革命の変質の瞬間をとらえてそれを風刺したというご隠居説を尊重します。さらに、プレオブラジェンスキー教授＝レーニン、シャリコフ＝スターリンという組み合わせもある程度理解できます。でも、シャリコフ＝レーニン記念入党者説については、ほかに同じような意見を主張する人がいないのが気になりますね。違いますか？

隠居　お前さんの言うとおりじゃよ。シャリコフ＝スターリン説を受け入れる人は結構いるんじゃが、なぜ一歩踏み込んでシャリコフ＝レーニン記念入党者説に行き着かないのか、わしにも不可解じゃ。

理由らしきものは推測できる。思いつくままに述べておくと、（一）ソビエト時代を通じて労働者階級の神聖化と共産党の無謬性が浸透していて、レーニン記念入党者の客観的な記述や分析がおこなわれず、批判や風刺がタブーになっていた、（二）レーニン記念入党者の世代の大多数が第二次大戦で犠牲になった、(三) レーニン記念入党者の中に優秀な人材が少なかったので、後日この集団が注目を浴びることがなかった、(四) レーニン記念入党者の中で最も過激な部分は、大テロルの初期に活躍しすぎて、大テロルの行き過ぎの責任を取らされて、後期の大テロルの犠牲になった、(五) すでに述べたように、レーニン記念入党者の言動の特徴がじきに支配階層全体に、さらに国民全体に浸透してしまった——といった理由によって、レーニン記念入党者たちがいわば忘れられた存在になっているんじゃ。ロシアの人びとの一九二四〜一九二五年の出来事や風俗の記憶からも抜け落ちてしまっているので、『犬の心』を読んでいてもシャリコフ=レーニン記念入党者説に行き着かないんじゃないかな。

もう一度『犬の心』の核心に戻ろう。

さきほどお前さんも指摘したように、この作品の中では二つの異なる立場が共存している。一つは反社会主義の立場であり、もう一つはレーニンを含めた知識人の立場から粗暴なレーニン記念入党者とスターリンに反対する立場じゃ。読者の立ち位置と理解度によって、この二つを同程度に感じる人から、いずれか一方の立場を強く感じる人、さらには一方のみに気づく人まで千差万別じゃ。また、この二つの立場がバラバラのまま併存しているという理解も、絡み合っているという解釈も、統一されているという見方も成り立ちうるように書かれているとも言えそうじゃ。結果として、読者はブルガーコフの作品の中に自分が見たいものを見ることができるんじゃ。

したがって、わしの次の解釈も実はわしが見たいものにすぎないのかも知れない、ということを踏まえたうえで、あえてここに披露しておく。

『犬の心』は、知識人の立場からレーニン記念入党者とスターリンを批判的に風刺する主題を、皮肉と冗談交じりの反社会主義的雰囲気の中で展開している作品である。そして、わしは、本来異質であるテーマと雰囲気が、一つの作品のなかで絶妙なバランスを保ちながら融合していることにこそ、ブルガーコフの真骨頂があると見ている。

ところで、反社会主義の立場はブルガーコフの作家生活全体を貫いていて、程度の差こそあれ、彼の文学作品のいたるところで存在感を示している。すべての作品の底に流れていると言ってもよいだろう。だが、レーニンを含む知識人の立場からレーニン記念入党者とスターリンを批判する態度は、この『犬の心』にしか見られない。レーニン記念入党者が一時的な現象だったので、他の作品で取り上げられていないのは当然としても、スターリン派に対する明示的な批判も『犬の心』以外には見当たらないようだ（わしはブルガーコフのすべての作品を読んだわけではないので「ようだ」と言っておく）。もちろんある時点からスターリン主義が共産主義と同一になったので、とくにスターリン派と名指しする意味がなくなったという側面も考慮すべきだろう。しかし、ブルガーコフが『犬の心』で見せたスターリン主義にたいする鋭い分析（スターリン主義とは、非文化的な貧困労働者層の一律平等主義の要求を利用した、マルクス主義とは無縁な大衆迎合主義で、それがめざすものはオールド・ボリシェビキを含む知識人革命家の排除である、との分析）や批判は二度と登場しない。ブルガーコフ自身がこの考えを封じ込めたからじゃ。もちろん、封じ込める直接的なきっかけとなったのは家宅捜査と取調べじゃ。取調べのくだりで指摘したように、ブルガーコフは自らの政治的信条と過去の白軍従軍医時代の行状（この部分はわしの邪推かもしれない）を守るために、そして文学者として書き続けるために、『犬の心』を犠牲にして、この作品の主題そのもの、つまりスターリン主義批判を完全に封印したんじゃ。もちろん勘のいいこの作家はすでにスターリン派の勝利を見越していたのだろうと思われるんじゃ。

以上が、わしの『犬の心』解釈の総まとめじゃ。で、ここで終わらせることも可能じゃが、ついでと言ってはなんじゃが、もう一つ、わしの蛇足の仮説を述べておこう。

ブルガーコフのような、自分の主義主張に自信をもつ作家が、何回かの朗読会で居並ぶ文学者たちをうならせた作品を、まだ活字になっていないのにモスクワ芸術座が戯曲化を熱望した小説を、いとも簡単に放棄し、彼ならばできたであろう同じテーマを別の形で、別の背景と筋書きでそれとわからないように仕上げることも封印し、別の作品で部分的にとりあげることすら放棄してしまった背景には、スターリン派とオーゲーペーウーにたいする恐怖心などのほかに、この作品の成立過程におけるある事情も関係していたのではないか、ということじゃ。

ある事情とは、ブルガーコフが本能的にスターリン主義批判に行く着く過程において、これに共感を示し、これを支持してくれた人びとがいたということじゃ。広い意味では、当時ブルガーコフの周辺にいた道標転換派を含む多彩な文学者や編集者たちがブルガーコフの考えの熟成に様々な形で影響を及ぼしたと言えるが、ここでわしが強調しておきたいのは、ネドラのアンガルスキー編集長の役割じゃ。彼はおそらくは『犬の心』の執筆前からブルガーコフと相談をおこない、執筆中には、われわれが見てきたように、内輪の朗読会を開いて、当然ながら、単なる感想や一方的なコメントではなく、編集者としての注文・批判・アドバイスを述べてきただろう。勘のいいブルガーコフは、自分の意見に固執するばかりでなく、この優秀な編集者の鋭い指摘の一部をたちどころに吸収してしまったに違いない。その中には、オールド・ボリシェビキの活動家でもあったアンガルスキーならではの知識や情報（たとえばレーニンの遺訓などにおけるいくつかのスターリン批判のくだり）もあったろうし、当時スターリンと組んでいた一部のオールド・ボリシェビキ諸派（ジノビエフやカーメネフ）にたいするアンガルスキーの苦情やいやみもあっただろう。一律平等主義がマルクス主義でないことを確認し、エンゲルスとカウツキーの書簡のやりとりにかんする話題を披露したのも、わしが種本だと考えているレーニンの『国家と革命』を読むようにブルガーコフに勧めたのも、さらに当時共産党の幹部しか知らなかったレーニンのスターリン書記長解任案とそれが否決された経緯をそっとブルガーコフに漏らしたのもアンガルスキーだったのではないかな。

ブルガーコフはこういった話題をすべて自家薬籠中のものにした。だから付け焼刃には見えないし、ちぐはぐな箇所も見当たらない。共産党の党内闘争という、これまでブルガーコフには縁がなかったと思われる（わしはブルガーコフの作品をすべて読んだわけではないので、思われるとしておく）テーマを見事に自分のものとして料理して、ブルガーコフの世界に取り込んだ。どんなもんだ、他の作家にはできっこないだろう——朗読会で絶讃を浴びて、得意の絶頂に達した。

しかし、この作品が検閲でひっかかると、ブルガーコフの出版への意欲は急速になえていく。アンガルスキー編集長によるカーメネフへの直訴にかんしては、若干の行き違いがあったのかもしれないが、ブルガーコフはきわめて消極的に対応している。オーゲーペーウーによる取調べでは、『犬の心』が分派の影響を受けて書かれたことを簡単に認めて、出版を放棄してしまう。

この消極的な、ある意味では冷淡な態度は、『犬の心』の中のスターリン批判の部分が必ずしもブルガーコフの信念に根ざしてはいないことを示しているのではないだろうか。彼にとってなにがなんでも守らなければならない大切な立場ではないということじゃ。彼にとって大切なのは、どんなテーマでも面白い作品に仕上げて称讃を浴びることであって、共産党内のもめごとそのものはその中の一つの題材にすぎず、自分を含めた多くの文学者の行く末にも関係する重要な問題ではあるが、決して一緒に心中する相手ではないんじゃ。そして『犬の心』を切り捨てた背景には、このスターリン批判の部分が必ずしも彼独自の、彼固有の考えではなく、一部はアンガルスキーとの合作あるいは彼からの借り物であるとの思いがあったのではないだろうかというのが、わしの最後の仮説じゃ。

これでわしの話をおしまいとする。さらばじゃ。

只四郎　ご隠居さん、解説お疲れさまでした。ご隠居の総まとめも、最後の蛇足の仮説も、読者のみなさんの判断におまかせしましょう。

あたしがこの本を読んで好きになったのは、ちょっとひねくれているが心のやさしいシャリクですし、さわやかなジーナです。そして、なによりも圧倒されたのが、フィリップ・フィリッポビッチの重厚な威厳とダリヤ・ペトローブナの永遠に癒されぬ欲求の炎に燃える女性像ですかね。読者のみなさん、この次はみなさんの感想をぜひお聞かせください。あたしもこれで失礼します。さようなら。

いしい　しんすけ
民族友好大学（モスクワ）歴史文学部卒、大阪市立大学経済学部修士課程修了。ノーボスチ通信社東京支局勤務の後、ロシア向け／経由の貨物を扱う物流企業に勤めてモスクワ、サンクトペテルブルグ、ハバロフスク、ウラジオストク、ナホトカに駐在。

奪われた革命

ミハイル・ブルガーコフ『犬の心』とレーニン最後の闘争

2022年11月15日初版印刷
2022年11月30日初版発行

著者　石井信介
発行者　飯島徹
発行所　未知谷
東京都千代田区神田猿楽町 2 丁目 5-9　〒 101-0064
Tel. 03-5281-3751 / Fax. 03-5281-3752
［振替］ 00130-4-653627

組版　柏木薫
印刷所　モリモト印刷
製本所　牧製本

Publisher Michitani Co. Ltd., Tokyo
Printed in Japan
ISBN 978-4-89642-679-3　C0098